U0115624

一个是调皮的"小巫女"，一个是英武的蒙古亲王
偶然的一次相遇
难道是今生无法逃脱的情缘？

蒙古王妃

Mongolia Princess

包丽英 著
（姚雪垠长篇历史小说奖获得者）

大理公主

偶然的一次相遇
难道是今生无法逃脱的情缘？

内蒙古出版集团
内蒙古人民出版社

图书在版编目（ＣＩＰ）数据

蒙古王妃. 大理公主 / 包丽英著 .—呼和浩特 : 内蒙古
人民出版社 ,2016.6

ISBN 978-7-204-14071-8

Ⅰ.①蒙…Ⅱ.①包…Ⅲ.①长篇小说—中国—当代

Ⅳ.① I247.5

中国版本图书馆 CIP 数据核字 (2016) 第 131832 号

蒙古王妃　大理公主

作　　者	包丽英
责任编辑	朱莽烈
封面绘画	海日瀚
装帧设计	宋双成
出版发行	内蒙古人民出版社
地　　址	呼和浩特市新城区中山东路 8 号波士名人国际 B 座 5 楼
印　　刷	内蒙古爱信达教育印务有限责任公司
开　　本	710×1000　1/16
印　　张	15
字　　数	235 千
版　　次	2016 年 7 月第 1 版
印　　次	2016 年 7 月第 1 次印刷
印　　数	1—4000 册
书　　号	ISBN 978-7-204-14071-8/I·2714
定　　价	29.00 元

图书营销部联系电话 :（0471）3946298　3946267
如发现印装质量问题，请与我社联系，联系电话 :（0471）3946120

本书导读

调皮的大理公主罗凤喜欢唱歌、喜欢看相、喜欢赤着两脚在山中追赶野兔。这一天，罗凤偷偷地溜到松潘草原的黄龙镇探望好朋友，不料却被黄龙镇的百姓当作妖女抓了起来。就在黄龙镇的百姓决定将她沉河祭神之际，一个男人出现在她的面前。

这个男人不是别人，正是奉命征服大理的忽必烈。

偶然的相遇，注定了一切情缘的开始。

蒙古军陈兵金沙江，夺取会川都督府，罗凤偷了忽必烈的马，回到摩些城寨。蒙古军来到丽江对岸，阿良酋长献寨迎降。

盛大的欢迎仪式上，一个女孩美妙的歌声折服了所有的人。

忽必烈决定在摩些城寨多留几天。三天后，在阿良酋长的鼎力相助下，大理境内三分之一的城门向忽必烈打开……

即使在战场，罗凤也不改她的调皮本性，没想到这恰恰帮了忽必烈一个大忙。蒙古军队在攻打最宁镇时罗凤受了伤，忽必烈强行派人把她送回摩些城寨。或许，这一次的分别太过长久，或许，分别之后他们各自经历了太多的事情，当罗凤与忽必烈重新聚首时，他们发现许多事情竟都在不知不觉中改变了。

改变了，是误会，还是心已不在？

兀良合台父子连战连捷，国主段兴智投降，意味着一个建国三百余年、几与宋王朝相始终的政权的结束。忽必烈前往大理国都紫城受降，行前，罗凤告诉忽必烈，再有半个月就是大理国的火把节。

在湖边，阿挪说他要在火把节上送给罗凤一个让她意想不到的礼物。

忽必烈终于决定留下来，参加大理国最重要的节日火把节。火把节上，珍贵的九果百露酒只有两杯，罗凤将一杯献给忽必烈，一杯留给自己。忽必烈慨叹，这酒的颜色为何很像西域的红葡萄酒？当他们饮尽杯中酒时，狂欢开始，突然，人们发现罗凤倒在了忽必烈的脚下……

目录
Contents

1

上卷·一池清波碧如酒

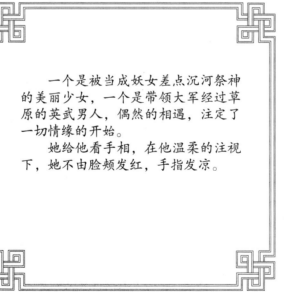

　　一个是被当成妖女差点沉河祭神的美丽少女，一个是带领大军经过草原的英武男人，偶然的相遇，注定了一切情缘的开始。

　　她给他看手相，在他温柔的注视下，她不由脸颊发红，手指发凉。

壹

一双赤着的脚。

这双脚，既不白皙，也不纤秀，不仅不白皙纤秀，脚面脚底还到处都刻有划痕或留下了永久的疤痕。

脚的主人将它晃着，伸到水面之下，随即，滇池上响起了一串银铃般的笑声。

银铃般的笑声也同样来自脚的主人，一位十六七岁的年轻女孩。只是，与她的脚不同，女孩的脸和手却都是粉嫩精致的。女孩的打扮也有些奇特，上身穿着一件月白色的束身短袄，短袄的外面披着一件长长的在阳光下五彩斑斓的孔雀氅，一根蓝色的丝带松散地束着栗子色的长发，齐眉的刘海儿上粘着几颗星状的小银片，一副娇俏的模样使她看起来很像是宋地官宦人家的女眷。

可是，如果你再留心看她下身的衣着，却远不是那么回事。她的下身随便地穿着一件摩些蛮（今丽江纳西族的先民）女子所喜欢的五色吉贝裙，但又没有像摩些蛮女子那样密密匝匝地穿好几层，而是只穿一件。

裙子之下则是她那双光着的脚板了，如果只是光着倒也罢了，它们还很不老实地扑打着水，溅得吉贝裙和孔雀氅的下摆很快洇湿了一片。女孩半个身子遮在船舱里，半个身子露在外面，一边玩儿水，一边还回头向船舱里笑着。片刻，船舱传来一个男人声音的微叱：“好了，瞧你这双脏脚，把一湖水都弄脏了。”

女孩闻言，越发笑得前仰后合。

船舱里的人没有声音了，大概也有些忍俊不禁。

女孩用两只脚夹起一股水，使劲向后扬去，她的目的自然是想将水扬进船舱里，不料却都扬到了她自己的脸上和孔雀氅上，而且，她用的力气未免太大了些，整个船身都随着她身体的动作剧烈地颤动了一下。

船舱里的男人惊叫一声，伸出手来一把抓住了女孩的胳膊，以防女孩掉进湖里。女孩仍然在笑，好像这世间的任何事都让她感到开心，她的快乐因此而俯拾即是、无穷无尽。

船舱里依旧浑厚的声音带上了些许怒意，"小巫女，你不要命了！你体内的毒才刚刚散尽，难道你忘了许大夫怎么叮嘱你的！你要总是这么不听话，小心过几天我不带你回草原。"

女孩吐了吐舌头，乖乖地不再玩水，回头问道："草原的冬天，真的会把我的脚冻掉吗？"

"会的，你不喜欢穿鞋，肯定会冻掉。"

"可我要跟你回金莲川。你说过，漫山遍野的金莲花盛开的时候，我可以在金灿灿的海洋里骑马。"

"金莲川的冬天一样寒冷。以后，你喜欢光着脚追赶野兔的日子很难再有了。"

"夏天天气热，难道也不行吗？"

"不是不行，而是……"

女孩叹口气，那样子看起来有几分沮丧，"我知道了，一定是你身边的那些儒臣们会认为这样做有失体统。"

"小巫女，我……"

女孩想到另一个问题，展颜一笑，"金莲川上的野兔多吗？"

"很多。"

"嗯，多就好。不让光脚去追，我可以骑马去追呀。"

"你真这么想？其实，我心里一直都在担心，你从小都自由自在地惯了，如果跟在我身边，以后恐怕要受到很多限制，很多委屈。"

"这我真不怕。不能光脚就不光脚好了，受限制就受限制好了，又不是什么了不起的大事情！我呀，只想着能与你在一起。"

"小巫女……"

"什么？"

男人"嗯"了一声,并没有马上回答。

"说呀。"女孩催促着,仍旧是欢快的语调。

"还记得你和我初次见面的情景吗?"

"这哪里能忘记。那天,要不是你及时赶到,我早被他们扔到河里喂鱼了。"

"你是因为这样才决定跟着我吗?"

"不是。我是给你看过相后才决定跟着你的。"

船舱里传来了一阵呵呵的笑声,低回而雄浑,像是从胸腔中发生的共鸣。

女孩把脚从水里抽回来,抱着膝盖坐在船沿上,似乎想起了什么,一双明亮的丹凤眼闪闪发光。

"怎么了,罗凤?想什么呢?"船舱里的人温和地问,口吻里充满了爱意。显然,一直都隐藏在船舱里的男人,只有在斥责女孩或与女孩玩笑的时候才会叫她"小巫女"。

女孩伸展双臂,深深呼吸着湖面上清新的空气。过了一会儿她才笑吟吟地回答:"我在想,从我们相识到现在,一晃快一年过去了。这一年里,发生了多少事啊。奇怪的是,点点滴滴的事我都记得,可是要想理出头绪来却又好像是在梦里一样凌乱。如果能够从头再来……"

"从头再来,如何?"

"如果能够从头再来,那一次我就不会让你一个人带兵去攻打阿塔剌的半空和寨,而把我一个人留在摩些城寨里。在那以前,你总是很宠着我,没事儿的时候喜欢和我说说笑笑,还跟我学那首《创世神话》。可从半空和寨回来,你就变了,变得让我琢磨不透。"女孩说着,眼眶一红,接着,伤心的泪水滚滚而下。

船舱里的男人递出一块洁白的丝帕来,塞在女孩的手里。看着女孩拭去泪水又冲他莞尔一笑,他不觉五味杂陈地喟叹:"瞧你,说哭就哭,说笑就笑。真是个孩子!别再哭了,你一定要让我向你道歉吗?"

"不道歉也行。但……"

"怎样?"

"你要对我说实话。你征战期间,究竟发生了什么事?还是我做错了什么?你为什么会那样对我?"

回答她的是静默。

"你告诉我，你的态度为什么突然变了？为什么？"女孩侧过身体，脸冲着里面不依不饶地追问。

为什么会那样对你？

是啊，为什么会那样对你？

还用问吗？是因为太在意所以才会那样啊。可是，为什么会在意呢？这种不同以往的感觉又是从什么时候产生并自此根植于他的内心深处？难道一年前的那次初遇就已然注定了一切？

或许是吧，不，其实就是。一年前，也就是蒙哥汗三年（1253）九月，他正带领大军途经叙剌（今四川松潘地区）草原……

贰

蒙哥汗三年（1253）十月初的酉时，位于玉翠山麓的黄龙镇来了一群奇怪的游客。说他们奇怪，是因为走在最前面的两个游客尤其引人注目，而他们引人注目的原因不得不归结为他们的衣着很有意思，为首的一位穿着用粗布制成的肥大的蒙古袍，另一位则根本就是一位僧人。

在他们身后，不远不近地跟着二十余位身形剽悍的随从，他们一路警觉地观察着周围的动静，但并不靠近前面的人。

穿着蒙古袍的那一位人届中年，看样子大约有三十七八岁的样子，身材中等、匀称，脸色黑红，浓淡相宜的眉毛下，一双细长的眼睛透露着温和的光芒。除了这双眼睛，他的一举一动则给人以一种说不出来的敏锐感觉。

他指着玉翠山，问相随身侧的年轻僧人："子聪，你说的那个地方就是这里吗？"

玉翠山位于终年积雪覆盖的雪山宝顶峰下，四周林木茂密，宛如碧海，山洞大小水池层叠，数以千计，状若梯湖，水色斑斓，蔚为壮观。洞后有洞名曰黄龙洞，内供有古佛三尊。

年轻僧人含笑回道："是的，殿下。"

"和本王想象的有所不同。"

"是啊，与臣前几年来这里也有所不同。想必是因为干旱的缘故。"

"好在这玉翠山中到处都是山洞，空气还算湿润。黄龙镇，黄龙镇，真是个有趣的地名，一定有什么故事吧？"

"是。相传夏禹治水，至藏州地方，黄龙为其负舟导江，后人立庙祭祀，黄龙镇由此得名。每年六月十六日为庙会期，这一天，方圆数百里的藏、羌、回、汉等各族百姓都会前来赶会，帐篷栉比有如连营。"

"六月十六日吗？那已经过了三个月了。"

"不赶庙会，看看玉翠山的景致也好。"

"你说得对。"

中年游客与年轻僧人信步拾级而上。阵阵清风拂面，十分舒爽，年轻僧人笑道："干旱了这么久，还好，今天晚上开始会有一场好雨。"

"哦？是吗？"

"是啊，恐怕还是一场连阴雨。臣想，下上这样一场透雨，想必能缓解一下这里的旱情。"

"你怎么知道？"

"臣这些日子一直在观测天象，天象如此。"

中年游客笑了，"也是。你上知天文，下晓地理，精通五行占卜之术。你在本王身边多年，本王真还没见到有你推测不准的时候。这样吧，如果这一次你也推测得很准，本王定当好好奖赏你。不过，如果今晚无雨可下，本王可要惩罚你喽。"

"殿下准备如何罚臣？"

"本王罚你……有了，本王就罚你还俗，然后给你娶几房夫人。"

年轻僧人吃了一惊，忙不迭地摇手，摇头，"不可，不可，万万不可。"

中年游客不由大笑起来，显然，他只是在跟年轻僧人开玩笑。

直等他的笑声停止下来，年轻僧人才很认真地问道："果真臣算准了，殿下要怎么样奖赏为臣？"

"你先说吧，你想要什么？"

"臣要的，恐怕殿下一时拿不出来。"年轻僧人微笑着回答。这位年轻僧人俗名刘秉忠，法号子聪。而气度不凡的中年游客，正是当今蒙古大汗蒙哥汗的亲弟弟，奉命出征大理的亲王忽必烈。

"本王倒要听听，有什么东西是本王拿不出来的？"

"臣要五十万两白银。"

"嗯？"忽必烈以为自己听错了。

"五十万两白银，殿下拿不出来吧？"

"我的天，你还真是狮子大开口。你要这么多白银做什么？"

"殿下看到的，忒刺草原的气候虽然比较干旱，黄龙镇这里却是得天独厚。玉翠山的水源极其丰富，臣想殿下如果肯出资给这里的百姓修建一条水渠，导引山泉之水灌溉农田，那么，将来即使再遇到旱灾，百姓们也不会深受其苦了。"

"一条水渠就可以吗？"

"一条主水渠，几条分水渠，尽够黄龙镇百姓使用。"

忽必烈捏了捏耳朵。他的耳朵大而有形，耳垂肥厚，有如佛尊。这是他发愁时的一个标志性动作。事关黎庶生计，五十万两白银，放在平时他一定不会眨眨眼睛。可如今他率领大军远征大理，正在行进途中，他总不能真的拿出本已有限的军费来帮助一个小镇的百姓建渠引水吧？

子聪仍试图说服他："殿下，战争只是开疆拓土的手段，可无论多么大的疆土，都必须有百姓来建设它。民，乃国之根本啊。"

忽必烈却避而不答："我觉得，今天的玉翠山不比六月十六的庙会冷清，你看前面，那个就是你给本王说过的黄龙洞了吧？"

子聪顺着他手指的方向看去，"方位没错。是啊，您说得没错，怎么今天这么多人聚在山上？"

"我们过去看看吧，就当凑个热闹。"

"好的。"子聪和尚一边回答，一边回过头嘱咐那些体貌壮硕的汉子们，"你们，注意跟好了。"

"放心吧！"随行中的一位年轻将军回答，语气斩钉截铁。

这位年轻将军名叫阿术，前几天才过十八岁生日。说起阿术的祖父和父亲，那可都是蒙古赫赫有名的无双将军，被蒙古将士百姓视为"战神"。阿术的祖父是蒙古开国功臣、名将速不台，当年，速不台追随成吉思汗统一蒙古、攻金灭西夏、消灭花剌子模。第二次西征期间，他又奉命跟随拔都远征欧洲，是第二次西征的真正统帅之一；阿术的父亲兀良合台自幼从军，身历成吉思汗、窝阔台汗、贵由汗、蒙哥汗四朝，南征北战，屡建奇勋，是比其父有过之而无不及的军事奇才。

如今，速不台年届七旬，蒙哥汗不再让他领兵出征，而是将他置于身边，以备咨询。南征大计确定后，蒙哥汗命兀良合台协助忽必烈转进大理。阿术孩提时代即在忽必烈身边长大，忽必烈对这个孩子十分钟爱，悉心培养，阿术十四岁时，忽必烈就让他担任了自己的宿卫。

宿卫一职，对尚是少年的阿术而言，意味着绝对的殊荣与信任。

多年以后，阿术亦成为忽必烈攻灭南宋的主帅之一，所建功勋绝不逊于乃祖乃父。一门三代名将，这在蒙古乃至中国历史上也算绝无仅有。

蒙哥汗即位后，一面着手整顿朝纲，振兴国力，一面积极谋划在三位先汗的基业上继续开疆拓土，而组织第三次西征以及进行南征就是其中最关键的两环。

随着吐蕃及诸藏区正式纳入帝国版图，西南边境日益稳定，蒙哥汗将西征军的统率权交给了胞弟旭烈兀，而将征服大理的任务交给了另一个胞弟忽必烈。

此前，忽必烈受命经理漠南汉地，遣使屯田唐（今河南唐河县）、邓（今河南邓州市）等州，授之兵牛，敌至则战，敌退则耕，在很大程度上加强了西起邓州，东至黄河口的防卫能力。蒙哥汗二年(1252)，汉将汪德臣领兵入蜀，掠成都，迫近其南一百五十公里处的嘉定，为忽必烈南征大理开辟了通道。

唐朝时，大理国（今云南境内的小国）被称为南诏，其国境东至普安路之横山（今贵州普安），西至缅地之江头城（今缅甸杰沙），东西凡三千数百里而远；南至临安路之鹿沧江（今越南莱州省境的黑河），北至罗罗斯之大河，南北凡四千里而近。其行政区划为八府、四郡、四镇、三十七部。南宋时期数小国分立于大理之地，国王段氏懦弱无能，国事皆决于权臣高氏兄弟。

而今，征南大军在忒剌草原兵分三路，西路军由副帅兀良合台指挥，进向乌蛮驻地，东路军由末哥等诸王率领，进向白蛮驻地；中路军由忽必烈率领，目标直指大理国都太和城。

征途多艰，到黄龙镇游赏一番，对忽必烈而言算是难得的消闲。

忽必烈回头看着阿术，微笑着叮嘱："不要跟得太近了。"

"遵命，殿下！"

忽必烈与子聪和尚来到黄龙洞外，果然看到一大群人正聚在这里，耳边听得人声鼎沸，却不知道他们在叫嚷些什么。忽必烈起了好奇心，使劲拨开人群，挤了进去，子聪也急忙跟上了他。

挤进人群中两个人才看清，黄龙洞外，一个女孩手脚被缚，嘴被一团破布塞着，正让几个壮实的汉子逼迫着跪在地上。女孩头发散乱，却倔强地瞪视着周围的人。围观的众人指指点点，七嘴八舌，其中一个法师打扮的人和他手下的几个徒弟尤其显出一脸义愤的样子，一再要求镇守赶快将这个冒犯神灵的"妖孽"扔到河里祭奠河神，以免河神怪罪，延误赐雨时日。

忽必烈奇怪，悄声问身边的一个村民这里到底发生了什么事。忽必烈自幼即拜汉儒为师，又秉承大金公主岐国亲自教养，蒙哥汗即位后，他坐镇漠南草原，经营汉地两年，这一切都使他对汉语有着很强的接受能力，他虽听多说少，简单的交流倒也没有多少问题。另外，因为他身边的汉臣赵璧、子聪等皆蒙汉兼通，他与他们的交流就更加不存在障碍。

对他略显生硬的询问，村民摇头不答。他又问为什么要以女孩祭河神？村民回说不知。忽必烈又好气又好笑，便不再询问，单看镇守如何处理此事。

此时，镇守眉头紧皱，不断搓着一双手，在女孩身边踱来踱去。显然，他对处理眼前的事颇有些犯难。

今年入春之后，忒剌草原遇到了多年未遇的旱灾，而旱灾最严重的地方当属黄龙镇，差不多有半年多滴雨未下。百姓们的生活极端困苦，不少人都跑到四川合州（今重庆市合川区）诸地或者大理国讨生活，留下的人多是那些舍不下房子舍不下地或者行动不便的老弱妇孺。可是老天不下雨，留下的人除了每日长吁短叹、怨天尤人，事实上依然任何事做不成。

久旱无雨本已让镇守头疼不已，在下属的举荐下，他动用府库一千两银子从外面请来了一位据传法力无边的大法师祈雨。好不容易盼到老天的脸阴了阴，谁料竟让一个不知从哪里跑出来的女孩子坏了祈雨的规矩，惹怒了河神扬起一阵风沙，刮走了天上几片灰色的云彩，让老天重新亮起了明晃晃的大太阳。这样一来，求雨心切的人们当然要将所有的怨恨都集中到女孩身上。

对女孩的审判已经进行了两个时辰了，镇守仍在搓手，仍在犹豫，而女孩对他所有的问话，都以沉默回答。

镇守气急败坏。女孩固然可恶，但他还是拿不准该不该以这样一个青春少女来祭奠河神。一来黄龙镇过去从来没有过这样的先例，二来镇守颇有一些爱民的口碑，毕竟是一条人命啊，如果他真的用女孩祭了河神后仍然不见下雨，他这个镇守岂不要一生良心难安？

大法师见镇守犹豫不决，而围观的百姓们都渐渐失去了耐心，他知道时机到了，当即向几个徒弟使了个眼色，徒弟们会意，在众目睽睽之下收拾起祈雨的法器，做出要离开的举动。

镇守吓了一跳，急忙拦住大法师，拱手问道："大师这是何意？"

大法师冷冷地回道："心诚则灵。既然大人没有诚意，这雨，本法师恐怕是求不来的。待在这里，又有何用处？"

镇守讷讷道："难道，一定要用这个姑娘祭奠河神才可以吗？"

大法师冷笑一声："什么姑娘！分明是个妖孽。若不是她闯进山洞，偷吃供品，想必这一刻已是甘霖普降。"

人群中有人喊道："杀了这妖孽，用她来祭河神。"

"对，把她扔到河里。"

"杀了她！杀了这妖孽！"

"杀了她……"

应和的呼声越来越响亮，大有不将女孩祭神誓不罢休之意，镇守面色如土。

大法师不容镇守再做思考，面向围观众人一揖到地，"对不起了各位，借光，请让一让，本法师无能，还请各位另请高明。"

众人哪里肯放他离开，纷纷跪倒在地，苦苦哀求，"大法师你不能走！大人，你不能让大法师走，你要救救大家，救救大家啊！"

镇守心知众怒难犯，思虑再三，摆了摆手，示意拖走女孩。

好不容易得到了镇守的允许，法师的两个徒弟急不可耐地走上前，抓起姑娘就要往山涧方向拖去。

"且慢！"一个洪钟般的声音突然响起，这一声犹如闷雷滚过。众人吃惊地看着忽必烈，忽必烈却扫视着大法师，一副不慌不忙、气定神闲的样子。

这个外乡来的汉子，他要干什么？

忽必烈站在原地未动，他问大法师："如果用这姑娘祭了河神，就一定会降雨吗？"

大法师倨傲地回答："是。"

"哪一天？什么时辰？"忽必烈继续问。

大法师脸上的犹疑一闪而过，"如果不是被这个妖孽搅了本法师的法事，今天就有一场好雨。这事，在场的众人都可以作证。"

众人点头称是。午未交时，天空的确阴过一阵。

忽必烈微笑，"我不问你这个。我只问你，如果用这个姑娘祭了河神，什么时候能够下雨？"

"这个嘛……精诚所至，金石为开，本法师诚心祈祷，河神消了怨气，自然会大发慈悲，普降甘霖。"

忽必烈转头向子聪说道："这河神的脾气真够大的。"

子聪和尚笑而不语。

法师心头微微一震。直觉告诉他，这个外乡游客来者不善，不像是个好惹的主儿。他正想着该如何应付，他手下的徒弟却被这个不速之客激怒了，抬人的那两个当即扔下女孩，和其他几个徒弟一起捋起袖子，向忽必烈逼来。

女孩落在地上时疼得"哎哟"了一声，一双眼睛却紧盯着忽必烈。忽必烈偶尔与她四目相对时，发现她那双又黑又亮的眼睛里非但没有丝毫恐惧，相反倒满是好玩儿的神情。

忽必烈不觉又是一笑，这女孩的表现还真是出乎他的意料之外。

大法师的一个徒弟喝道："哪来的妖人！你到底要干什么？"这个徒弟长得黑黑胖胖，身材魁梧，杵在那里，像一截黑铁塔。

忽必烈平静地回道："我是过路人，不是妖人。我也不要干什么，只是问问，用这姑娘祭了河神，就一定能下雨吗？"

"那当然。"

"具体的时辰呢？"

"你没听我师父说吗，很快就会有雨。"

"'很快'又是什么时候？明天吗？"

"你哪来那么多废话！告诉你，一句话，听好了：天机不可泄露。镇守大人，各位乡亲，我们几个把话放在这儿，如果你们还想请我师父为你们求雨，就必须保证他心神专一，不受干扰。否则，你们大可另请高明。"

围观的众人一时无人接话，目光却像约好一样，齐刷刷地落在镇守脸上。

祈雨之事一波三折。大法师不好惹，可这外乡人大有来头，恐怕更不好惹，他们都想看看镇守如何处置。

镇守把一双手搓得都快掉皮了，仍旧一筹莫展。

从内心来讲，镇守一点儿也不赞同用活生生的一个女孩祭神，可与一镇百姓的困苦相比，他只能选择退让。

本来以为事情这个样子解决就算了，不料突然又冒出这么一个不知死活的外乡人，这不是存心给他添乱吗？难道说，他该把这个外乡人也一并拿去祭了河神？

"镇守大人，你不用为难。你看到了吧，我这里也有一个法师，让我这个法师给你祈场甘霖如何？"忽必烈指指身边的子聪和尚说。

镇守上下打量着子聪和尚，子聪和尚不说话，一脸肃穆，静若闲云。

"他？"大法师脱口而出。

"就是他。"忽必烈看着大法师，脸上露出笑容，"你们两个都是出家人，何不来一场赌赛如何？"

一语既出，众人皆惊愕不已。

叁

好半晌，大法师才勉强回过神来，"赌？怎么赌？"

"你和我的这位法师先将下雨的时辰写在纸条上，交给镇守大人保管，然后你们分别各显神通，做法，祈雨。等到雨水降落，由镇守大人打开纸条，看谁写的时辰最准确，或最接近，就算谁赢。怎么样？"

大法师面露犹疑，沉吟不语。

忽必烈慢悠悠地问镇守："镇守大人，想必你为了请这位法师，花费了不少银两吧？你可是从百姓那里强征而来？"

镇守连忙摇手，"没有，没有，绝对没有。本镇百姓困苦至极，本官怎么会做出这等强逼百姓的事情呢？本官只是迫不得已动用了府库税银而已。这应该在本官的权限范围之内。"

"你的权限我无意过问，我要说的是，如果我的法师果真赢了比赛，这姑娘和银两是否都能交由我处置？"

镇守干脆地回道："既然是赌，当然可以。但如果你们输了呢？"

"输了嘛，你请法师用了多少银两，我愿多出十倍的银两，赔偿给府库和黄龙镇的百姓们。"

这桩意外的事情将围观众人的好奇心都引了起来，大家一扫方才的愁容与怒容，一个个交头接耳，兴奋不已。年轻一点儿的人索性大声起哄，非要看忽必烈与大法师如何赌赛。

镇守以征询的口吻问大法师："大师，你怎么看？要赌吗？"

大法师负气答道："可以！但……"

镇守性急，没容他说下去，"那好，既然大法师同意与外乡的法师赌雨，本官愿与在场的所有衙役和百姓做个见证。赌注是这样的：本官已付给大法师一半酬金，如果大法师赢得胜利，本官不但立刻奉上另一半酬金，还会在此数目上加倍酬谢。如果大法师输了，请大法师退回先收的酬金，连同这位偷吃了贡品的姑娘，全都交由这位外乡法师处置。二位以为如何？"

大法师面露愠色，"镇守大人，你太性急了，你还没有听本法师把话说完。"

"大法师请赐教。"

"若要本法师祈雨，须先将这个妖孽祭神。"他又绕了回去，以为退路。

忽必烈好像永远不会恼怒，脸上仍旧挂着和颜悦色的笑容，"大法师若这么说，你已经输了。"

"此话怎讲？"

"我的法师不用这个姑娘祭神，也一样能求下雨来。"

大法师一咬牙，"好，本法师就把酬金退给镇守大人，本法师倒要看看，惹怒了河神，你怎么求雨！"语气虽够果决，终难免色厉内荏。

"好，我们一言为定。"

"还有，既然本法师已退出赌赛，你敢不敢让本法师也做个见证人，看看你的法师要何日何时求下雨来？你们也不用写在纸条上，就在这里，你们当着大家的面，大声说，何日？何时？"

"可以。你且容我问问我的法师。"

忽必烈说着，扭头向子聪和尚低语了几句什么，子聪和尚亦压低声音做了回答。忽必烈频频点头，随后，他面向镇守和大法师，大声说道："我的法师说了，即日子时风起，丑时云起，寅时见雨。雨下三日，可解旱情。"

镇民们再次哗然。

14

镇守暗想，这个外乡人的口气未免也太大了些。这半年来，他请了何止几拨的法师前来黄龙镇求雨，僧、道、巫都有，哪个也没敢说过这样的大话！这个外乡人却敢如此造次，想他如果不是确有道行，就一定是脑子出了问题。

大法师与几位徒弟哂笑不已，根本不信忽必烈所言。大法师追问："本法师再请问，你们在哪里求雨？"

忽必烈四下张望了一番，向子聪和尚挤了挤眼睛，"就在旁边的河神庙吧。河神管雨，求他最灵。"

子聪和尚假装没看见他的小动作，眼睛看着别处，脸上却滑过一丝无奈的笑意。

镇守简洁地吩咐几个在本地颇有名望的乡绅，"本官和手下衙役、大法师师徒都要留在河神庙，陪这两位外乡来的法师求雨。你们回去，各家准备一桌斋饭来，法师求雨不容易，我们不能慢待他们。其余的人，也都先回去吧。"

他这样安排，实际上等于将忽必烈、子聪和尚以及大法师师徒一并软禁起来，不使他们遁逃。

几位乡绅明白他的意思，嘴里应着，招呼其他人，陆续散去了。

喧闹的玉翠山寂静下来。

忽必烈见女孩还被绑着，给她求了个人情："镇守大人，这位姑娘，我看你还是先把她放了吧。如果我的这位法师求雨失败，我再多出两倍的银两，买这位姑娘的一条命。你看如何？"

镇守摆摆手。

衙役遵命放开了女孩，女孩摸着被绑痛的手臂，既不害怕，也不离去，站在忽必烈身边，仍是一脸好玩儿的神情。

镇守叹口气："现在对本官而言，下雨远比银子重要得多。请二位法师大发慈悲，救救这一乡黎庶。"

"我们答应了镇守大人，自然会竭尽心力。不过，我在想，即使这一次我的法师可以求下雨来，将来再遇到这样的情况该怎么办？我看玉翠山山涧纵横，水源丰富，为什么不可以引水下山，灌溉农田？这才是真正一劳永逸的办法。"

镇守叹了口气，"本官何尝不想如此？可是引水下山是一项艰巨的工程，需要的不只是银两，更需要大量的工匠以及精通水利的人才。黄龙镇地处荒僻，地狭民贫，而本官又孤陋寡闻，难当此任啊！"

"镇守大人谦虚了，你有这样的心胸，果然是个惜民如子的父母官。唔，看来你现在最需要的是精通水利、农业、灌溉诸事的人才……这也不难。这样吧，我答应你，等求雨的事了结了，我再助你一臂之力，给你推荐两个人。有他们在，一定可以帮你解决引山泉入农渠的问题。"

镇守一躬到地，"如果二位法师能够帮我实现这个夙愿，那就是我袁某人的再生父母。"

"你姓袁？"

"正是。"

"你也不必谢我。这事呢，说到底还得我这位真正的法师帮你。他认识的人多，这些人一个个都很了不起，他们中正好有你需要的人。"忽必烈质朴地说，看不出一点儿虚夸的样子。

镇守对忽必烈渐渐生出几分好感和敬意。他原本只是把忽必烈当作求雨的法师，或者骗几两银子的过路人，可是经过这一番交谈，他对忽必烈的看法不知不觉地改变了许多。他觉得，这个外乡人的"道行"远不是他这等俗人所能想象的，事实上，此人气度非凡，来头不小。

镇守与忽必烈交谈当中，差点儿被祭了河神的女孩一直都在认真地倾听他们说话，他们停下来时，她向救命恩人露出笑脸。当她微笑的时候，脸上两个酒靥若隐若现，十分讨人喜欢。

忽必烈问镇守，"这姑娘是怎么回事？"

镇守扫了大法师师徒一眼。

此时，一行人已走进河神庙，大法师师徒看到河神庙外除官府衙役，还虎视眈眈地站着二十多个外乡人，这些人显然都是中年游客带来的，这一点也恰恰能证实中年游客的身份非同一般。他们心里慌乱，早没了初时的威风，几个人畏畏缩缩地挤站在河神庙一角，显然对是走是留一筹莫展。

镇守不觉叹口气。

他也是病急乱投医，或许他这样做本身就是昏了头的表现。

忽必烈还在等镇守回话。在这工夫，他饶有兴致地打量着殿中彩绘泥塑的河神坐像，不由暗叹饱受缺雨之苦的百姓对河神的崇敬。

看得出，这个河神庙香火着实鼎盛。

镇守要大法师过来，回忽必烈话。大法师不敢不过来，只能强自镇定，慢慢地走到忽必烈面前。很自然地，镇守与忽必烈互换了角色，忽必烈就在河神庙中充当了一回镇守，只不过他询问的对象是大法师。

忽必烈问大法师，还是他那种特有的慢悠悠的语调："这姑娘怎么了？"

大法师回道："她偷吃了供品。"

"偷吃？怎么发现的？"

"今天一早，我带徒弟们来到河神庙时，发现似乎有人动过供品，但当时我们的心思全都扑在求雨上，也没有太在意。午未交时，天果然阴了起来，本法师急忙加紧求雨，谁知大约一刻钟后，风起云散，本法师正在纳闷，就见两只穿着绣鞋的脚从供桌底下突然伸出帷幔之外。本法师当时吓了一跳，要徒弟们掀开帷幔仔细一看，原来竟是这个妖女，她的身上满是供品的渣滓，还在睡觉。想是她偷吃供品后，在供桌下睡熟了，睡梦中将脚伸出了供桌外。"

忽必烈嘴角动了动，大概想笑，又忍住了。

大法师继续说道："本法师这才明白，为什么本法师这一次求雨会突然失败，原来全是因为这个妖女的过错。妖女对河神不敬，惹怒了河神，才使河神收回了赐雨的令旨。本法师求雨未果，对这一镇百姓无法交代，心里怎能不气？不急？在这种情况下，本法师当然只能将这个妖女捆绑起来，交予镇守大人和全镇百姓处置。请问，本法师这么做，难道有错吗？"

忽必烈未语先笑，他关心的是另外一件事，"果真如此吗？你发现这丫头时，她竟然还在睡觉？"

"这个，你可问妖女。"

忽必烈真的看着女孩，问道："是这样吗？"

女孩转动着明亮的眼睛，一脸无辜的样子，向忽必烈点点头。

"你为什么要偷吃供品呢？"

"我饿。"女孩干脆地回道。

忽必烈脸上的笑意更浓了，像是有意逗弄女孩，他继续追问："你怎么会碰巧来到河神庙？你知不知道这里有大法师正在做法事？"

"不知道。我来黄龙镇，本来是找我一个朋友的，可我的朋友离开黄龙镇了。当时，太阳已经落山，我一时不知道该在哪里借宿，也不习惯住在陌生人的家里，就摸黑上了玉翠山。我原本打算在玉翠山随便找个山洞休息一下，然后明天在山上好好玩上一天，然后就回去了。我没找到人，不能总待在黄龙镇吧。

"我上山后，天已经黑透了，我走着走着，看到前面有一个大房子里有灯光，就进来了。我哪里知道这个大房子就是河神庙！不过，最妙的是在这么安静的地方，居然有许多好吃的东西，都摆在一张铺着帷幔的桌子上。我已经一天没吃一口东西了，只在上山的路上喝了点儿山泉，早就饿得头晕眼花，现在看到有东西吃，我哪里还能顾上那么多。再说，我还以为这些东西都是老天爷好心为我准备的呢。

"我把这些好吃的点心各样都吃了些，肚子饱了，我看桌子下睡觉挺好，就钻了进去。没想到，我很快睡着了。等我醒来，发现好几双绿油油的眼睛正从桌子外面瞪着我，我还以为自己被狼群包围了呢。"

忽必烈哈哈大笑起来。

被他的笑声感染，镇守的脸上也不由旋出几分苦笑。刚才，任凭他怎么追问，这女孩就是一言不发。

女孩却不笑。不但不笑，还很认真地盯着忽必烈看。好一会儿，忽必烈才敛住笑容，向女孩问道："你进庙后，就没看见河神像吗？"

女孩摇摇头，"没有，我只看到吃的东西。"

此言一出，不止忽必烈，连大法师和子聪和尚都笑了。

忽必烈问了她最后一个问题："你叫什么名字？哪里人？"

女孩回道："明天我再告诉你。"

庙中的紧张气氛完全缓和下来了。忽必烈的随意朴实，又消除了几分镇守对他的疑虑和戒心。

忽必烈沿着河神庙中走了一圈，他发现这座河神庙是一个单独的求神之处，算不得很大，也不算太小，庙中只供了河神一尊神像。庙堂收拾得很洁净，显然，这座河神庙是有专人负责管理的。

走走看看，忽必烈信步走出了河神庙，镇守紧紧相随，他们边走边聊，越聊越投机，大有相见恨晚之意。

据镇守介绍，黄龙镇玉翠山上的这座河神庙建起差不多有三百多年了，里面所供河神的元神乃上界一条黄龙，三百多年前黄龙曾托身为皇子，后因国家遭到战乱，皇子被敌将擒杀，不幸阵亡。

皇子死后，黄龙灵魂不散，化为河神，享受人间烟火。在扎剌草原上，所有人都知道河神中属这位黄龙神最灵验。这种灵验表现在，黄龙神在和平时期喜欢待在本庙里，对黄龙镇的百姓堪称有求必应，而一遇到战争，他往往会躲起来，没有诚意或法力，他轻易不肯回到玉翠山施法。

当然，正因为黄龙神灵验，历朝历代都有一些官员及富商大贾对这座建于三百年前河神庙进行修缮，使其得以留存至今。

忽必烈登上了玉翠山山顶，向下俯瞰。他在想，该如何将山涧之水引下山去，灌溉农田呢？还有，行军途中，一下子拿出五十万银子，会不会让他捉襟见肘？

但是子聪说得确实有道理，民为国之本，没有天下百姓的拥护，即使征服再多的城池又有何益！

也许可以将张文谦和姚枢留下，他们会有办法的。

眼下，只能如此了。

肆

不出一个时辰，众士绅约好，一起将斋饭酒席挑上山来。因河神庙不设供人休憩的房舍，镇守只好请大家都到庙前的空地上，权且以地为席。

斋饭摆上来。虽然只有当地人常喝的一种米汤，菜的种类也只有三五种，主食却是尽够食用。

镇守为敬今晚求雨的法师，坚持请忽必烈和子聪和尚上坐。镇守不明情况，子聪和尚焉肯僭越，只与镇守在忽必烈下首左右相陪。大法师和当地几位德高望重的士绅也受邀与忽必烈、镇守同席。

此外，还有那位偷吃供品被忽必烈救下的女孩，忽必烈特意吩咐她坐在子聪和尚身旁，之所以如此，是因为他想让女孩乘机好好吃上一顿。

他们这一席十数人，除女孩来路不明外，都是有些身份的人，其余的人则分坐在其他四席。其中，忽必烈带来的二十余名随从，既不用膳，也不坐席，每个人只取些炊饼、馒头、包子之类，就着水吃了，权充一顿晚餐。匆匆地吃过喝过，他们便又警惕地守卫在忽必烈周围，决不敢有丝毫松懈。他们的这种表现，更让镇守认定中年游客的身份不一般。可是，他仍旧猜测不出，中年游客究竟是个什么样的人。

毫无疑问，他是一个蒙古人。自从蒙古人攻占忒剌草原后，忒剌草原各镇各民族杂居，因此，见到几个蒙古人并不让人特别稀奇，可是像这样既会施法祈雨又财大气粗的蒙古人，镇守还真是头一次见。

镇守本身是个极端务实的人，席间，又同忽必烈谈论起建渠引泉之事，忽必烈很欣赏镇守这种执着的态度，不得不认真对待这个问题。

想了一会儿，忽必烈说道："工匠我能给你找到，可是，这个工程需要大笔款项，只怕一时筹措不到这么多银两。"

镇守问："需要多少？"

忽必烈指指子聪和尚，"我的法师为你算过了，五十万两左右。"

"多少？"

"五十万两白银，不是小数目啊，如果能容我一些时间……"忽必烈捏捏耳垂，没再说下去。

镇守目光炯炯地注视着子聪和尚，"这笔钱，是不是把征用民伕的费用也都包括进去了？"

子聪和尚点头。

"如此说来，还能省不少。"

"哦，怎么省？"

"建渠引泉，这可是一劳永逸、造福后代的大好事，百姓们只要明白这个道理，一定会无条件支持的。他们支持，每天每家出一次义工就不成问题。至于材料的费用，也能省一些，玉翠山后面的山谷里有现成的石头和木材，用来修渠最好不过了。而那些不能省的费用，本官自会设法筹措一些，再向当地士绅们借用一些，这样多想想办法，即使能动用的银两不够，想必也不会差太远。所有这些事本官其实不止一次考虑过，唯一让本官犯难的，还是不知道该从哪里聘用以及是否能聘用到真正懂工程的人才这件事。毕竟，水火无情，这是谁都明白的道理，如果没有可行的方案，本官怎敢贸然引水下山？本官不能为百姓反害百姓。二位法师，你们说，本官的想法对吗？"

子聪和尚精神一振，"好，太好了！难为镇守大人想得如此周到，这件事情我看可以抓紧时间实施。"

"本官也是这个意思。百姓在等水，水就是生命。忒剌草原自古旱情较他处为重，一味靠天吃饭终究不是办法。"

"镇守大人说得对。镇守大人，你不妨粗略估算一下，除去工程可以省下的部分，以及你目前能够筹措到的，金钱上还有多少缺口？不足的部分，我们可以一起来想想办法。你还不知道，我们这位王……啊，王法师，他与川陕地区的某些巨富之人过从甚密，他们通常都会给他些面子。"

忽必烈笑眯眯地瞪了子聪和尚一眼。他了解子聪和尚的苦心，出家人以慈悲为怀，何况是子聪和尚这样有着大志向、大胸襟，希望倚傍昆仑，建立太平盛世的出家人。子聪和尚一再激将他，无非是为了让他同意出资建渠。刚才，亲眼看到黄龙镇人为了求雨不惜以人为祭，他第一次深切地感受到，不是民心之恶本如此，而是百姓被逼无奈之举，求生的本能会如海浪翻卷，吞噬一切良知。

子聪和尚说的不是没有道理，身为大汗之弟，继承父祖遗志开疆拓土固然重要，但与征伐大业相比，解民于倒悬更加刻不容缓。这应该是如日之升的蒙古帝国争取民心的最有效、最便捷的途径。

镇守与众士绅起身，一起向忽必烈深深施礼。子聪和尚的话也许言过其实，禁不起仔细推敲，可镇守没来由地就是相信他。

"原来法师姓王。袁某人在此代表全镇百姓，务请王法师施以援手，鼎力相助。工程完工之日，袁某人当为王法师立本主庙以谢恩德。"

忽必烈惊讶，"本主庙是做什么的？"

子聪和尚解释道："就是给活人立的祠堂，如同这河神庙里的河神一般。不过，王……法师您是活着时就能接受百姓的供奉。"

"啊，那还是算了吧，本王……法师不必你们立本主庙，本王……法师答应给你们弄钱就是。"

"袁某谢过王法师。"

"我等谢过王法师。"众士绅应和，行礼如仪。

忽必烈爽快地向他们挥了挥手，"坐吧，坐吧，都坐吧。不论我答应你们什么，也得等明日的雨下了再说，难道不是吗？"

镇守和士绅这才想起今晚还有这样一桩让人揪心的事，一个个面面相觑，脸上的表情重又变得凝重起来。

是啊，这两个外乡人虽然怎么看怎么都不像是骗子，但他们是否真有本事让老天赐下甘霖，的确还需拭目以待。

山上几十个就餐的人当中，真正无忧无虑，放开肚皮大快朵颐的只有女孩一人，其他人无不各怀心事。女孩似乎生就一副好胃口，见什么吃什么，一点儿不挑剔，而且，在她拼命往嘴里填东西的时候，别人说什么她一点儿不在意，只有忽必烈说话时她才会注意倾听。

忽必烈偶尔会扫上她一眼，见她经历了一场生死磨难，胃口依然这么好，真有些啼笑皆非。

黄昏时晚宴结束，子聪和尚请镇守给"王法师"以及他们带来的随从找个地方休息，其他的人全都下山，他只需镇守一人陪着，安安静静地留在河神庙求雨就好。一个士绅在离玉翠山不远处建有庄园，庄园中空闲的房间很多，他主动提出愿将"王法师"一行和大法师师徒全都接到家中安置。镇守也不反对，只是吩咐衙役一起入住庄园，"保护"好二位法师。

人们陆续散去了，子聪和尚与镇守回到空荡荡的河神庙，他们将在这里等候寅时的到来。镇守找了两个蒲团先请子聪和尚坐下，自己不客气地坐在子聪和尚对面。他很想看看子聪和尚怎么求雨。只见子聪和尚对他笑笑，拨亮油灯，从随身背着的包裹里取出一本书，就着灯光专心地看起来。

镇守原以为他看的不是佛经，也一定是有关占卜之类的书籍，悄悄把头凑过去瞟了一眼，却发现子聪和尚读的竟是《资治通鉴》。这一下他更坚定了自己的判断：这两个外乡人绝不是什么行走江湖的法师，他们的行为做派都更像是朝廷的官员，甚或根本就是朝廷中的高官。

倘若如此，他们为什么会来到黄龙镇，而且为什么非要蹚这趟浑水，主动提出要为黄龙镇的百姓求雨呢？如果他们求下雨来倒也罢了，如果他们求雨失败，又该如何收场呢？

不明白，实在不明白。

镇守怀着疑问，不敢打扰子聪和尚，将身体靠在供桌上，不一会儿竟然蒙眬睡去。这还是半年来他最踏实的一次入眠，他甚至还做了几个光怪陆离的梦。后来，他听到"轰隆隆"的巨响，身上打了个寒战，突然惊醒过来。

他向对面看了一眼，愣住了。

供桌上的油灯依然亮着，他对面的那位法师却不见了，他大吃一惊，睡意全消，第一个念头就是去寻法师。

他走了一步，又站住了。

他看到庙门大开着，冷风夹着雨丝不断地灌入屋内，在短暂的迷惑之后，他恍然明白：下雨了！下雨了，下雨了，真的下雨了！在半年令人心焦的干旱之后，老天爷真的赐给了他们一场甘霖，而这一切，皆拜两个外乡法师所赐。

镇守热泪盈眶。

下雨了！天哪！太好了，终于下雨了！一切皆如法师所预言的那样。可是，法师呢？他们的恩人呢？法师会去哪里了？难道法师冒雨下山了吗？

"法师，法师。"他边向门边走，边大声唤道。

一个声音从供桌下传来，把镇守吓了一跳，"镇守大人，把门关上吧。这风真够大的，把门也吹开了。"

镇守呆呆地站住了，并没有动手去关门。

供桌的帷幔动了动，镇守吃惊地看到子聪和尚从供桌下钻了出来。

"这供桌下地方真不小，还铺着毡毯，难怪那贪嘴的丫头找到这么个地方睡觉。她真是蛮聪明的。"子聪和尚笑着说。

镇守两眼望着子聪和尚，惊得连话也说不出来了。

"什么时辰了？"

"啊，什么时辰了？"镇守机械地重复。

子聪和尚走到门前，关上门，回头向镇守一笑，"镇守大人，我们不如再睡一会儿吧。难得我今天有些困意。"

"唔。"镇守嘴里应着，脚下却依然没有移动。

此时此刻，终于盼来下雨的狂喜，对天意莫名的敬畏，肃穆的河神庙，"法师"若无其事的轻笑浅语，都让镇守为之精神恍惚。他使劲摇着头，掐自己的手背，试图证实一下自己是不是还在梦中。

这时，他清楚地听到了雨滴不断打在房檐上发出的"噼啪"声，犹如跳跃的音符一般美妙无比。如果他还需要点儿别的证明，一道闪电瞬间穿透窗棂，照亮了庙中的每个角落。接着，沉闷的雷声滚过，用一种不容置疑的方式告诉他：下雨了，他听到的看到的都是真实的，他没有做梦。

"是雷阵雨，明日午后，会转为连阴雨。"

这句话并不是说给镇守听的。镇守的两只脚像长在了地上，立在离庙门几步远的地方动也不动。

见镇守不睡，子聪和尚的睡意也没了，他坐回到原处，重又开始读那本他读过无数遍的《资治通鉴》。不知过了多久，当他抬起头时，看到镇守正静静地跪伏在他的面前。"啊，镇守大人，你这是……"子聪有点儿惊讶。

"恩人，请受袁某一拜。"

子聪和尚起身欲扶镇守，"镇守大人切莫如此。"

镇守却不肯起身，"法师，你真是活菩萨降临，你就是我全镇百姓的恩人啊，理应受下官全礼。"

"非也，这都是镇守大人爱民之心感动上苍，才有这一场甘霖。镇守大人，请你起来说话。如果你一定要谢，还是谢我家王……法师，他答应筹资为忒剌百姓建渠引泉，这才是充分利用玉翠山水源，解决黄龙镇干旱问题最根本的办法。至于贫僧，无非是预测到近日有雨，并非作法求得。而且，即使这一次旱情可得缓解，也只是暂时的，只有建渠引泉工程完工才是长久之计。"

"法师……"

"你想说什么？"

"您和那位王法师，真的是法师吗？"

子聪笑了，"你看我们像法师吗？"

镇守摇头，"不，不像。"

"那你觉得我们是什么人？"

镇守思索着，"我听说蒙古的忽必烈亲王率领大军已到忒剌草原，难道……"

子聪扶着镇守的胳膊，将他搀了起来。"天亮后你我下山，一切自会明了。"他平静地说道。

镇守顿有所悟。

伍

天色微明时，雨停了一会儿，但天空仍是阴云不散，看样子还要再下。衙役已至山下，备了两顶八抬大轿，来接"法师"和镇守返回庄园。

与衙役一道,怀着一颗虔诚之心前来迎接"法师"和镇守的百姓不计其数,他们将子聪和尚视为活神仙,崇拜得无以复加。子聪和尚不肯受礼,又无法拒绝,只好听任百姓一路相随,回到庄园。

至庄园门外,子聪请镇守好言遣散百姓,他担心人多有失,于忽必烈的安全不利。甫进庄园,就见阿术匆匆向他走来。"子聪大人,王爷在等你。"阿术直截了当地说,他可不耐烦管忽必烈叫什么"王法师"。

镇守虽有预料,浑身仍是一震,两眼紧紧盯着子聪。这一次,子聪没有否认,"镇守大人,请随我去拜见忽必烈王爷。"

"果是蒙古忽必烈王爷?"镇守只觉脑袋"嗡"地响了一声。

"没错,是王爷驾临。你不必担心,王爷微服到此,你是不知者不为过,王爷不会怪罪你的。你随我来吧,王爷一定有话问你。"

"是。"

子聪走了几步,又停住了,回过头注视着镇守,目光闪动。镇守不知道他要对自己说什么,心里一慌,"啊,大人……"

"还有一件事。"

"您尽管吩咐。"

"建渠筹资之事,一定要让王爷应承得更具体些。只要王爷答应了,无论他想什么办法,也能保证你这里建渠资金尽快到位。说真的,如果在平时,数十万两白银本来不成问题,但现在正值大战前夕,王爷顾虑前方战事需要,断不肯动用国库供给。本官思来想去,只能从川陕富庶之地想想办法,但没有王爷的谕旨和圣旨金牌,那些官员们必不肯买账。待会儿王爷问话时,你只需将话题尽量往建渠上引就好。"

"是,下官遵命。"

阿术引着子聪和尚和镇守来到忽必烈的卧室。忽必烈大概刚刚起床,他不整衣冠,也不下床,在侍卫的服侍下,正盘腿坐在阔大的床榻上吃早饭。他吃得津津有味,看到子聪和镇守,立刻招呼他们都过来一块儿吃点东西。

镇守哪里敢与王爷同桌用餐,子聪却好像早就习惯了,不容镇守犹豫,拉着他走到床前,坐了下来。

忽必烈的早饭很简单,桌上只摆着一盘饼皮烤得有点儿焦煳的肉饼、一盘素饼和一壶热水,连茶叶也没放。子聪拿了两只碗分别放在自己和镇守的面前，他从盘里拿过两块肉饼放在镇守的碗里，又从盘中拣了一块儿素饼放入自己的碗中。子聪边吃边随意地与忽必烈闲聊着，谈的话题大多是昨晚睡得好不好，有没有被雷声惊醒之类。

镇守简直惊奇极了。

在他们举家搬迁到忒剌草原之前，他的祖上在宋朝做过地方官，即使后来家道中落，他们这个家族仍保留着许多严格的、井井有条的家规。他没想到，或者说他无法想象，身为蒙古帝国的亲王和三军统帅，忽必烈竟然是这样的"不讲规矩"，他的这个样子，实在让人无法对他产生敬畏，却不能不对他感到亲切。

的确，这种感觉既矛盾又奇妙：他正与一位高高在上的王爷同桌共食，而此人却如同他多年不见的朋友一般。

一顿饭吃了不到一刻钟便结束了，忽必烈吃饭速度很快，子聪早饭吃不多，镇守则是拘谨不敢吃。侍卫撤下饭桌后，忽必烈抹了把嘴，这才跳下床换上昨天穿的那身衣服。阿术从门外进来，看到阿术，忽必烈想起一件事，命阿术去带大法师师徒过来，吩咐完，他脱掉刚穿上的马靴，重又盘腿坐在床上。

侍卫去搬了两把椅子来，放在床前，请子聪和镇守都坐下。镇守十分奇怪，不知道忽必烈要做什么，可子聪和尚不说话，他也不敢贸然询问。

心里正犯着嘀咕时，阿术带着大法师师徒进来了，镇守这才明白，原来，忽必烈是要以床为座，就这样审讯"人犯"了。说真的，这个样子的审讯岂止是不严肃，简直就是太随便了，像唠家常一般。

忽必烈不怒自威，大法师师徒面色如土，战战兢兢地跪在了床前。

忽必烈开门见山地问道："你们为什么要逃跑呀？"语气平和，并不让人觉得威严或者不快。

大法师师徒不敢回答，只管磕头求饶。

忽必烈要他们站起来，"你们先说清原因，再看本王是否能饶过你们。"

"本王？"大法师惊讶之下，脱口而出。

阿术喝道："王爷问你话，你快回答。"

"王……王爷，不，不是……法……法师吗？"大法师结结巴巴地问。

"法师？哦，对了，本王就是法师，法师就是本王。你也不必害怕，本王也不打算要你们师徒的命。你们，尤其是你这位做师父的，只须老实回答本王的问话就好。本王还是那个问题：昨天晚上，你们为什么要逃跑？你也不想想，我的这位阿术将军，岂是能容你们跑得了的？本王就是不明白，昨天下午，咱们的打赌明明已经中止了，而且你们也退回了谢银，为什么还要逃跑啊？"

看来不回答是不行了，大法师横了横心，硬着头皮回道："我们，我……我怕……"他欲言又止。

"怕？怕什么？"

"王……王爷的……法师求下雨来，罪民没……没……没脸见人，罪民怕王……王爷治罪。"

"你又不知道本王是王爷，怎么会治你的罪？本王想，你主要还是怕丢面子吧。"

"是……是。"

"你老实告诉本王，你们师徒这些年行走江湖，骗了多少人？敛取多少钱财？够不够买房置地，娶妻养子？"

大法师吓得两腿一软，"扑通"一声跪下了，"王爷，罪民没有骗人，罪民真的没有骗人啊。除了这一次，罪民求雨没有不灵验的，这一点，有方圆百里请罪民去求过雨的百姓们可以作证。"

"果真？那你凭什么就能求得下雨来，难道，天上的雷公雨神是你的亲戚？"忽必烈好奇地追问。

换了别人这样问可能语带讥讽，忽必烈却是很认真的。大法师抬头看了忽必烈一眼，发现忽必烈并无恶意，急忙回道："不是。雨前变冷，雪前变暖，天地有道，万物有兆，罪民无非是略通阴阳，善测天象而已。每一次，哪个地方缺雨干旱，罪民都会提前到这个地方待上一段时日，用心观测天象，一旦罪民预测到何时将有雨下，罪民才会接受当地信民所请，煞有介事地设坛作法求雨，是以无有不准。如果短期之内无雨，罪民便会以种种借口加以拒绝，或者干脆离开此地，不予求雨。当地百姓和罪民的信徒不知真相，他们见罪民说什么时候有雨什么时候就有雨，皆将罪民视为活神仙，对罪民越来越虔敬，就这样，罪民名声在外，向他们收取的酬金自然也是水涨船高。说真的，如果没有这样一点儿本事，而且如果不是每一次都十拿九稳，单纯靠行骗，骗一次两次可以，如何能骗长久？"他一口气说完，居然一点都不结巴了。

忽必烈发现自己被大法师说服了，边听边不断点着头，"你说的好像也有些道理。"

镇守惊讶地看着子聪和尚，他心里想的是：这位王爷也太单纯了吧。子聪懂得他的意思，唯有暗暗发笑。

十六岁那年，子聪随师父海云法师受邀赴漠北忽必烈王府，自此被忽必烈留在身边委以重任。其后，在他、张德辉以及耶律楚材、郭宝玉等人的引荐下，中原不少名儒大家、饱学之士纷纷进入王府，成为忽必烈的心腹和肱股重臣。跟随忽必烈的时间久了，他们都了解忽必烈的为人，这位喜好结交天下才俊之士的蒙古王爷，像他的祖父成吉思汗一样，对世间万物都怀有一颗永无止境的好奇之心。

"那这一次呢？怎么就不准了？"忽必烈继续追问，示意大法师可以站起来了，大法师却没敢动地方。

"啊，这一次，按照罪民的预测，不出未时一定会有一场甘霖，不料偏这一次罪民的推测却是错了。午时时分，风起云散，罪民心里就有些发慌了。对罪民而言，天下不下雨事小，罪民丢了面子可是要紧的大事。罪民脑子一乱，当时心心念念地只想找个借口将这次的失误搪塞过去……"

"所以，你就趁机诬赖那个女孩子偷吃供品，冲撞了河神，还要拿她祭神。"

"她……她的确……是。"

"本王再问你，拿她祭神后，天若再不下雨，你怎么说？"

"这很简单，反正她已冲撞河神，河神何时消气，何时赐雨，罪民即使说不准，这里的百姓也必不疑怪罪民。"

忽必烈怒极反笑，"亏你想得'周到'。就凭这一点儿，本王也可以治你死罪。你一定不是真正的出家人吧？"

"罪民年幼之时曾剃度出家，后来因受不了寺庙的清规戒律，加上战祸不断，祸及本庙，师父及众师兄弟非死即散，因此，罪民十五年前已然还俗。"

"既然如此，你为何还是一副僧人打扮？"

"忒剌草原及大理之地，居民无关贵贱，多虔诚礼佛，罪民为人求雨，穿着这样，更容易令人信服。"

"你倒很诚实。让本王想想，该给你定个什么罪？唔，该如何处置你们师徒？"忽必烈眼珠一转，突然提高了嗓门，"要进就进来！你在那里做什么？"他的嗓门本来洪亮，这一喊，大法师被他吓得浑身哆嗦了一下。

镇守和子聪和尚顺着他的视线望去，只见昨天被他们救下后带回庄园的女孩，此时正侧着身子站在门后，嘴里嗑着大拇指的指甲，偷偷地向里张望，而侍卫和衙役们对她并无防范之心。

忽必烈早就看见了女孩，却一直不动声色。

女孩真的从门后跃出来，走到子聪的身边站住，眼睛望着忽必烈，眼神里满是好玩儿的笑。忽必烈嗔怪道："你这小东西，嘴馋，耳朵也馋。"他的意思是说女孩不但偷吃，还偷听。

女孩听不懂他话里的深意，辩解道："我嘴馋，耳朵不馋，我不用耳朵吃饭。"

忽必烈笑了，指指大法师师徒，问道："你差点儿被他们几个拿去祭神了，不如你来说说吧，他们这几个人该如何处置？"

女孩扫视着大法师，师徒几人的心顿时提了起来。不等她说话，大法师的那个黑胖徒弟向前跪行几步，叩头不止："王爷，王爷，请您高抬贵手，饶了我师父吧。就算师父求雨敛财不应该，但师父从来没做过真正伤天害理的事啊。这一次，也是我坚持要拿这丫头去祭河神的，不关我师父的事儿。他收留了我们，对我们不薄，我没什么可以报答他的，现在，我愿一人领下所有罪行。王爷要杀，就杀小的吧。请您杀了小的吧。"

女孩不理会他，回头问忽必烈，"我说的话算数吗？"

"哦，合情合理就算数。"

"那好。让他们师徒留在黄龙镇，帮镇民一起建渠吧。"

镇守与子聪彼此相视。他们万没想到，不用镇守费脑筋，女孩已经帮他们把话题引到了黄龙镇建渠的问题上。无意中，女孩还真帮了他们一个大忙。

"为什么？"忽必烈问。

"你不是说了，你不打算要大法师师徒的命吗？既然如此，不如让他们帮着建渠引泉。以前，他们靠卖弄玄虚骗钱，劳动的时候，他们就必须用汗水换钱，这应该是很不错的处罚吧？再说，大法师会看天象，帮镇民建渠引泉，他可以发挥所长呀。"

"这倒是个好办法。你怎么想到的？"

"我做错了事，我爹就要我上山捉兔子烤给他吃。后来，我不做错事，我也会天天上山捉兔子给他吃，再给他烫壶酒，哄着他吃了喝了去睡觉，省得他一闲着没事就冲我唠叨。你不知道，我家门前的山上，兔子多得跟树叶似的。"

"好吧，就照你说的做吧。这样的处罚，你们师徒几个可愿意接受？"

大法师师徒哪里还能说不愿意！这么轻的处罚简直出乎意外，他们急忙磕头谢恩。

忽必烈的目光落在大法师的黑胖徒弟身上，"你叫什么名字？"

"回王爷，小人叫铁桩。"

"铁桩？这名字好。铁桩啊，本王看你是个讲义气的人，又不怕死，不如你跟了本王去，在战场上搏些功名如何？"

铁桩喜出望外，"真的吗？"

"君无戏言。"

铁桩问大法师，"师父，可以吗？"

大法师点头，"徒儿，你还不快谢过王爷。"

"是。铁桩谢过王爷。"

"不必。你们都起来吧。阿术，让铁桩跟着你，你给他找个差事做。"

"遵命，王爷。"

处理完所有的事，皆大欢喜，忽必烈心情舒畅，正要下床，子聪向镇守使了个眼色，镇守会意，离座跪倒，"王爷。"

"镇守这是何意？啊，本王明白了，一定是子聪教给你，要你催着本王，答应给你人、给你钱是吧？"

镇守没敢回答。子聪一脸坦然。

忽必烈想了想，"阿术。"

"在。"

"去请张文谦和姚枢过来。"

"遵命。"

忽必烈下床，女孩机灵地帮他穿上马靴，铁桩的两只眼睛紧紧注视着她，生怕她有什么企图。

女孩退至一旁，忽必烈扶起镇守，看了子聪一眼，"这下，你放心了吧？"

子聪双手合十："谢王爷！"

"袁镇守，有本王留给你的这二位能人，还有本王留给他们的圣旨令牌，你自可安心建渠引泉，一切无忧。黄龙镇是个好地方啊，可惜本王不能久留，你们就在这里跟本王拜别吧。别忘了，工程完工之日，给本王捎一瓶山泉水过来。"

镇守双泪交流，"是，王爷。下官代全镇百姓谢过王爷！下官恭送王爷！"

"送王爷！"众衙役不敢违命，只在屋中跪伏相送。

屋外，细雨迷蒙。放眼望去，雨丝中，玉翠山如同一块硕大无比的翡翠，横亘于天地之间。

自出征以来，忽必烈的心情还从未有过这般轻松和愉快。

陆

两年前，忽必烈的长兄蒙哥汗登临汗位，成为继贵由汗之后的蒙古第四位大汗。蒙哥汗即位后，励精图治，严格执法，释放因犯，安抚民心，以铁的手腕迅速整治了自窝阔台汗去世到贵由汗即位期间一直混乱无度的国家秩序，随着国库充盈，军事实力进一步得到提升。在这种情况下，蒙哥汗开始着手征服南宋的准备。

蒙哥汗在总结窝阔台汗征宋战争经验教训的基础上，从长江防线不易突破这一具体情况出发，制定了"图蜀灭宋"的战略方针。而在具体操作中，他仿效祖父成吉思汗、伯父窝阔台汗"南北对进、分进合击"的战法，决定先攻克大理（今云南）、交趾（今河内），然后挥师北上，与南下部队会合，使南宋处于腹背受敌的态势。

蒙哥汗二年（1252），汪德臣引兵入蜀，迫近嘉定，与宋军发生激战。虽然嘉定会战以汪德臣败退告终，但是嘉定会战的头号功臣余玠却遭权臣构陷，又因不得辩解，含恨服毒自尽。这样，南宋方面等于为蒙哥汗除去了心腹之患。

嘉定会战后的第二年，蒙哥汗正式决定出兵大理、交趾，他把这个任务交给了自己的胞弟忽必烈。

行军途中，忽必烈命人传来在黄龙镇被他解救下来的女孩。直到现在，他还不知道女孩的名字。

女孩被引到忽必烈的大帐。见了忽必烈，她也不行礼，依然是一副满脸好奇的表情，上下打量着忽必烈。

刘秉忠示意她行礼，"姑娘，这是我们殿下，这欠，多亏他救了你。"

"什么'下'？"女孩惊讶地问。

"殿下。"

"殿下是做什么用的？"

刘秉忠不料女孩会这么问，倒被问住了，下意识地挠了挠光光的头皮。

忽必烈哑然失笑。他不想难为女孩，招招手要女孩靠近些。女孩真不客气，径直走到忽必烈身边，不等忽必烈招呼，便坐在了通常该是王妃坐着的位置。

刘秉忠被惊得目瞪口呆。

忽必烈恍若未觉，含笑问道："现在你可以告诉我吧，你叫什么名字？是哪里人？怎么会到黄龙镇来？"

"你一下问了这么多，你想先知道哪一个？"

"先告诉我你的名字吧。"

"名字嘛，我有两个，一个叫西诺尔里诺，一个叫罗凤。你想叫我哪一个？"

"罗凤简单，叫罗凤吧。"

"嗯。家里人和部落里的人也都这么叫我，只有我爹跟我生气的时候，才叫我西诺尔里诺。他说，西诺尔里诺，你再不听话，再跟我顶嘴，我踢烂你的屁股。"

忽必烈笑了。"是吗？他真的踢你吗？"

"他踢不着我，我在山路上跑得比他快。要是在水里，我能把他的肚皮灌得涨起来。你不知道，他是个旱鸭子。有一次他掉在水里快要淹死了，是我娘路过将他救了起来。结果当天，他就赖在我娘的竹寮里不走了，他还尽给我娘说好话。我娘被他磨得心软了，就嫁给了他。"

"你就这么不喜欢你爹吗？"

"也不全是。不过这一次他的事情做得太过分了，我才跑出来。我要跑到一个他找不到的地方。"

"怎么？他又要踢你的屁股吗？"

"不是，他要把我拴起来。"

"拴起来？"

"是啊，他要把我嫁给一个我不喜欢的人。"

"这么说你见过那个人？"

"当然了。"

"为什么不喜欢呢？"

"因为，因为他长得抽抽巴巴的，太节省地方了。"

忽必烈再也忍不住，放声大笑。

罗凤忽闪着一双黑黑的丹凤眼，一直看着他笑。等他终于不笑了，才一本正经地问道："对了，忘了问你了，你叫什么名字？"

"我嘛，我叫忽必烈。"

罗凤的脸上现出恍然大悟的神情，"噢，我懂了，你也有两个名字，一个叫忽必烈，一个叫殿下。还是殿下叫起来简单，我以后就叫你殿下好了。"

"行。我叫你罗凤，你叫我殿下，我们一言为定。"

"一言……嗯，定。"

忽必烈又问了一遍罗凤刚才没有顾上回答的问题："你家在哪里？你虽然会说本地话，但你好像不是本地人。"

"你说对了，我真不是本地人。不过，我小时候经常来这里玩，我在这里还有一位很要好的朋友。这一次我逃出来本来就是来找她的，可来了之后才知道她几个月前已经出嫁了，离开了黄龙镇。接下来的事你都亲眼见了，我呀，人没找到不说，还被那个该死的老巫师煽动那个缺心眼儿的傻官把我抓了起来。若不是殿下及时赶到，我恐怕真的要给他们喂鱼了。我自己的家在大理。"罗凤说了半天，只有最后一句话算是回答了忽必烈的询问。

忽必烈的眼中闪过一丝惊讶的光芒，转瞬即逝。

罗凤没去注意忽必烈的表情，因为这时她的肚子突然"咕咕"地叫了几声，她急忙伸手去拍，说道："别叫！"

忽必烈又笑了。"你一定饿了吧？"

"嗯，我一向饿得很快。"

忽必烈回头示意随侍身后的侍卫长燕真，"吩咐下去，准备上晚饭吧。"忽必烈到黄龙镇游玩时，并没有带燕真。

"是！"

燕真应着，大步流星地离去。罗凤看着他的背影，问道："这个人是谁？在黄龙镇好像没见过他。"

"他是我的侍卫长，叫燕真。他没跟我去黄龙镇，阿术抢着要去，他俩猜单双，阿术赢了，就让阿术去了。"

"原来他们和我一样，也喜欢猜单双？以后，我和殿下猜，好吗？"

"好啊，只怕你猜不过我。"

"那可不一定。"罗凤说着，叹了口气。

"小小年纪，为什么要叹气？"

"我是突然想起来一件事，这个燕真的个头好高、肩膀好宽啊，足能把那猴子装下两只。"

"什么？猴子？"

"哦，高祥的儿子啊。老子起码看起来还像个人，儿子却活脱就是一只猴子。难为高祥怎么生出来的？居然还当个宝贝似的想塞给我，我偏不要！我宁可逮只八哥陪我说话，也不要听他吱吱吱地在我耳边乱叫。"

"你说的高祥，可是大理国的丞相高祥吗？"

"你也听说过他？"

"他的弟弟叫高和？"

"是。高和比高祥还坏，国主拿他们一点儿办法没有。"

"原来，你爹要把你许配给高祥的儿子？"

"没错。"

"你怎么会认识高祥的儿子呢？"

"今年春天，他跑到我们城寨来玩，还带了一群人来说要跟我们城寨里的姑娘对歌。他这个人唱歌难听死了，跟在墓穴里待了一千年的猫，被人不小心踩到了尾巴，那叫声又冰冷又尖利。他一开口唱歌，大家听了都想吐，谁也不肯跟他对。可他又死赖着不走，她们只好商议让我出面整治整治他。我出了几道题，他一道也回答不上来，这样一来，他才灰溜溜地滚蛋了。"

"也是用对歌的形式吗？"

"当然。"

"那一定很有趣，你出的什么题？"

"其实很简单。我问他天上有多少颗星星？地上有多少条河？世上的男人要走多少条路？城寨里的姑娘有多少首歌？"

"他怎么回答你的？"

"他瞪着眼睛傻傻地想了半天，一个问题也回答不上来，只好认输了。"

"他没问你答案吗？"

"他怎么可能不问！我让他听好了，我告诉他天上的星星有九千九百九十九颗……"

"你怎么知道？"

"他也是这么问我的。我让他自己上天数一数，如果少一颗，我跟他对一辈子歌。"

"原来你是这么回答他的。看来，本王，唔……我与他一样愚笨。"

"不一样。你主要是还不了解对歌的规矩，不怨你不懂。"

"那第二个问题呢？"

"天上的星光摇落在地上，变成了地上的河。"

"很美，很贴切。后两个问题你又是怎么回答他的？"

"世上的男人要走一条路，从生到死有爬不完的坡；城寨里的姑娘有两首歌，一支唱给心爱的人，一支唱给美好的生活。"

"真不错。什么时候有闲暇，我也跟你学学对歌。"

"好，我来教你。"

"你这四个问题必须这么回答吗？"

"不是，可以有其他的许多种答案，只要他说的有道理，而且能将我的反驳再驳回去，就算我输。"

"有意思，确实有意思。我早听说在大理国生活的每一个民族的百姓们都能歌善舞，与我蒙古人一样，看来真是不假。你是什么族？"

"摩些蛮。"

"摩些蛮？摩些蛮酋长是木氏阿良吧？"

"你怎么知道我爹的名字？"

"你爹？阿良是你爹？这么说，你是大理国的公主了？"

大理国是以白蛮（今白族的先民）为主体民族建立的国家，现在的国主叫作段兴智。大理境内有大大小小部落数十个，但朝廷对这些部落的统治总体而言较为松散。并且，在所有这些部落中，摩些蛮是其中最强大的一支。其酋长阿良在大理被尊为大酋长，深受部众和他族百姓敬重，甚至许多小部落的酋长需要得到阿良的认可才可以行使权力。与已沦为大理丞相高祥、高和兄弟傀儡的国主段兴智相比较，阿良拥有的权力是实实在在的。是以忽必烈才有这么一说。

罗凤却不以为然，"什么公主！从来没有人叫我公主，除了我随我爹每年去晋见段国主的时候，段国主硬要把我称作公主外，大家都不会这么叫我。告诉你个秘密吧，我还有第三个名字呢，除了最长的那一个很少有人叫，平时，大家都喜欢叫我罗凤，但是他们有时还会叫我小巫女。"

"小巫女？为什么又要叫你小巫女？"

"我会看相，还能推算吉凶祸福，这可不是普通的本领，只有像我这样的巫女才可以做到。"

"真的吗？你真的会看相？那你给我看看，你觉得我的面相如何？"

"从你救了我的时候我就看出来了，你的面相是福相，以前我还没有见过有你这种面相的人呢。"

忽必烈笑容满面。女孩的话可信不可信，不过，他倒是越来越喜欢这个心直口快的少女了。"还有呢？"

"你的身体很好。不过，从你十八岁开始，会有一些小病痛一直缠绕着你，到了晚年，你的脚痛会影响你的行走。"

忽必烈惊叹，"小巫女的卦还真是满神准呢。"

"当然了。你相信我，将来啊，你一定是个了不起的人，坐天下，拥四海，而且你还能活到高寿。"

"但愿一切如你所预言的那样。"忽必烈指着坐在一旁的子聪和尚刘秉忠，"你再来为他看看相。"

"他嘛，让我先看看。"罗凤说着，真的对着子聪的脸认真地察看了许久，子聪也不动地方，任由她去看。"哦，他的相主学识丰富，通五行，善测阴阳，你在许多方面都很依赖他。过些年，他还会还俗。不过，不论他还俗不还俗，他都是你身边最重要的人物之一。"

忽必烈愈发对女孩刮目相看了。别说，连子聪和尚也这样想，这个女孩的确有些与众不同呢。

"你既然会看相，怎么就没有给自己看一下呢？如果看一看，你不就能预测出自己的这次黄龙镇之行会有危险吗？"

罗凤摇头，"我从不给自己看相。"

"难怪你不知道。你既然会看相，预测吉凶，能教给我趋吉避凶的办法吗？"

"不能。"罗凤直率地回道。

"哦？"

"我娘时常告诉我，趋吉避凶最好的办法是面对凶险，然后设法克服它，战胜它，而不是躲避它。"

"你娘说得有道理。再问你一个问题,你能算出我要带领大军去哪里吗?"

"这个,我得看看你的手相。"

忽必烈将右手伸给罗凤,罗凤要他换左手给她。她用手指轻轻地捏住了忽必烈宽厚的手掌,观察了好一阵儿。

忽必烈手掌上的纹路简洁清晰,她对着这双手默默出着神。

"怎么样?"

罗凤没有立刻回答。不知为什么,她的手指越来越凉,脸色却有些发红了。

柒

"小巫女,小巫女。"忽必烈不知道她在想些什么,在她耳边轻唤道。

罗凤回过神来。

"想什么呢?"

罗凤没回答,一张脸更红了。

"怎么样,算出来了吗?"

"其实,不用算我也知道你要去哪里。只是……"

"只是?"

罗凤欲言又止。

"我明白了,一定是我此行不太顺利。"

"你要去的地方地形复杂,你可能会在路上损耗许多兵力,但有人帮你,你能实现你的心愿。你的面相如此。从你的手相看,你会遇到一些其他的麻烦。"

"什么样的麻烦呢?"

"比如说,困扰什么的,在这里。"罗凤指指忽必烈的心口部位。

"心里的困扰?"

"嗯。"

"能说得具体点儿吗?"

罗凤摇头,一副天机不可泄露的表情。

对于罗凤的话,忽必烈听听而已,根本就没往心里去,他只是觉得这个女孩性格开朗有趣,愿意与她聊聊天,打发一些征途中的无聊时光而已,"当然了,肯定也没有什么破解的办法。"他用一句话结束了他们的"卦"。

　　燕真回来了，随之，晚饭也被摆上了桌子。忽必烈的晚餐也一向比较简单，今天为了招待罗凤，特意加了一盘馅饼、一道凉菜和一盘水果。这段时间里，罗凤因为跟忽必烈聊得开心，忘了饥饿，这会儿见到吃的东西，肚子又开始"咕咕"乱叫起来。她顾不得跟忽必烈客气，先用筷子扎了个馅饼放进嘴里。

　　忽必烈招呼子聪和尚、燕真过来一起用餐。大家本来都有些饿了，加上看到罗凤胃口这么好，也受到影响，围坐在一起吃得津津有味。子聪吃素，忽必烈因为在闲暇时或者吃饭时经常听子聪以及姚枢、窦默这些中原大儒讲解四书五经和佛、道、儒各类经典，讨论历朝历代皇帝的治国得失，所以，为了照顾这些亲近的幕僚，忽必烈但凡留下他们，他的餐桌都少不了要准备几道素菜。

　　罗凤的吃相很贪婪，又快又急，而且毫不客气，手上够到什么吃什么，酸甜苦辣一概不挑剔。吃到最后，几个男人都停下来，看着她吃。忽必烈心中暗想，她这么能吃，难为她还这么苗条。

　　罗凤又将一盘水果吃掉半盘，这才停下来，用手背抹了一下嘴。

　　她发现六只眼睛都在盯着她看，不觉向他们启齿一笑，毫无羞赧之态，"你们都吃好了吗？唉，你们都是大男人，怎么吃得这么少？还不如我呢。"她的话里居然颇有几分得意。

　　三个男人面面相觑，又是好气，又是好笑，又是无可奈何。

　　忽必烈要子聪和燕真吃些水果，子聪挑了一个苹果，其余的，忽必烈都给了燕真。

　　"你不喜欢吃水果吗？"罗凤眨动着明亮的眼睛，问忽必烈。

　　"不喜欢。"

　　"那你喜欢吃什么。"

　　"我嘛，比较喜欢吃肉。"

　　"这个习惯可不好，你要多吃水果才能长寿。"

　　"多吃水果就一定能长寿吗？"

　　"对别人不一定，但对你是这样。"

　　"好吧，既然你这么说了，燕真，把你的水果留些给本王。"

　　"啊，唔……"燕真正在狼吞虎咽地打扫着盘子里的水果，又是苹果，又是鸭梨，又是葡萄，刚刚塞了满嘴，忽听忽必烈跟他说话，他没法回答，只能紫涨着脸用力地点了点头。

罗凤被他狼狈的样子逗得笑起来，她扭脸问忽必烈："瞧，他的吃相是不是和我一样难看？"

忽必烈笑了，子聪和尚也笑了。

正在这时，侍卫通报，阿术求见。忽必烈要他进来了。

忽必烈让阿术先吃了饭再说，阿术却说他已经吃过了，是和铁桩一起吃的。忽必烈让铁桩跟着阿术，一行人离开黄龙镇后，阿术交给铁桩一个差事，要他专门照看忽必烈和众侍卫的马匹。没想到，铁桩对这个差事居然喜欢得要命，但凡宿营，几乎都与这些马寸步不离。最神奇的是，忽必烈的乌雅驹脾性暴烈，如果生人近前，它不是踢就是咬，哪个马夫都怕它。唯独铁桩不怕，非但不怕，他还不出一刻钟便与乌雅驹成了朋友。铁桩之前，乌雅驹一直是由阿术单独照看的，自从把乌雅驹交给铁桩，这些日子阿术还没顾上去看望它。今天安排完军中诸事，他好不容易抽出点儿时间，特意去看了看乌雅驹。他到了那里，发现铁桩坐在草地吃着炊饼，乌雅驹在铁桩身旁吃着草，铁桩也不吃菜，吃一口炊饼就一口水，边吃边对乌雅驹喋喋不休地说着什么。乌雅驹呢，一边吃草一边扑扇着耳朵，好像铁桩说的它都表示赞同。当时的情景让人又是好笑又是感动，阿术见铁桩的炊饼还有不少，索性留下来，陪铁桩一起吃了晚饭。

得知铁桩爱马如命，忽必烈心里很是欣慰。他是蒙古人，是蒙古人就会爱马，当然也喜欢爱马的人。

阿术求见忽必烈是有要事禀报，他看了罗凤一眼。

罗凤心思单纯，看不懂他的眼光，也根本没有要离开的意思。

忽必烈摆摆手，"有什么话，你说吧。没关系。"

"王爷，按照您的吩咐，我已向太和城派出使者。"

"好。"

听到"太和城"这个地方，罗凤开始噘起大拇指，一脸感到奇怪的表情。

忽必烈看了她一眼，罗凤也正看着他。她噘着大拇指的样子，就好像一个孩子一样。

太和城建于南诏前期，唐开元二十七年（739）至大历十四年（779），曾为南诏首都。太和城西倚险峻的苍山，东临浩瀚的洱海，可据苍山洱海之险以守。东西不需夯筑城墙，只沿苍山佛顶峰至洱海建北墙，长约四里，从五指山北麓至洱海建南墙，长约三里，城内街巷道路以至房舍皆就地取材，用石块铺砌和建筑，建筑物较高，城的面积也较大。

大历十四年，南诏与吐蕃联兵企图攻略四川成都，兵败后南诏王担心吐蕃寻仇，遂将都城迁至太和城以南十五里处的紫城，此后，南诏至大理国时期，紫城一直是两朝都城。

以紫城为国都，同样出于固守需要，紫城与太和城相同，西靠苍山，东临洱海，不仅如此，紫城周围有溪水，可为其天然护城河。

大理国中后期，国主段氏羸弱，国事多决于世袭丞相的高氏一门。王位传至段兴智，正是蒙古武力强盛，蒙、金、宋战乱频起之时，高家权势有所衰落，但高氏兄弟高祥、高和仍牢牢掌握着朝权。

段兴智其人，性情阴柔，却很有思想和抱负，他一心想夺回旁落的权力，也在为此暗中运作。但考虑到高家这棵大树根深叶茂，而拱卫首都的八府亦是高姓子孙世袭领地，他被高氏一门包围，不得不在表面上仍对高氏兄弟言听计从。

至于高氏兄弟，数年前高祥在生过一场大病后落下头痛之症，从此性情大变，怠于政事，一切皆委以二弟高和裁断。这样一来，高和便顺理成章地将军政大权集于一身，为所欲为。而且，与高祥相比，高和有一定的军事指挥才能，且更加心狠手辣，更加善于玩弄权术。

九年前（1243年），也就是蒙古乃马真称制时期，蒙古军曾试图绕道丽江夹攻川南，但被高和引军击退。是役，蒙古与大理双方均死伤惨重，高和身受重伤，当时朝野皆以为他已阵亡，不料他却命大活了下来。

此役之后的第三年，南宋方面还专门派人赴大理吊唁阵亡将士，表彰高和战功，以示结好之意，至此，高和的威望更是远远超出了国主段兴智和兄长高祥。当然相应地，高和做的坏事也就更多，要不罗凤才说，高和比高祥还坏。

蒙古方面集结兵力，准备征伐大理的消息传到大理国都紫城之后，紫城中早已形成的一股倒高势力的活动日趋明朗。高和担心内忧外患难以应付，相比之下，太和城是他多年经营之地，他在那里有着巩固的势力，便于控制国主，因此，在蒙古军穿越忒剌草原之际，他匆匆忙忙地将段兴智强行移至太和城。

忽必烈笑眯眯地看着罗凤。

"小巫女。"他唤道，声音很温和。

"什么？"罗凤含糊地应道。

"别嘬大拇指。"

罗凤真的把手放了下来，她问阿术："你派使者去太和城做什么？"

阿术没回答。

"不能跟我说吗？"她问忽必烈。

忽必烈一笑，"不是。阿术将军派出使者，是想劝段兴智归顺我军。"

"有高家兄弟在，段国主哪里能做得了主。"

"是啊，所以同时向高家兄弟谕降。"

"'玉祥'？那是什么东西？"

"'谕降'不是东西，是劝他们三个人都归顺的意思。"

"噢，我以为你要送什么特别的玉石给他们呢。你不知道高和最喜欢搜集各种玉石了，从我爹的手上，他还赢过一匹用上等黄玉雕刻的玉马呢——相信我，高祥、高和兄弟俩决不会不战而降的。"

"我有这样的心理准备。"

"那你……"

"不见不识，不做不会。不试一试，我们怎么能确知他们不肯归降呢？"

"哦，也对。"

忽必烈站起来，伸展了一下隐隐有些酸痛的腰身，"罗凤，饭也吃过了，趁着天还没有完全黑透，我们出去走一走如何？"

"走一走有什么意思！要不，我们赛马吧？"

"你会骑马？"

"真是小瞧人。在我们摩些城寨，我游泳游得最好，骑马也骑得最好。你不会是以为我们大理国没有马吧？那你就太没见识了。告诉你，我们大理国有三样东西天下闻名，你一定没听说过。"

忽必烈与子聪对视一眼，"说说看，哪三样？"

"郁刀、白马、象皮甲胄。"

"它们怎么就天下闻名了呢？"

"郁刀是大理国的名刀，锻造方法秘不示人。不过我听我爹说，郁刀在淬火时要使用白马血，白马是神马，血液极纯净，当白马的血附着在郁刀之上，郁刀也就有了白马的灵性，能保佑使用它的人战无不胜，所向无敌。郁刀、白马自然已是最好的，象皮甲胄就更神奇了，这种用象皮制作的甲胄，又轻又坚韧，刀劈不开、箭射不穿，对于行军打仗的人来讲，最合使用了。"

"听你这么说，我还真的想把这三样宝贝都弄到手。"

"不难。我们打赌吧，如果你赢了，我把我爹最珍贵的一副象皮甲胄送给你。至于郁刀和白马，我们在紫城就能够买到了。都是货真价实的，只要有我在，那些商人不敢骗你，也骗不了你。"

"你说打赌，要赛马吗？"

"是啊。"

"赌注是象皮甲胄？"

"对。你赢了，我送你象皮甲胄。但我赢了，你也得送我一样东西。"

"你想要什么？"

罗凤指了指忽必烈挂在腰间的一个精致的玉马环饰。

"这个？"

罗凤点头。

"换个别的东西吧。"玉马环饰是忽必烈出征前察必王妃送给他的护身符，他哪里能够随便送人。

"为什么？"

"那是别人送我的，我不能送人。"

"可我就要它。"

忽必烈犹豫了一下，"非得这个东西不可吗？"

"对。"

"好吧。"忽必烈答应了。他不相信他会输给一个小丫头，再说，察必心胸宽广，真是他输了，察必也不会过于怨责。

罗凤当即起身向外走去，"赶紧的。让谁做我们的裁判呢？"

"阿术吧。"

"好。"

"你想骑哪匹马？"忽必烈在她身后问。

"随便！"她人已出了大帐，回答。

捌

比赛的结果，罗凤输了。输是输了，她还是一副兴高采烈的模样，忽必烈暗想，她或许是有意要将象皮甲胄送给他吧？

不过，忽必烈对这个结果并不当真。象皮甲胄既然是她爹阿良酋长的心爱之物，岂是她说送人就能送人的！

蒙古方面派出的三名使臣先行抵达太和城，不久，箭的传骑送回了一个令人震惊的消息：大理丞相高祥、高和兄弟拒绝投降，他们不顾国主段兴智的反对，杀掉使臣，并将使臣的头颅悬于城门，以示他们抵抗到底的决心。

忽必烈闻报大怒，挥令大军加快行军速度，日夜兼程，向大理国逼近。

十一月，兀良合台率领的西路军渡过金沙江，沿途扫清了障碍。十二月初，忽必烈率领的主力也陈兵金沙江畔，准备进攻会川都督府。

路途之上，子聪、窦默、廉希宪、赵璧等藩府儒臣反复向忽必烈进谏，请忽必烈不要放纵将士的愤怒情绪，在大理国大开杀戒。忽必烈被他们说服了，下令全军裂帛为旗，上书"止杀"。

罗凤将一切都看在眼里。

中旬的一天，日落时分，忽必烈带着一干幕僚巡视军营后来到江边，遥望着江对面依山而建的会川都督府。一行人中还有罗凤，这段日子以来，罗凤一直跟随忽必烈，寸步不离。

阿术取出一张四尺见方的羊皮地图，铺在江边的一块平展的石头上。这个呢，也是忽必烈跟随祖父成吉思汗出征西夏时养成的习惯：每逢大战前，他都要像祖父那样，反复认真地察看地图，然后结合己方获取的各类情报，尽量做到将出征之地的山川地貌、风土人情了然于胸。阿术、子聪、赵璧、廉希宪陪着忽必烈一起看地图，一时间，大家都没有说话。

忽必烈从地图上看到一个地方，将罗凤唤了过来："罗凤，你来看，这里就是摩些城寨，你的家。"

罗凤看了半天，直摇头。

"怎么啦？"

"我家哪有这么小，连脚趾头都搁不下。"

忽必烈笑起来，"小傻瓜，你看好了，这是地图。"

"什么叫地图？"

忽必烈对廉希宪说："廉孟子，你来讲给她吧。"

廉希宪虽是畏兀儿（今维吾尔）人，却自幼生长在汉地，习学汉文化，善骑射，后入忽必烈王府为"怯薛"（侍卫）。因他对《孟子》有独到见解，每与人论，必引《孟子》，忽必烈便以"廉孟子"呼之。

"是，殿下。这样，地图啊，就是将各地的地形及城镇按照一定值比缩小，绘制在纸上，或者……哎，你看，就像这样的皮子上。"

罗凤仍不明白，"什么叫值比？"

"值比嘛……"廉希宪一时不知该如何解释。

忽必烈只笑不语。

"说啊。"罗凤还在催促廉希宪。

廉希宪被她的缠问弄得没办法了，走到坐骑前，从包裹里取出笔墨纸砚，然后将纸平铺在地图上。罗凤不知他要干什么，两只眼睛紧紧盯着他。

阿术和子聪一边一个，帮助希宪压好纸，只见希宪伏下身子，笔走龙蛇，不一会儿，一个形神兼备的女孩儿形象跃然纸上。

罗凤惊奇极了，又开始嗫她的大拇指。

"像你吗？"廉希宪问罗凤。

"像，太像了。我的天呢，你是怎么做到的？"罗凤含含糊糊地赞叹。

"不要嗫手指头。"忽必烈拍了她的手一下。罗凤这才想起来，急忙把大拇指从嘴里抽了出来。

"可是，它比你的真人要小许多，不是吗？"

"当然小了。我要有这么小，殿下就可以把我放在包裹里了。"

"对啊，这就是值比。我按一定值比缩小了你，你就成了纸上这个样子。如果其他地方我都按值比做了缩小，只有你的脑袋我还照你原来的大小画上去，你想想会是什么样的效果？"

罗凤比比自己的脑袋，又用手在纸上比了比，"咯咯"笑出了声，"那还用说，那一定成怪物了。"

廉希宪心中一喜，"这下，你明白了吧？"

罗凤惊愕，"明白什么？"

"'值比'的概念啊。"

"嗯。不过，什么叫值比？"

廉希宪差点昏倒，忽必烈哈哈大笑。

罗凤却不管那么多，认真地问廉希宪，"这张画我的纸，可以送给我吗？"

廉希宪苦笑，"拿去吧，拿去吧。"

阿术帮罗凤把画卷好，罗凤珍惜地放进马背上的包裹里。虽然弄不清"值比"到底是什么意思，她却一点儿都不在乎。对她而言，重要的是这幅画，她简直难以想象，这个人怎么一下子就让她变得这么小？殿下的手下，可都是些能人啊。

忽必烈将辎重部队留在后面，亲率一支轻骑连夜渡过金沙江。岂料会川都督胆小如鼠，不经一战，弃城而逃。

当晚，蒙古大军在会川都督府驻营。

凌晨，天色未明，忽必烈突然被屋外一阵激烈的吵闹声惊醒了，侧耳倾听，原来是铁桩正大声向燕真述说着什么，虽然他具体说些什么内容听不清楚，但能听得出他的语速很快，而且气急败坏。

忽必烈披衣走出大帐。看到他，铁桩顾不得行礼，说了一句："王爷，乌骓驹不见了。"说完，那么憨实的一个汉子，竟气得蹲在地上，抱着头"呜呜"哭起来。

忽必烈愣了一下。

如果说丢了别的马还能理解，乌骓驹可是一般人近身不得的，再说，乌骓驹是铁桩专门看管的，怎么会莫名其妙地不见了呢？

铁桩这个人，自从一个多月前在黄龙镇与忽必烈偶遇，而后被忽必烈亲口应允收为侍从以来，阿术见他为人厚道，头脑简单，做事认真又好认死理，便安排他做了忽必烈的养马官，专门负责看管和饲养忽必烈及众侍卫的马匹。其中，铁桩最重要的使命，就是照顾好忽必烈平素最喜爱的、出征时也必定要带在身边的几匹宝马良骥。

阿术的意思，如果时间证明铁桩是个忠诚可靠的人，将来，他还准备提拔铁桩做忽必烈的帐前宿卫。蒙古旧制，宿卫的待遇甚至高过千户长将领，只有深受信任的人才能充当大汗或者王公贵族的宿卫。

没想到这铁桩竟然天生爱马如命，对阿术派给他的这件养马的活儿简直太着迷太上心了，而对与人打交道的事，他反而显得笨拙、木讷。

铁桩爱马，马也喜欢他，别说那些脾性好的马了，就连乌骓驹这种性情暴戾的烈马，也被他侍弄得服服帖帖。有的时候，忽必烈或者阿术看到他站在一群马中间，摸摸这个的头，拍拍那个的背，嘴里嘟嘟囔囔地跟马说这说那，像与自己的亲人聊天一般，心里总会隐隐生出说不出的感动。若非如此，按常理发现丢失了乌骓驹，铁桩首先会为自己的命运感到担忧，而不会像失去亲人一般痛心疾首。

至于乌骓驹，那可是临出征前蒙哥汗赐给忽必烈的十多匹战马中最通人性的一匹，通体乌黑，壮硕俊美，对主人忠心耿耿却又高傲无忌。平素，除蒙哥汗、忽必烈、阿术，它不允许任何人走近它，连站在近处看看它都不行。后来它能接纳的人里又多了个铁桩，但仅此而已，除却这四个人，燕真一时真还想不出有谁能神不知鬼不觉地将它带出戒备森严的军营。

铁桩确实太意外太伤心了，顾不得丢人，直哭得鼻涕眼泪一大把，连嗓子都哭哑了。忽必烈有点儿于心不忍，示意燕真先将铁桩扶起来再慢慢问话不迟。燕真一边扶起铁桩，一边在铁桩的耳边低语了几句，铁桩知道王爷一定有话问他，忍了好半晌，强把眼泪和呜咽吞入了肚里。

见铁桩稍微平静了一些，忽必烈缓缓地问道："你是从多会儿发现乌骓驹不见的？"

铁桩的眼圈不觉又红了红，"就刚才，不久前，我来见王爷前，我要说，燕真将军不让我进大帐。那马，半夜，我都要起来看一看，半夜起来，它们都在睡，站着睡，可刚才，都有，乌骓驹，没看到。"铁桩声音哽咽，几个字几个字地蹦着，听起来颇有些语无伦次。

忽必烈却完全明白他的意思，"你是说，你睡前乌骓驹还在呢，半夜你起来再看它就没有了。"

"是。"

忽必烈沉默了一下。

是乌骓驹呀，又不是别的马，这事儿着实透着古怪。

铁桩鼻子一酸，眼泪又差点儿掉了下来。

忽必烈说道："这就怪了。本王的乌骓驹是断不能让别人近身的啊，一般人就是走到它跟前，哪怕只是看它一眼，它不是踢就是跳，特别生气的时候还会使劲叫唤，给本王喂马的所有马夫都怕它，连草料都不敢给它喂。在阿术把它交给你照顾之前，只有阿术或本王亲自喂它、放它、骑它才行。难道，除了本王、阿术和你，除了我们几个，还有别的什么人也能接近它？"

忽必烈的这句话提醒了铁桩，他若有所思地"啊"了一声，通红的两只眼睛开始闪闪发光。

"怎么？你想起了什么？"燕真焦急地问。他一直都在琢磨这件事，可是一点儿头绪没有。

铁桩点了点头，"王爷说得对，除了您、阿术将军和小人，确实还有一个人能接近乌骓驹。"

"谁？"

"那个妖女。"

黄龙镇求雨那件事发生后，铁桩一直习惯于管罗凤叫妖女，而罗凤对此也毫不在乎。铁桩管她叫妖女，她就管铁桩叫榆木桩。

"谁？"忽必烈没听清，抑或是意外，又问了一句。

"妖女。"

"你是说罗凤？"

"是，就是她。"铁桩肯定地说。

"你怎么知道？"燕真问。

"昨天大军占领会川都督府后，王爷下令全军在会川都督府用晚餐。小人正在马场上喝汤的时候，看到妖女往马厩这边来了，而且，她好像是冲着乌骓驹过来的。小人见她离乌骓驹越来越近，就急忙跟了上去，因为小人怕乌骓驹伤着她，还大声喊她，要她离那匹马远些。谁知道她根本不听小人的话，仍然往乌骓驹跟前走。一开始，乌骓驹很警觉，对妖女竖起了耳朵，可妖女不知道跟它说了几句什么，它就变得温驯起来。然后，妖女走到它身边，它不但不躲避，还低下头舔了舔妖女的手心。说真的，就便是对小人，它也没这么快就相熟起来。小人挺生气，也挺迷惑，不知道妖女有什么妖法，连马都能迷住？妖女跟乌骓驹待了一会儿，又去看了看别的马，这才走了。"

"是不是罗凤给乌骓驹喂什么东西吃了？"

"没有吧，她好像是空着手来的。"

忽必烈吩咐燕真，"去，把罗凤叫过来。"

罗凤住的地方离都督府不远，燕真去不多久就回来了，忽必烈见罗凤没有跟过来，心里已经明白了八九。

"王爷。"

忽必烈摆摆手，"本王知道了。"

铁桩可还糊涂着呢，"燕真将军，妖女呢？她是不是不肯跟你过来？她不肯来，足以证明她的心里有鬼。乌骓驹多半是被她偷的。王爷啊，您为什么要收留这个妖女呢？她喜欢偷东西的。上次在黄龙镇，她就把供品全偷吃了。弄不好这回又是她把乌骓驹偷出去卖掉了。"

忽必烈笑了，"何以见得？"

"乌骓驹这么好的马，只要是个识货的，哪个不想据为己有呢？她随便卖给谁都能赚一大笔银子。"

"是吗？也罢，既然你认为是罗凤卖了，卖就卖了吧。天色还早，你先回去休息吧，不用再管乌骓驹的事了。"

"不行。王爷和阿术将军让小人照管马匹，小人却把最好的马管丢了，就算王爷和阿术将军大人大量不计较，小人心里还是觉得窝囊得很。不行，小人这就找妖女说理去，问问她到底把乌骓驹卖给了谁？乌骓驹，那可是小人的朋友，小人绝不能看着朋友有难，见死不救。"

铁桩语气坚决地说，举步要走，忽必烈无奈地叹口气，"好啦，铁桩，本王告诉你，你去了也没用。罗凤不仅把马卖了，可能连她自己也一块儿卖了，现在，不止马，她人也不见了。"

"啊？"铁桩止步，愣愣地看着忽必烈。

燕真拍拍铁桩的肩头，"王爷的意思是说，乌骓驹被大理公主骑走了。这也没什么，就当是王爷送给大理公主的礼物吧。你听话，乖乖地回去睡觉，我答应你，等我们回到蒙古，我一定还你一个一模一样的乌骓驹。"

"真的能一模一样吗？"

"真的。难道你还信不过我吗？"

"小人当然信得过将军，可……"

"铁桩，听话，先回去睡觉，我与王爷还有些事情要商量。"

"是。"铁桩不敢再絮叨纠缠，有气无力地应了一声，走了。他的背佝偻着，步履沉重虚浮，那样子，如同得了一场大病尚未痊愈的人一般。显然，丢马的事对他打击太大了，乌骓驹不见了，对别人而言只是丢了一匹马，对他而言却如同失去了自己的兄弟或朋友一般。

玖

燕真紧随着忽必烈回到都督府，点亮了案头的野猪油灯。忽必烈站在桌前，认真查看着地图。燕真知道，忽必烈并不介意罗凤骑走了乌骓驹，他所关心的，是罗凤为什么要不辞而别？

蒙古军的下一个进军目标正是摩些城寨。这些，行军途中忽必烈并没有瞒着罗凤，他甚至很坦诚地跟罗凤谈到由她先行说服父亲阿良酋长，力争兵不血刃拿下摩些城寨。当时，罗凤既没说同意也没直言拒绝，万没想到的是，一席谈话之后罗凤竟然盗马遁逃。罗凤这样做，究竟是为了回去向父亲报信，还是为了不随蒙古军队回到摩些城寨？应该前一种情况的可能性更大些，而且首先需要考虑的也必须是前一种情况。

忽必烈的食指停留在地图上摩些城寨的位置，轻轻地点了点。燕真问道："王爷，要改变作战计划吗？"

忽必烈反问："为什么？"

"如果公主回去报信，阿良酋长一定会有所防范。"

"这有什么区别吗？"

"王爷是说……"

"即使罗凤不回去报信，我们渡过金沙江，夺取会川都督府，阿良酋长和他的摩些城寨也一定早有防备。"

"但有公主在我们手上……"

"你觉得罗凤在我们手上阿良酋长就会投鼠忌器？不，本王并没有打算用罗凤来要挟他。本王在金沙江畔裂帛止杀，为的是以德降服大理境内百姓，而不是降人不降心。本王对罗凤虽然说不上很了解，但本王觉得，她是个聪明的女孩，事关摩些城寨一寨百姓的生死存亡，她的心里不会没有一点儿打算。"

燕真没有立刻接话。

"有什么话，你直说无妨。"

"是。虽然王爷说的不无道理，臣还是有所担心。"

"担心？"

"是啊，大理地区地形复杂，民风剽悍，如果公主把我军情报提供给阿良酋长，或者公主有心劝降阿良酋长，阿良酋长却不肯听从她的建议，联络各城各寨与我军对抗，王爷当如何处置？"

"果真如此，也只有艰苦鏖战，将其各个击破。大汗命本王出征大理，为的是征服大理全境，凡与我军对抗，坚决不降者，本王将严惩不贷，决不姑息。哪怕是罗凤的父亲也不行。"

"还有一种情况，如果阿良酋长自知不敌而率城寨军民诈降呢？"

"那就将计就计，将其就地消灭。"

燕真舒了口气，"王爷，您能这样考虑，臣心里踏实了许多。"

"莫非，你以为本王这时候还有什么怜香惜玉之心？"

燕真诚实地答道："是啊。"

忽必烈回到床上，和衣而卧，"你会这么想，就该打你军棍。你退下吧，本王还想再睡一会儿。"

"遵命。"燕真愉快地答应着，吹熄油灯，悄然退下。

忽必烈的军队顺利攻下会川都督府之后，一路向东，沿途拔除了几座被宋军占领的城池之后，又折而向南、向西，逼近摩些城寨。

大军进至距丽江十五里处，探马来报，摩些城寨阿良酋长遣三名使者求见忽必烈。

这个消息有些出人意料。为示对阿良酋长的尊重，忽必烈命阿术亲往迎接，他呢，就在行军途中，以天为帐，以地为毡，端坐于马背之上，接见阿良酋长的三名使者。这情形与许多年前他祖父成吉思汗接见金国使者的场面颇有几分相似。

当时，祖父征战西夏全胜归来，也是在行军当中，以天为帐，以地为毡，于马背上接见了金国使者。此前，金国名义上还算蒙古的宗主国，然而武功日渐强盛的祖父一点儿不将金国放在眼里，当祖父听说金章宗病故，卫绍王允济初登大宝时，非但不予行礼，反而向南唾道："这样的人也配做皇帝么？"说完，打马离去，从此宣布与金国正式绝交。祖父的果决，直至今天仍为草原人津津乐道。

相似的情景未必会重演，此刻的忽必烈最希望接见的，是蒙古帝国的新臣民。他舔了舔嘴唇，侍卫立刻奉上一皮囊山泉水，他喝了几口，润润嗓子，然后饶有兴致地观赏着四周触目可及的秀丽景致。

他想，罗凤生长在这样山清水秀的地方，难怪会长得端庄妩媚，不过，端庄妩媚归端庄妩媚，她的性子却比乌骓驹还要率性暴烈。自会川都督府一别，这个偷了乌骓驹的"妖女"——铁桩是这么称呼她的——是不是已经回到了摩些城寨？而且，阿良酋长突然派来使者，是不是与她有关？

但愿……但愿什么呢？

工夫不大，阿术引着摩些城寨的使者回来了，他首先给三名使者引见了他们的忽必烈大王，三名使者跪倒施礼。

忽必烈跳下马背，要他们起身回话。三名使者中，为首的正使是一个身材挺拔、温文尔雅的青年。

青年身上内罩细绫罗衣衫，外披细毡，头发在脑袋后打了一个总髻，态度不卑不亢，一看就是在部族中有一定身份和地位的人。忽必烈以为他是阿良酋长的儿子，温声问道："你可是阿良酋长的公子？"

青年回道："阿良酋长是小人的主人。"

忽必烈有些意外："哦？你叫什么名字？"

"小人名叫阿挪。"

"阿挪？"

"是。"

"本王还不知道，阿良酋长膝下共有几子？"

"回大王，酋长原有一子，可惜二十岁上得了一种古怪的病症，不幸夭亡了。现在，酋长膝下只有一女。"

"可惜了。"忽必烈叹道。停了停，又问："阿良酋长的女儿是不是叫罗凤？"

阿挪的脸上闪过一丝复杂难言的神色，稍一停顿，方平静地回道："是。"

忽必烈很想问问罗凤的情况，话到嘴边，却变成了："阿良酋长派三位使者求见本王何事？"

原来，有些感觉，有些微妙的感觉，是只能放在心里的。

阿挪退后一步，与两名副使再次恭敬地向忽必烈深施一礼："回大王，阿良酋长命我等迎接大王入城。"

一抹笑影扬上了忽必烈的眉宇，子聪和尚和廉孟子都说，不战而屈人之兵，夺人之城，是为上策。看来，他们的坚持是有道理的。

"阿良酋长还有什么交代？"

"阿良酋长此时正在对岸准备迎接大王。阿良酋长感于大王仁义之师，愿率先迎降，为大王驱策。如果大王应允，阿良酋长还将为大王说降八府、四郡、四镇、乌白鬼蛮三十七部酋，以为晋见之礼。"

忽必烈喜出望外，"阿良酋长果真愿为本王说降各部么？太好啦，太好啦！如能少动刀兵，收服大理各部，阿良酋长功德无量。请转告阿良酋长：酋长高义，本王当永生铭刻在心。现在，请诸位使者带路，本王很想早些见到阿良酋长。"

"是。大王请上马。"

阿术传下命令，三军俱动，迤逦前行，忽必烈骑马，阿挪不离左右，步行相随。燕真和忽必烈的贴身侍卫都未上马，他们将另两位使者隔在身后，目光一直警觉地注意着阿挪的一举一动，不敢有丝毫松懈。

倒是忽必烈，对丰姿秀异的阿挪格外欣赏。阿挪话不多，不像一般做使者的人那样能说会道，但他身上自有一种从容恬淡的气质令人对他心生好感。

忽必烈天性爱才，再说行军途中找人聊聊天也算是一种消遣，他便起了个话头，问阿挪是不是大理本土人。

阿挪回道："小的八年前才到大理，原是江西人。"

听说阿挪是江西人，忽必烈的兴致更加高涨了。"你既是江西人，一定知道江西出过一位很有名的将军吧？"

"但不知大王所指……"

"他名叫余玠，正是你们江西人。几年前，宋朝廷曾委任他为四川安抚制置使，总理四川军政事务。"

不知是因为意外，还是别的什么原因，阿挪的脚步突然踉跄了一下。尽管只是很轻微的一下，燕真却完全看在眼里。

燕真心中疑惑，面上却依旧不动声色。

过了一会儿，阿挪轻轻地"唔"了一声，声音有些发紧，"您是说余将军？小人的确听说过他。"

"应该听说过，如果没听说，证明你也太孤陋寡闻了。本王给你说啊，余玠是个了不起的人，是你们江西人的骄傲。此人不但长于治理，军事指挥才能在宋廷诸将中更是首屈一指。去年的嘉定会战中，因他指挥得当，使我军在四川之地受到重创，无功而返。当时指挥嘉定会战的汪德臣将军，每逢对本王说起余玠这个人，都是赞不绝口。可惜呀，这样一位才能杰出、战功显赫的将领，最后竟落得那样一个悲惨的下场！

"有时细想余玠的一生，本王的心情颇有些复杂。

"于公心论，本王着实替余玠不值，如果他遇上的是一位惜才爱才的君主，他何至于鸟未尽而弓已藏，空有过人才智却终成冤死之魂？

"于私心论，余玠含冤而逝，本王真还得感谢那位无限眷恋临安城大庆宝殿上金漆雕龙椅的赵皇帝，他如此慷慨地就为我军除去了一个强劲的对手。待赵皇帝半壁江山不保时，本王想他或许会在九泉之下向余玠将军忏悔吧。"

阿挪没敢接话。他也不能接话，他的内心百感交集，这时候，哪怕多说一个字，他也可能暴露自己最真实的内心。

忽必烈只当阿挪离开江西多年，对余玠其人其事不熟，并没有深想。既然这个话题谈不下去，他也不纠缠，大度地将话题转了开去，饶有兴致地询问起关于阿良酋长的脾性、喜好，摩些城寨百姓的生活、习俗，这些，阿挪倒是回答得头头是道，忽必烈也听得津津有味。

不知不觉，大军已至江边，阿挪用手往前一指，"大王，你看。"

忽必烈举目望去，只见江岸之上，百余船只一字排开，而在江对岸，阿良酋长素衣出迎，他的身边还站着一位体态窈窕，风姿绰约的妇人。显然，这是阿良酋长派船工来接忽必烈和蒙古军过江。

忽必烈就要下马登船，燕真吓坏了，说什么也不同意。阿术建议由他率将士先行渡江，忽必烈带侍卫第二批过江。忽必烈执意不从，他说，他信得过阿良酋长。

无奈，阿术吩咐燕真，一定要保护好大王。阿挪陪着忽必烈跳上第一条船，燕真和十数侍卫环立身后，警觉地注视着周围的动静。这一次，阿挪算是领教了蒙古军队行动的神速，几乎是一盏茶的时间，第一批渡江的蒙古军已全部登上船只，其余的人，并不等船只来接，放下革囊、木筏，将马拴于革囊、木筏之上，人马一起泅渡过江，场面蔚为壮观。

忽必烈谈笑风生，他的胆气令阿挪敬佩。船至江心，忽必烈跳上船头，阿挪目光久久落在他的脊背上，忽必烈的背影显示出一种如山一般的恒定。一个念头蓦然闪过阿挪的脑际，如果余玠有幸遇到的是忽必烈这样的君主，他的名字一定会以另一种方式载入史册吧？

他当然知道这样的念头很荒唐，但在一种莫名的心绪支配下，他宁愿如此，宁愿这一切都是事实。

拾

船离江边越来越近，忽必烈脸上的笑意也越来越浓。他向站在岸边等待迎接他的阿良酋长挥手致意，阿良酋长亦以手抚胸，躬身回礼。

船头靠岸，忽必烈第一个跳下战船。

阿良酋长上前,伸出一双大手,与忽必烈紧紧相握。年过半百的阿良酋长，手上的力气不亚于年轻人。

忽必烈微微笑了。刚才，他对阿术和燕真说，他信得过阿良酋长，他的直觉从来都是准确的。

阿良酋长与忽必烈简短地寒暄了几句，又将身边的妇人介绍给忽必烈。其实不用他介绍，忽必烈也猜得到妇人是谁，因为罗凤与她长得太像了，罗凤告诉过他，在摩些城寨，人们都称她的母亲为"孔雀夫人"。站在阿良酋长身边，刚刚三十岁出头的孔雀夫人，成熟中又有几分天真迷人的韵致。

值得庆幸的是，孔雀夫人将这种韵致全无保留地传给了她的女儿。

阿良酋长和孔雀夫人的态度……难道说，罗凤真的已经回到了摩些城寨？

孔雀夫人向丈夫使了个眼色，阿良酋长会意，热情地挽住忽必烈的手臂，"大王，请随臣入城一叙！"

"好，阿良酋长，请！"

丽江水城就在前面不远，三人乘象辇而行。

丽江水城建于金沙江第一湾附近，北望玉龙雪山，因金沙江在此称丽江而得名。丽江水城乃摩些城寨都府所在。

水城建于大砚镇之地，是当年阿良酋长为迎娶孔雀夫人而兴建的。城四周青山环抱，坝区碧野，玉水潆洄，形如大砚。镇西南有文笔峰，像一枝刚从大砚里蘸满浓墨的巨笔，在蓝天白云映衬下，与水城相连，显得分外和谐壮观。

象辇缓缓驶入水城，在寨民们此起彼伏的欢呼声中，绕城一周。

忽必烈饶有兴致地观看着水城的景致。这座水城，北依象山、金禹山，西枕狮子山、黄山，清澈的玉泉水缓缓地流至城头双石桥下，分成西、中、东三河，向东南两方向不同的角度延伸并分成无数股小溪，淌遍小巷窄衢，形成主道傍河、小巷带渠，河畔渠侧、垂杨拂水的美妙景象。

雄伟的玉龙雪山如扇面向水城展开，似乎要拥抱久别重逢、近在咫尺的情人。极目远眺，玉龙雪山犹如凌空飞舞的银龙，气势雄劲磅礴。积雪和冰川是玉龙雪山的独特风光：晴日，银光四射、耀眼夺目；阴天，冰川生云，云戏白雪；月夜，月光融融，雪峰朗朗。山与城交相映衬，给人以无穷的遐想。

而城北端的象山脚下，岩缝间喷涌出数股山泉，晶莹剔透、澄碧如玉，当地的老百姓称它为"玉泉"。泉水在洼地积聚，形成宽阔的潭面，潭中碧水清澈，玉龙雪峰倒映其间。堤岸两侧，一侧是垂柳，另一侧是樱花树，俏皮的野蔷薇爬上树梢，腾挪盘桓、妖媚多姿。

水城四周不筑城墙，原因是阿良酋长姓"木"，若筑城墙，无异于"木"字加上围框，成为"困"字。城区中心区域，成排的铺面首尾相接，组成一个偌大的长方形街面，称为"四方街"。

通往四方街的主要街巷，四周也是由鳞次栉比的铺面相连接，浑然成趣、自成一派。居民群落布局也匠心独运，依山傍水、引水傍道。街道逶迤随势自然，颇具特色。

大理王室的建筑与唐宋建筑风格相仿，阿良酋长不仅在丽江江畔建有华丽的水城，还在水城中筑有木宫。木宫是阿良酋长和孔雀夫人日常居住以及处理部落事务的所在。后来忽必烈才知道，罗凤并不住在水城中，她长到七岁的时候，便吵着闹着搬出了水城，独自居于城外玉龙山脚下的竹寮里。她这样做，主要是为了躲开父母的看护和管教，可以像个野丫头一样自由自在地在山间奔跑玩耍。

象辇停在离木宫二百步处，阿良酋长和孔雀夫人请忽必烈下辇，改乘华丽的双人小轿。届时，将由轿夫抬轿，沿汉白玉台阶拾级而上，直至木宫朱漆大门前。忽必烈入乡随俗，下得象辇，正欲乘轿，忽听木宫左侧的密林中传来一阵异响，接着，两枝羽箭飞来，分别射入轿门两侧。

燕真大惊，当即与一干侍卫将忽必烈团团围在正中。

阿良酋长与孔雀夫人面面相觑，哭笑不得。

忽必烈不动声色，甚至连眼皮也没有多眨一下。他示意燕真让开，移步轿门前，取下一支箭。

箭上钉着黄色的绸布条，布条垂落，上面画着一只鹰。

另一枝箭上钉着粉色的绸布条，上面画着日月星辰。

忽必烈听窦默给他讲过，摩些蛮普遍信奉"东巴教"，视天、地、山、水、风、火等自然现象和动植物为神灵。其先民是羌人的一支，原在西北河湟地区，后逐渐南迁，唐宋时始称"摩些蛮"。

由于受地域环境影响，摩些蛮的百姓以游牧为主，畜牧业居于社会生产主要地位。这些，都与蒙古民族有许多相似之处。亦因此，摩些蛮的姑娘小伙儿、老人孩子都能歌善舞。

忽必烈微微笑了。直觉告诉他，这个特别的欢迎仪式，应该是某个精灵古怪的女孩子特意为他设计的。

锣鼓之后，一群盛装的姑娘、小伙儿叫着、笑着从密林中钻出，他们不离树林，面对忽必烈和阿良夫妇，手拉着手跳起了简洁而又欢快的舞蹈。

音乐声响起，林中传出一个姑娘圆润动听的歌声。

> 太阳光变化，
> 产生绿松石；
> 绿松石又变化，
> 产生一团团的白气；
> 白气又变化，
> 产生美妙的声音；
> 美妙的声音又变化，
> 产生依格窝格善神。

姑娘们欢快地应和：

> 月亮光变化，
> 产生黑宝石；

> 黑宝石又变化，
>
> 产生一股股的黑气；
>
> 黑气又变化，
>
> 产生噪耳的声音；
>
> 噪耳的声音又变化，
>
> 产生依古丁那恶神。

摩些蛮的小伙子们不甘示弱，他们载歌载舞，山谷间回荡着他们高亢的歌声：

> 依格窝格作法又变化，
>
> 变出一滴白露；
>
> 白露变成一个白蛋，
>
> 白蛋孵出一只白鸡；
>
> 白鸡没人取名字，
>
> 自己取名为"恩余恩曼"。

姑娘们嬉笑着，将一个女孩推到忽必烈面前，然后又跑回到原来的位置。忽必烈注目看着她，这女孩穿着十分华贵，鹅蛋形的脸上长着一双美丽的眼睛，但她不是罗凤。女孩面对忽必烈，毫无羞怯地唱出下面的歌词：

> 恩余恩曼高飞啊，
>
> 飞不上天，
>
> 恩余恩曼低飞啊，
>
> 飞不遍大地，
>
> 飞不上天，天不能开；
>
> 飞不遍大地，地辟不完。

女孩将这句唱完，无字的尾音由低入高，由高而低，犹如山峰起伏，她的嗓音音色纯净不逊于领唱的女声，但又有所不同。忽必烈心思都在罗凤的身上，一时无心辨别。姑娘们与小伙儿分开，围成一圈，应和着女孩：

> 恩余恩曼开不了天，
>
> 恩余恩曼辟不了地，
>
> 恩余恩曼栖息在恒依窝金河上游，
>
> 恩余恩曼到"精肯司美柯"寻找食粮。

女孩嬉笑着跑回到姑娘们中间，林中再次传出神秘的歌声，歌声轻灵妙曼，无与伦比。可是林中的人一直不出现，颇给忽必烈留下几分遐想。

　　恩余恩曼心不甘，

　　扯来了三片叶子铺地上，

　　采来了三丛青草做垫窝，

　　摘下三朵白云做蛋篮。

小伙子们应和：

　　恩余恩曼生下九对白蛋，

　　一对白蛋变天神，

　　一对白蛋变地神，

　　一对白蛋变成开天的九兄弟，

　　一对白蛋变成辟地的七姐妹。

对唱变成了所有的人的齐声合唱：

　　依古丁那作法又变化，

　　变出一颗黑蛋，

　　黑蛋孵出一只黑鸡，

　　黑鸡没人取名字，

　　自己取名"负金安南"。

　　负金安南生下九对黑蛋，

　　九对黑蛋又孵化，

　　孵出九种妖魔鬼怪。

领唱、对唱、和唱的形式就这样循环往复，错落有致。这样的欢迎形式倒也别具一格，不仅忽必烈，所有的蒙古军将士都得听得津津有味。世间不论哪一个民族，音乐都是相通的，一些蒙古将士甚至开始随着乐曲轻轻哼着它的旋律。

场面渐入高潮。

一开始，忽必烈根本听不懂歌词内容，只是觉得其旋律婉转悠扬，特色鲜明。听完了阿良酋长的解释他才明白，原来这首长歌在摩些及大理各城寨流传已久，堪称摩些蛮的一部英雄史诗。歌词中一再诵讴的依格窝格是管理天地的兽神，这首歌讲述的就是他与诸恶神中地位最高、同时也是死敌的依古丁那依据各自的神通，变化争斗的故事。最后，依格窝格历经磨难，九死一生，终于战胜了依古丁那，从此让摩些蛮的百姓们过上了幸福的生活。

了解了歌词大意，忽必烈更觉兴味盎然。他原本是极具求知欲的人，对任何民族富于特色的文化及传统都愿意尝试着学习和接受，而这，也正是他与他周围许多恪守蒙古习惯法的诸王——甚至包括他自己的兄弟们完全不同的地方。

阿良酋长悄悄地望着忽必烈专注的侧影。他得承认，对于这位蒙古大王，他从一开始就怀有几分喜爱，现在，则又怀有几分感动和几分钦佩。其实，刚才密林中突然响起锣鼓声时，连他也吃了一惊，可忽必烈却丝毫不为所动，处之泰然，这种勇气，如果不是与生俱来，那就只能说明一件事：他相信摩些蛮人的诚意，从他接受摩些城寨迎降的那一刻起，他就没对他们产生过疑心。

这样的心胸可以征服天下。阿良酋长毫不怀疑，他做出的不战而降的选择是正确的。

依格窝格、依古丁那的争斗仍在继续。

无数艰苦的较量之后，正义之神终于战胜了邪恶之神，天地重分，海晏河清，无字的尾音绵长悠远，象征着人们的幸福绵长悠远。在最后一个音符渐渐消散在林中树梢时，姑娘、小伙儿向两边散开，一头结红挂绿的大象扭动着肥硕的身躯，不慌不忙地走出密林。大象的背上，赤脚站着一个女孩，女孩长发披肩，头上戴着用彩绳编成的头饰，身上披着半身绯红夹白的旃服，犹如飞落人间的天使。

大象径直走到忽必烈的面前，停下来，女孩滑坐在象背上，向忽必烈展开了笑颜。那样子，调皮如初，可爱如初。

忽必烈的眼中闪过笑影，温柔地望着女孩。他早知道会是这样，从女孩站在象背上出现的那一刻，或许是从歌声响起的那一刻，这一切，早在他的预料之中。然而，一切虽在他的预料之中，却仍然带给他无限惊喜。

"嗨！"女孩随意地向忽必烈打着招呼，扮了个鬼脸。

"下来吧，罗凤。还不见过忽必烈大王！"阿良酋长微责，语气里却隐含着笑意。

罗凤真的滑下象背，忽必烈下意识地用手接了一下，罗凤的手乖乖地落在了他宽厚的手掌心里。

"殿下。"

忽必烈微笑。

"见到我惊奇吗？"

"你的欢迎仪式让我惊奇，别具一格。"

"什么格？"

"嗯……就是说，我以前没想到。"

"当然，你要想到了，你也变成罗凤了。"

"罗凤，怎么跟忽必烈大王说话呢！大王，小女自幼野惯了，不懂规矩，还望大王见谅。"阿良酋长边说边狠狠瞪了女儿一眼。

"没事，没事。"忽必烈说着，突然意识到自己还握着罗凤的手，急忙松开了。众目睽睽之下，这样忘情的表现终究有些不好。

罗凤却丝毫不觉得羞赧，仍旧满心欢喜地向忽必烈笑着。

她觉得爹很奇怪，为什么开口闭口要叫殿下"忽必烈大王"呢？难道爹不嫌这个名字又拗口又麻烦吗？像她，只喜欢叫他殿下，她知道，殿下是他的另一个名字，就像罗凤是她西诺尔里诺的另一个名字一样。

"忽必烈大王，臣和夫人已在木宫无华殿中设下酒宴，欢迎大王与大王手下的众将臣，其余人众于殿外设宴。请大王赏光。"

罗凤插话道："殿下，宴席上还有一道我特意给你准备的菜呢，你猜猜看，是什么？"说是让忽必烈猜，却根本不等忽必烈回答，而是自己解开了答案："是烤野兔，我昨天专门上山为你逮的。我本来跟我爹说由我现烤来给你吃，我爹偏不让，说在木宫里烤东西来吃成什么样子，满屋子的烟，把人都能炝死了，非要那些厨子们做好了再端上来。你不知道，野兔肉只有边烤边吃觉得烫嘴才有味道，稍微放凉了些，吃起来就一点儿意思也没有了。再说，那帮厨子烤野兔的手艺比我差远了，改天你上我的竹寮吧，我来烤给你吃。"

"好。"

"大王，别听这丫头啰唆了，请吧。"

"阿良酋长，请。"

罗凤紧跟在忽必烈身后，孔雀夫人语气轻柔地对她说道："罗凤，去穿上鞋子再进宫。"

罗凤看了看自己的光脚，吐了吐舌头。忽必烈说："无妨。"但罗凤还是乖乖地去穿鞋了，显然，她不怕爹，但有些怕娘。

忽必烈略站站,看着罗凤。罗凤光着脚,行走飞快,转眼消逝在密林深处。

"谢谢你,罗凤。"忽必烈在心里说。

拾壹

阿良酋长的木宫,从外观看是一座典型的仿唐宋建筑,里面的布局与唐宫宋殿不同,当然也没有汉地宫殿的规格和气势。阿良酋长选择在无华殿设宴款待忽必烈。无华殿乃木宫主殿,阿良酋长只有与夫人或部属商议要事时才会使用,平常,阿良夫妇都住在无华殿后面的水晶阁中。

木宫中的各殿阁皆为木石结构,无华殿的四角竖有四根结实的立柱,立柱朴实无华,上面未雕饰任何花纹图案,而且,原本大殿的正中也只设有圆桌圈椅,并无代表着唐宋皇帝高高在上的御案龙床。阿良酋长为爱妻建造木宫的初心,绝不是为了显示什么王者之尊,他是一部之主,从来无心将自己与段国主等同,因此他建木宫的理念,只求舒适庄严就好。这会儿,为了欢迎忽必烈,阿良酋长依照汉地的规矩,命人将殿中的圆桌圈椅全都撤去了,而在大殿之中两两相对设下二十余席,每席可坐二人,居中一席,是专为忽必烈而设。

阿良酋长携忽必烈入大殿,不失恭敬地将忽必烈让至上座,他与孔雀夫人在下首单列一席相陪,其余的人皆按职位品阶分左主右宾入座。

金宋时期的大理国,五谷、蔬菜、肉类、茶酒、水果等样样皆备,种类齐全不亚于宋地,纺织业也很发达。但贵族与平民、奴隶在饮食和服饰上可谓等级森严,贵族能用什么,能吃什么,能穿什么,平民或奴隶限用什么,限吃什么,限穿什么,什么样的衣料,什么样的颜色只能贵族使用,所有这一切都有严格而又明确的规定,绝对不能混淆,不得僭越。

其实,这种从南诏时期传承下来的等级制度,从这次参加宴会的人所使用的器皿上即可见一斑:二十余席中,只有忽必烈的面前摆放着一套金光闪闪、制作精美的纯金餐具,阿良酋长与孔雀夫人面前摆放着两套纯银餐具,其余的人则只能使用竹制餐具。如果是平民及奴隶,甚至连竹制的餐具也不允许使用。

对于这些,在蒙古军出征大理前,忽必烈都曾听身边的儒臣讲解过,只是他心里对此并不以为然。

蒙古民族自古以游牧生活为主，性情开放豪迈，自成吉思汗以降，国家在饮食和服饰方面的限制都远远少于位于西南边陲的大理国。忽必烈小时候就曾经亲眼看到过祖汗将一套黄金酒具奖赏给一个普通的士兵，只因这个士兵在战场立下擒获匪首的战功。他也曾看到过伯汗将一领珍贵的天鹅绒大氅赏给一个奴隶，只因这个奴隶在主人醉酒跌入冰窟时奋不顾身地救出了主人。得到黄金酒具和天鹅绒大氅的人是可以随意使用他们的赏赐品的，不会因为他们的地位而受到限制。

阿良夫妇下首还空一席，忽必烈估计是为罗凤而留，阿良酋长却不等罗凤，吩咐宴会开始。不多时，酒宴齐备，侍女将每个人面前的酒杯斟满，悄然退下。

阿良酋长率先举杯，欢迎忽必烈和蒙古将士的到来，他的致辞虽然简短，却发自肺腑，充满热情。

忽必烈擎杯在手，以同样的真诚感谢阿良酋长和孔雀夫人主动迎降之举，他说："困窘之时，鹅蛋能值万两黄金；遇难之时，雁翎也值千斤白银。阿良酋长降于本王未战之时，为大理境内的各寨主带了个好头，此乃本王之福，亦为摩些蛮万千寨民和蒙古军队之幸也。"

"大王言重了。是大王在金沙江畔裂帛止杀，臣和摩些百姓感于大王仁德之师，才情愿归附大王。"

"谢谢，谢谢阿良酋长。本王向你保证，只要本王在大理一天，绝不令军队滥杀无辜。"

"如此，何愁大理不归大王治下！臣还有一事，想向大王奏禀。"

"阿良酋长请讲。"

"臣决定归降大王之际，曾修书五十余封，派使者分送本境各府、郡、镇及各部，再三劝说其首脑顾全大局，主动迎降，免开战端，致使生灵涂炭。"

"五十余封？"

"大王可能有所不知，在我大理国，除首府外，还设有八府、四郡、四镇及白乌鬼蛮三十七部。自高姓一门擅权专政，八府便为高氏子弟所把持，而四郡、四镇中有高氏，也有别姓充任主将，三十七部则由各部首领统领。八府、四郡、四镇的统领者，仍以南诏时大、中、小、下四府主副将名称称之，其大、中、小、下之分，是依据统领者所统辖军队的数量多少而定，数量最多者为大府，主将称之为演习，副将称之为演览。例如，善阐府（今昆明）的演习是高智升，演览是杨喜辰。臣窃为殿下计，八府、四郡、四镇之首肯听臣之劝，愿意不战而降者，恐怕十之不及其三，但白、乌、鬼蛮三十七部之酋长，多数与臣私交甚好，臣有一定把握说降他们中的大部分。此举，一则可助大王一臂之力，二则可令大理境内少见刀兵。"

忽必烈起身走下桌案，向阿良酋长深深一揖。"阿良酋长，本王真的不知该如何感谢酋长高义。待大理平定，本王一定上奏大汗，请大汗封赏酋长、夫人以及所有摩些城寨百姓。"

阿良酋长慌忙还礼，以双手相攘，"臣既降，理当如此。大王无须多礼，折煞臣也。"

"阿良酋长的意思，想是要本王在摩些城寨宁耐数日，静候各处回音？"

"正是。"

"好，本王愿一切听从酋长安排。"

"谢大王。请大王归座。"

忽必烈依从阿良酋长的心意，回到座位上。

"阿良酋长，八府中，哪一府最难攻打？"

"当然是善阐府。八府之中，善阐府不仅建在险要之地，而且其演习高智升的权力最大，势力最强。"

"这是为何？"

"刚才臣跟大王粗略介绍过大理国的建制，其实所谓四郡，也是善阐府的分守机构，为其直属之郡。"

"原来如此。那么四镇呢？"

"四镇建制仍以军事统治为主，控制着大理国西北、西南、西部及东南部幅员辽阔且相当落后的地域。四镇首领，有别姓，也有高姓。"

"这么说，除了太和城之外，善阐府的高智升将是本王的强劲对手。"

"也不尽然。"

"哦？阿良酋长此言何意？"

"高智升虽是演习，但他贪婪多疑，在军中威信并不算高，倒是他的副将杨喜辰善于用兵，深孚众望。"

"杨喜辰？这个名字听着很耳熟啊。"

阿术插话道："殿下，几年前，高和率领军队在九禾地区迎战我军，设计诱敌深入，给予我军以重创的就是这位杨喜辰。"

"原来是他？"

"对，是他。"阿良酋长接过阿术的话："因为当年九禾大捷，杨喜辰又从死人堆里救出了高和，高和自此对他十分信任，派他协助高智升镇守善阐府。从表面上看，他是一位值得高氏信任的将领，但臣与之有过交往，隐隐觉得他的内心始终向着国主段兴智，尤其高智升对他疑信参半，导致他与高智升一直面和心不和。"

"果真如此，说不定我们正可加以利用。"

"大王与臣想到了一处。"

"太好了，一切皆赖酋长运筹。"

"大王放心，臣自当竭尽全力。"

忽必烈神采飞扬，举起酒杯，"来，我敬阿良酋长、孔雀夫人、在座各位一杯。本王先干为敬！"

"谢大王！"众人急忙起身，将杯中酒一饮而尽。

侍女上前，欲为忽必烈斟酒，忽听一个悦耳的声音说道："让我来。"

众人循声望去，只见罗凤和一个女孩一同步入宫门。罗凤的手中捧着一个包裹，女孩紧紧相随。女孩长着一双美丽的眼睛，正是忽必烈在木宫外见过的那位和罗凤一起领唱的少女。

罗凤来到大殿之中，将手里的包裹暂且转给女孩。

她以摩些蛮妇女之礼郑重其事地见过忽必烈，然后走到忽必烈的桌案前，拿起酒壶，亲自为忽必烈斟满了一杯酒。

"罗凤，你怎么才过来？"忽必烈看着她，不由自主地问。问完，发现自己其实一直都在惦记着她。

罗凤一笑，向他神秘地眨了眨眼睛。

"坐吧，罗凤。"

"不急，殿下，还记得我们打赌的事吗？"

"打赌？"

"你忘了吗？我们不是赛马打赌，我输了。"

"噢，你是说这事啊。怎么啦？"

罗凤回头，唤道："若百合。"示意女孩将包裹拿过来。

女孩亦以相同的礼节见过忽必烈。

"殿下，若百合是我的朋友。"

"是吗？想必她也是摩些蛮人，摩些蛮的姑娘都很漂亮。"

"不是。她是另一个城寨的，半空和寨，她爹是半空和寨的阿塔剌酋长。"

"原来是这样。"

罗凤打开包裹，包裹里是一副珍贵的象皮甲胄。

看到这副象皮甲胄，阿良酋长的两只眼睛都直了，他正要起身，却被孔雀夫人暗暗地伸手拽住了。

"殿下，这副象皮甲胄是我爹的心爱之物，在大理国各部独一无二。从会川都督府回到家后，我和我爹说了跟你打赌的事，他说，我是他的女儿，愿赌服输，他情愿把这副象皮甲胄献给你。"

"罗凤，不，阿良酋长，你们的心意我领了。常言道，君子不夺他人所爱，我怎么能将阿良酋长的珍贵之物据为己有呢？"

"殿下，你不用客气。我爹巴不得如此。你说是吧，爹？"

孔雀夫人用脚轻轻踩了踩阿良酋长的脚背，阿良酋长如梦方醒，急忙站起来，向忽必烈躬身一礼，"大王，为臣父女一片诚意，还望大王不吝笑纳。"

"既然如此，本王也应该有所回礼才对。让本王想想……"忽必烈略一沉思，"阿术，去将我们的乐器取来。"

阿术去不出时，带着所有军中乐师回来了，乐师手中皆有乐器，计有笛、箫、笙、钹、贝、铎、钲、箜篌、拍板、方响、五弦琵琶、火不思、古琴、二胡、四胡、十三筝等数十种。

"摩些蛮族百姓与我蒙古人无异，能歌善舞，本王就将这些珍贵的乐器、乐谱半数赠予阿良酋长和摩些城寨。"

阿良酋长喜出望外，"谢大王。"

忽必烈赐给阿良酋长的这些乐器，后在中原及江南漠北多数失传，却为摩些蛮人及大理国境内的其他民族留存并传承下来。

除乐器之外，忽必烈还将半数乐师一并赐给阿良酋长。

是夜，酒宴尽欢而散。虽然天色已晚，罗凤仍不肯留在城中居住，坚持要返回城外的竹寨。

忽必烈将大军也安扎在城外的丽江水畔。阿良夫妇和女儿罗凤一直将忽必烈送出城外十里，方才向忽必烈作别而去。四个人三个方向，阿良夫妇回城，忽必烈往东，罗凤则往西。

宴会之时，忽必烈曾与阿良酋长商定，他将在丽江水畔驻军三日，等候各府各寨的消息。正因为如此，考虑大军驻扎无事，后天他准备率领军队进入玉龙山围猎，一来不致使将士闲闷，二来可借机筹措部分军粮。

一个月之前，忽必烈率轻骑攻取四川境内西南未降诸城，辎重均被他留在后面，迟二三日后方能前来与大军会合。因此，忽必烈想借秋末冬初猎物膘肥体壮之时，进行一次中等规模的围猎，所获猎物，除制作肉干，以备军队不时之需外，多余的猎物，则分至寨民各户，亦可减轻阿良酋长和寨民的负担。临别，忽必烈再次向阿良酋长提及此事，阿良酋长一诺千金，痛快地答应明日一早便派寨兵配合蒙古军队侦察玉龙山的地形及猎物分布情况，定下围猎计划。

挥别阿良父女，忽必烈往营中方向驰去，行不多远，他突然想起一件事来，又拨转马头，向罗凤离开的方向追去。他追了一阵，月光下，前面已隐隐约约地出现了罗凤的身影，忽必烈正想唤住她，却见一个人骑马走到罗凤身边，与罗凤并辔而行。忽必烈一眼认出，这个人正是阿挪。酒宴上，阿挪始终没有出现，不料却是等在这里。

忽必烈端坐于马背之上，默默地目送着罗凤与阿挪远去，这才拨马顺原路返回。阿术和燕真一直护送着他来到大帐前，忽必烈下马，将马缰甩给燕真，忽见阿术不离他左右，似乎有话要说，他问道："怎么了，阿术？"

"没，没事。"阿术欲言又止。

"这可不是你的性格，你有话直说无妨。"

"是。殿下，我担心……"

"担心什么？说吧，说吧。"

"阿良酋长将我们留在摩些城寨，会不会别有企图？"

"闻声知鸟，闻言知人。我与阿良酋长接触不多，但我绝对信得过他的禀性为人。他是一个至诚守信的君子，既然他说了要帮我们劝降各府寨之酋，就一定会这么做。我们且少安毋躁，等等各府寨的反应再说。倘若能兵不血刃，轻取大理半壁江山，我们又何乐而不为！"

"既然殿下这么想，不如再派使者入太和城谕降。"

"本王正有此意，你去安排吧。"

"遵命。"

"你们都下去吧，本王也累了，想早些安歇。"

阿术、燕真躬身而退。

罗凤一觉睡到天光大亮，睁开眼，惦记着约忽必烈上山去玩，于是匆匆忙忙地洗漱一番，走出竹寨。她刚刚下了木梯，只见一个可能早就候在竹寨下面的寨兵趋前禀报："罗凤，孔雀夫人要你去趟木宫，她在水晶阁等你。"在摩些城寨，所有的人无论男女老少，对罗凤都直呼其名。

"我娘？"

"是。"

罗凤心中纳闷，不知娘突然唤她到底有什么事情。从小到大，罗凤不怕爹，只怕娘，尽管娘对她说话从来都是柔声细语，可这柔声细语的背后却隐藏着不可更改的威严。在摩些城寨中，人们也许可以不很在意阿良酋长的某些话，对于这个女人的话，却从来没有一个人敢轻易违背。

罗凤图快，骑马来到木宫。等娘跟她说完了事儿，她还要去找忽必烈。宫内不允许骑马，她将坐骑拴在木宫外面，走了一会儿就到了水晶阁。进入阁中，她看到爹正与娘在一起，爹盘腿坐在靠北放置的一块平展、低矮的水晶石上，面沉似水。娘则安静地坐在爹的身旁，低头缝制着一条七彩条纹的围裙。看到罗凤，娘悄悄地向她使了个眼色。罗凤明白了，原来是爹要找她，爹之所以打着娘的旗号，是怕她贪玩不肯过来。不过，现在既然有娘在场，无论爹对她说什么，她都不怕。

罗凤离爹远远地站住了，唤道："爹、娘。"

阿良酋长拍了拍水晶石旁的紫晶桌，"西诺尔里诺，你给我过来！"

"干吗？"

"我问你，你为什么要把我的象皮甲胄偷出去送给忽必烈大王？"

罗凤根本不向前来，仍在原地站着，对爹说："我跟殿下打赌，输了。事先，我和他说好了，如果我输了，就把爹最珍贵的象皮甲胄送给他，我得说话算数呀。"

"什么？你还跟忽必烈大王打赌？赌什么？"

"赛马。"

"赛马？赛马你能赢了忽必烈大王？"

"那也不一定，试试呗。兴许我能赢呢。"

"兴许能赢？兴许从一开始你就是想输给他吧。"

"没有。"

"你还敢说没有！"

"哎呀，爹，你到底想说什么？不就是一副象皮甲胄嘛，送了就送了呗，干吗还要不依不饶？你若实在舍不得，就自己去跟殿下要回来好了。殿下大方着呢，哪像你这么小气！"

阿良酋长又气又急，用力猛拍了紫晶桌几下，结果疼得"嗞"了一声，对着手心直吹气。罗凤看着他狼狈的样子，差点儿笑出声来。

"西诺尔里诺，你是不是想挨一顿暴揍才心里舒坦？你居然敢偷你爹的东西送人，我看你是存心要你爹出乖露丑。"

"你为什么会出乖露丑？噢，我明白了，一定是你看到我把你的象皮甲胄送给了殿下，心疼得快要掉眼泪了。要不呢，我说你当时的表情怎么哭不像哭，笑不像笑的。"

"西诺尔里诺，你给我往近前来。"

罗凤不肯动地方，"算了吧爹，你有话说好了，我又不聋，听得见。"

"你！"阿良酋长被噎得只剩下怒视女儿的份儿，一双眼睛瞪得像铜铃一样。

孔雀夫人放下手里的围裙，走到女儿面前。"凤儿。"

"娘。"

"你跟娘说实话，你从会川都督府回到家后，每天都进宫，是不是在偷偷地找你爹的象皮甲胄？"

"是啊娘。我爹这人真是莫名其妙，把副象皮甲胄藏在那么隐秘的地方，害得我费了好多天的工夫才总算找到他藏象皮甲胄的箱子。可箱子还锁着两把铜锁呢，我又费了九牛二虎之力才把箱子打开。要不我怎么那么晚才去参加宴会？幸亏拿到了甲胄，要不，我就对殿下食言了。"

"你为什么不直接向你爹要呢？"

"我就是要让他感到意外。我爹的象皮甲胄是我输给殿下的，当初，我爹不是把他唯一的女儿也输给高加了吗？他把我输了之前,也没跟我打过招呼啊。"

"你这个没大没小的小兔崽子，我看你简直是……"

孔雀夫人无可奈何地摇摇头，回头向阿良酋长一笑，"你先消消气吧，他爹。你把摩些城寨都能献给殿下，一副象皮甲胄算得了什么？"

"是啊，娘说得对极了。再说人家殿下也没白要爹的象皮甲胄，他还送给爹那么多乐器、乐谱和乐师呢。终不成，爹昨晚没睡，算来算去还是觉得吃亏了？"

"你……你……你给我滚出去！"

罗凤回眸，向孔雀夫人一笑，"噢。娘，那我滚了？"

"去吧，凤儿。"

罗凤愉快地跑了。

目送着罗凤离去，阿良酋长责备孔雀夫人道："夫人，你实在是太惯着这个疯丫头啦。"

"夫君，虽然象皮甲胄是木氏相传五代的珍贵之物，你也用不着为此对凤儿发这么大的火儿啊。你又不是不知道，这孩子随你，手松得很。何况，忽必烈大王也是你非常敬重的人，把象皮甲胄送给他，不是物有所值吗？"

"问题不在这儿。"

"那在哪儿？"

"你不觉得这次从忒剌草原回来，凤儿整个人都变了很多吗？以前，你见她对谁这样用心过呢？"

"孩子一天一天长大了，有自己的想法在所难免。"

"我知道。唉，女大不中留啊，留来留去留成仇。"

"既然如此，你还有什么放不开的？你不会是舍不得把女儿嫁出去吧？"

"男婚女嫁，天经地义，只是，蒙古草原太远了，太远了。"

孔雀夫人当然明白丈夫的心意，蓦觉黯然神伤。

虽然不该拿女儿的终身大事跟人打赌，但嫁给高加，毕竟还在大理境内。他们只有这一个宝贝女儿，女儿就是他们生命的一切。

可是，假如一切皆是天缘之数，他们又该如何呢？

事实上，他们又能如何呢？

拾贰

军帐中，忽必烈正在查看地图，但这幅地图并不是罗凤在金沙江畔见过的那幅，而是另外一幅。

看到罗凤进来，忽必烈笑着让她等一会儿。罗凤的目光落在地图上，只见图上画着许多有红有蓝、粗粗细细、弯弯曲曲的线条，让人看着眼晕。

"这是什么地方？"她指着用粗蓝线条画住的一个最大的圈子问。地图上，不管蓝圈子、红圈子，都很不规则。

"这是蒙古帝国现在据有的领土。"

"那这两处用红线划的圈子又是什么呢？"

"噢，这一处是宋地，这一处就是大理国了。"

"大理国？这么个小小的红圈子就是大理国？"

"是啊。"

"你是说，那个大蓝圈子是蒙古国，这小红圈子是大理国？"

"对。"

罗凤直摇头。

"怎么？"

"不可能。你一定没有到过大理的其他地方，我们的大理国大极了，蒙古国怎么会有我们大理国大呢？"

忽必烈不由得笑了，"以前，我常听额吉说一句话，不明白是什么意思，现在终于明白了。"

"你说额吉吗？额吉是什么意思？"

"就是……娘的意思。"

"噢，原来你们管娘叫额吉啊，那你娘，嗯，你额吉给你说过什么样的话？"

"额吉说，井蛙想象不到大海的辽阔。"

"什么叫井蛙？"

"井蛙就是井里的青蛙。"

"你说谁是井蛙？"

"当然是你啦。"

"怎么会是我呢？我虽没见过大海，可我见过许多大江。我是江蛙，江里的青蛙，不是井蛙。"

"差不多吧，你还是想象不到大海的辽阔。"

"我肯定能。"

"怎么想象？"

"我把所有的江都加起来。"

忽必烈笑了。与罗凤谈话，永远都是这么个结果，永远都是这么快乐。真希望将来，当他离开大理的时候，可以把这个女孩子带在身边。他在给察必的信里特意提到了罗凤，他相信察必一定愿意接受她。不过，现在最大的顾虑是，这个野性的女孩子，愿意离开她生活惯的让她感到自由自在的摩些山寨吗？

等等吧，再等等。一切还是等他拿下大理全境再说。

罗凤从一侧认真察看着忽必烈的脸色，他默默出神的样子让她有些迷惑。她发现，除了她爹之外，似乎所有的男人都有有话不说的时候。比如说阿挪，也常常这样出神。唯一不同的是，她看到阿挪出神心里有时会觉得不耐烦，而现在看到忽必烈出神，她却只想打断他，让他注意她，和她说话。

"殿下，你怎么不说话了？想什么呢？"

"噢……没什么。我是在想，不知道我等待三天后的结果是什么？会不会如我所愿，少动刀兵？"

"原来你是在想这件事啊。你放心好了，我爹不是给那些人送信了吗？爹跟娘仔细分析过，觉得至少有一半部酋会听从他的劝告。"

"大兵压境，越是面临生死存亡的关头，及时的劝告越显出其珍贵。"

"你在说我吗？"

"哦？"

"是啊，我的劝告就很及时。"

"你的劝告？"

"你怎么忘了，若不是我跑回来劝说我爹迎降，说不定这会儿你和他已经打起来了。真要打起来，我就没法把甲胄输给你了。"

"我当然不会忘记。对于这件事情，我从心底里感激你。阿良酋长主动迎降，给别的府寨酋首带了好头，这是我蒙古军的祥瑞之兆。"

"我走到哪里，都会给人带来祥瑞之兆。你恐怕还不知道吧，我这个人什么都懂，无所不知。"

"你？"

罗凤一拍胸脯，"没错！看清楚了，就是我，摩些城寨的小巫女。"

忽必烈盯着罗凤看了好一会儿，简直哭笑不得，"你知道你这个人最大的'优点'是什么吗？"

"什么？"

"傻瓜，自以为是呗。"

"自以为？是什么？"

"自以为是……自以为是……"

"说呀，是什么？"

"是小巫女。"

"我本来就是小巫女嘛，你怎么说我自以为是呢？"

忽必烈没有回答。他凝视着罗凤嫣红的脸颊，慢慢敛去了脸上的笑容。这个女孩，着实天真可爱，不过，昨天晚上，她为什么会与阿挪在一起呢？她与那个阿挪，到底有着什么样的关系？

罗凤与忽必烈目光相对，欲言又止。在忽必烈专注的注视下，她生平第一次产生了奇怪的微醺之感，一种轻微的、舒适的晕眩，仿佛从她的心脏流入四肢，使她的心跳忽慢忽快，身上忽冷忽热。

可是，为什么会有这样的感觉呢？这究竟是怎么一回事？

"殿下，窦先生求见。"侍卫的禀报传入帐中。

忽必烈回过神来，"请！"

窦默整冠而进。

窦默是广平（今河北永年东南）人，当世理学大师。多年前，忽必烈从张文谦处闻其贤名，遂将其延至藩府，给自己讲授三纲五常，并与赵璧、郝经一道，负责教习爱子真金。后来，窦默又将自己的朋友，素以博学多才闻名于北方诸地的姚枢举荐给忽必烈。因姚枢精通农事，且深谙治世之道，进府不久，便受到忽必烈的非常礼遇。这一次，窦默、姚枢、郝经、赵璧、张文谦等人皆从征大理，途中，恰遇黄龙镇需要建渠引水，却缺少设计人才，忽必烈遂将张文谦和姚枢全都留了下来，帮助黄龙镇百姓完成这一造福后人的水利工程。

忽必烈向罗凤说道："罗凤，窦先生与我有些事情商谈，你先出去玩上一会儿吧，中午吃饭的时候再过来。"

"要等到吃午饭的时候才能过来吗？"

"是啊，你陪我一起吃午饭。"

"好吧。可我去哪里玩儿呢？"

"就到附近随便走走，别走远了。"

"嗯。有了，我去给乌骓驹洗个澡，让它也舒服舒服。"

"这个主意不错。"

罗凤高兴地跑开了，经过窦默身边时，还顺手拍了拍老学究的胳膊。

窦默无奈，与忽必烈相视苦笑。

离开忽必烈的军营，罗凤骑着乌骓驹，向莎草滩而来。忽必烈驻营的地方，离莎草滩不远。

沿丽江向东，紧靠江边有一处巨大的天然洼地，河水经年渗入洼地中，形成了一处天然湖，当地人因势取名，称之为"洼湖"。

洼湖东南，白柳茂密，白柳林与洼湖之间长满莎草，因此此处又被称作莎草滩。罗凤之所以带乌骓驹来这里，是因为洼湖四周长着一种散发着特殊气味的药草，乌骓驹十分喜欢食用。

罗凤也是无意中发现乌骓驹喜欢食用这种药草的，记得当时，不止她，连阿挪也大为惊奇。

罗凤记得，阿挪刚来摩些城寨的时候，曾对她说过，这种草，古书上没有记载，然而，这种尚且不知其名的药草不仅马呀羊呀能吃，人也能吃，吃后有强身健体的功效。罗凤就见过阿挪用这种药草入药，治好过十多个人的虚症。然而，这么好的东西，可能由于气味太过辛涩的缘故，除了乌骓驹，其他的马、牛、羊从不食用。阿挪第一次看到乌骓驹能吃这种药草时惊叹不已，他对罗凤说，乌骓驹一定是匹神驹，否则，它不会如此聪明，如此富有灵性。

罗凤嘴上没说，心里却在想：殿下的马，怎么可能不聪明不富有灵性呢。

饮过了马，乌骓驹像个孩子般贪婪地伸出舌头卷着药草，不断送入口中。罗凤取出随身携带的鬃刷，细心地为它刷去身上的泥浆。

乌骓驹惬意地享受着，这种被人惯宠的感觉，在跟随罗凤前，它已经很少能够体会到了。

罗凤丝毫没发现，有一个人正悄悄地向她靠近。

"妖女！"那人来到近前，喝道，音量倒是不高。

是铁桩。

罗凤太专注了，铁桩的突然出现，把她吓了一跳。"榆木桩，你是鬼吗？怎么一点声音没有。吓死我了。"

"我不是鬼，你倒是妖精。"

"你来这里做什么？"

"把乌骓驹还给我！"铁桩干脆地说。

"为什么？"

"你是从我手上把它偷走的。"

"那又怎样？这是殿下的马，殿下送给我了。"

"不，王爷一次没跟我说他把乌骓驹送给你了。你是偷的。什么时候王爷亲口说了，你才可以骑走。"

"榆木桩，你原来的名字是叫铁桩吧？"

"什么原本的名字！我就一个名字，我叫铁桩。怎么了？"

"铁桩哪有榆木桩贴切，我看你的脑袋简直就是个榆木疙瘩。你听我的，还是改名算了。"

"我为什么要改名？你少废话，快点，把乌骓驹还给我。"

"不还。"

"还给我！"

"那你来呀，如果你能抓住我，我就把乌骓驹还给你。"

铁桩也不说话，真的伸手来抓罗凤，罗凤轻盈地往后一跳，铁桩抓了个空。"好啊，你还会躲！"他怒道。

"废话！"罗凤笑。

铁桩使劲甩了甩手腕，"好啊，妖女，你等着。"

铁桩不甘心，一次一次扑向罗凤，试图抓到她，罗凤围着乌骓驹，身体像会飘一样，每一次，铁桩看着都像是要抓到她，手到了，却连她的衣角也碰不到。很快，铁桩出了一身的汗，人也变得越来越焦躁。

罗凤笑眯眯地站在湖边，挑衅地向铁桩摇摇食指。铁桩才不管她是什么意思，大喝一声，向她猛扑过来。眼看这一次罗凤再也无处可避，只见她身体向后一倾，悄无声息地落入洼湖之中。

铁桩惊呆了。眼睁睁地望着宽阔的湖面，只见湖面上泛起了几个小小的水泡，接着，一切归于平静。

"妖女，妖女！"铁桩趴在岸边，对着湖面拼命地叫喊。他吓坏了，他的本意，只想把乌骓驹从罗凤手里夺回来，并没想到会发生这种意外。

也不知叫了多少声，却没有人回答他。铁桩想，罗凤一定已经沉入了湖底。

"妖女！"此时的铁桩顾不得多想，救人要紧，他一头扎入湖中。跳进湖里他才想起：完了，他不会游泳。

他倒没有像罗凤一样沉入湖底，只能在湖面上沉浮挣扎，湖水不断灌入他的嘴里，令他昏头涨脑。他绝望地大声呼救起来，随着呼救，灌入他嘴里的水更多了，他知道自己死定了，不情愿地放弃了努力。

不知过了多久，铁桩睁开眼，模模糊糊看到罗凤的笑脸。他以为自己死了，才见到了死去的罗凤，不觉叹了口气。

"好好地，叹什么气？"

"妖女，被你害死了。"

"你不是喘着气吗？为什么要说自己死了？"

铁桩一骨碌坐起来，拍了拍自己的脸，"当真？我还活着？"

"废话！有我在，你想死也没那么容易。"

"难道，是你救了我？"

"不是我还是鬼啊！你不打算谢谢我吗？"

"可你，可你……我明明看见你沉入了湖底。"

"沉入湖底的人不会死，死人都漂在水面上。"

"真的？不管怎么说，谢谢你的救命之恩。"

"我救了你的命，这回，乌骓驹可以让我骑了吧？"

"不行。"

"为什么？"

"除非王爷亲口告诉我他把乌骓驹送给你了。"

罗凤没辙了，这事儿她跟铁桩没法说清楚。

"不过，看在你救了我的分儿上，我答应你，只要我们还在摩些城寨，还在大理，什么时候你想骑乌骓驹，随时都可以跟我借。"铁桩让了一步。

"也罢，还给你就还给你吧。反正都一样。"面对着这个一根筋认死理的"榆木桩"，罗凤不得不认输了。

"什么反正都一样？"

"昨天，今天，明天，这是殿下跟我爹约好的期限，我想最晚后天，殿下就要离开摩些城寨了，我会和殿下一起走的。"

"你？和王爷一起走？"

"是的，我要陪殿下出征。跟在他身边，我才能保护他。"

"你？"

"什么你我的？瞧你的嘴咧得，跟吞了鸟粪似的。我怎么了？我们摩些蛮的女人个个都能征善战，我还亲手射杀过一只老虎呢。"

"你？"

"除了'你'，你还能不能说点儿别的？乌骓驹还给你了，这个刷子也给你，你得给它把毛刷干净。我走了。"

"你要去哪儿？"

"我去找殿下。"

"你就这么去？湿漉漉的。"

"你管不着。"

乌骓驹从湖边抬起头来，看着罗凤离去，越走越远。突然，它仿佛想起什么，躲过了拖泥带水向它走来的铁桩，扬起四蹄，向罗凤离开的方向追去。铁桩想拦住它，非但没能拦住，自己还被乌骓驹挂倒在湖边，差点儿再次跌落湖中。

显然，乌骓驹"移情别恋"，抛弃了他。

铁桩回头看了一眼湖水，想起刚才的危险，不由惊得手脚冰凉。他双拳擂地，扯着嗓门骂道："你到底是男的还是女的？看人家长得漂亮你就追！你这个好色之徒，回头看我怎么收拾你！"

乌骓驹充耳不闻。此时，它已停在罗凤身边，罗凤轻抚着它的鬃毛，说了声"好样的"，然后翻身跃上马背，腾风而去。

中卷 · 荻花沙鸟无穷事

他拉开帐门。一时间，他以为自己在做梦。她神奇地出现在他的面前，一双眼睛像黑葡萄一般闪闪发亮。

短暂的相守之后是分别，没有他在身边的日子无聊又漫长。为了朋友，她又一次悄悄离开了爹娘。其实，思念也会让她快乐，她却没想到，某一天，她的快乐会戛然而止。

壹

两万名骑马、挎刀、背弓的蒙古武士潮水般地从森林中漫卷过来,呐喊声、吼叫声此起彼伏,成群的棕熊、老虎、麋鹿、野猪、狐狸、原羚等猎物被赶出茂密的森林。

一千名管犬人手携五千条猎犬浩浩荡荡徒步随行左右,数千只金雕海冬青匍匐在鹰师的臂弯上,警惕地搜索着目标,随时振翅出击,用坚硬的利爪扼住猎物的咽喉使其毙命。

狩猎首领挥动令旗指挥所属的狩猎分队,按照指定的围猎方位、路线、任务实施围猎。围猎分为出猎、围猎、射杀、收场、分配五个环节。围猎圈达到事先规定的范围,狩猎首领射出一枝鸣镝号令行猎。这是猎手们的最后冲刺,猎手们各显神通,刀、枪、箭、戟、绳索、布鲁、猎杆、套鞭等所有猎具齐用。骏马的速度,猎犬的嗅觉,猎鹰的敏捷,高超的箭术一齐展现在声势宏大的围猎场。

猎人的呐喊声,野兽的惊叫声,刀枪的撞击声,马蹄的践踏声,浑然成趣,惊心动魄。四处出击的猎手们,有的飞马射箭,有的俯身取物,有的弯腰甩布鲁,有的挥臂投枪,有的纵鹰捕杀,有的放犬追击。凶猛的野兽脱尽了昔日的威风,在血淋淋的屠杀面前,只能束手待毙。

罗凤猎得一头棕熊,两只雄鹿,洋洋得意地圈马回到忽必烈身边。忽必烈确实没想到罗凤的箭法如此了得,而今,亲眼看到罗凤的表现,他才相信了书中记载：摩些蛮妇女体魄多健壮，臂力过人，行走如风，常与男子一般劳作、狩猎，不弱其父其夫其子，是以，妇女在族中地位亦不亚于男子。

这些方面，摩些蛮都与蒙古族颇为相似。

忽必烈夸了罗凤几句，拍拍心爱的猎犬，笑着对罗凤说："草原上有句俗话，跑到最前头的猎狗最先逮到兔子，看来真是不假。"

罗凤好像没听清，问道："你说什么？"

忽必烈将他的话又重复了一遍。

罗凤使劲摇头，"不对，这话才不对呢。"

"这话哪里不对了？"

"在我们摩些城寨可不是这么说的。"

"哦？在摩些城寨怎么说？"

"罗凤跑在前面，光脚也能逮住兔子。"

忽必烈一愣，随即大笑，"是吗？"

"你若不信，哪天我捉一只给你看。"

"光脚吗？"

"当然，穿鞋多麻烦。"

"好，一言为定。"

"定就定。明天怎么样？"

"明天恐怕还有别的事情要办……这样吧，等我出征归来，你请我在你的竹寮吃烤野兔。"

"为啥非要等你回来？我在你身边，随时可以给你捉野兔烤着吃。不过我不知道，除了玉龙雪山，别处是不是有那么多野兔。"

忽必烈惊讶地看着罗凤。

罗凤伸出手来，笑嘻嘻地在他的眼前晃了晃，"你干吗瞪着我呀？还这么一副满脸不相信的表情。"

"你，总不会是要随我一起出征吧？"

"怎么？你又感到吃惊了吧？"

"我说，小巫女，这可不行。"

"怎么不行？"

"战争不是儿戏。你听我的，乖乖地在摩些城寨等我回来，到时候，我陪你一起去捉野兔。"

"嗨,什么儿戏不儿戏的,我才不会听你的呢。我要去,你拦不住我,不行也得行。"

忽必烈还想说什么,军中长者旋至,为被围困的动物求生。忽必烈宣布罢猎。

猎物分配完毕,按照阿良酋长的安排,蒙古将士与摩些城寨的寨民们在玉龙山下举行了盛大的庆祝活动。

首先由乐工舞伎表演了宫廷队舞,"乐音王队""寿星队""礼乐队""说法队"依次出场。每支舞队又分出数个分队,而各分队的表演都有着不同的内容,不仅形式和风格各异,而且服饰和道具都是经过了精心的设计。在乐工的伴奏下,舞伎们用肢体语言讲述了一个个在草原上广为流传的故事,有《折箭训子》,有《功臣辩酒》,有《蒙哥登基》……这些舞蹈的编排,或大气磅礴,或谐谑成趣,或斗智斗勇,或令人捧腹。乐工与舞伎配合默契,他们精湛的表演引来阵阵喝彩。

接下来,是摩些城寨的少女们表演的《对歌》,领衔的少女是罗凤的朋友若百合。在欢快的音乐声,一个体型偏于瘦弱的青年饰演的高西首先来到场中,身后跟着他的几位"随从"。"高西"哑着嗓子唱了几句,"随从"们大声吆喝起来,于是,若百合饰演的罗凤便被一群服饰艳丽的女孩子推到了"高西"的面前。这一段歌舞表现的正是罗凤与高西对歌,高西不敌,落荒而逃的一幕。对于这个故事的始末,忽必烈可谓一清二楚,因此,他不仅看得津津有味,而且看到高西逃走时,他不由得捧腹大笑。罗凤并没有亲自上场表演节目,她一直安静地坐在忽必烈身边,看着殿下高兴的样子,她的心里甜甜的,脸上的笑靥时隐时现。

再来表演节目的,是刚刚离开勾栏(表演舞台)的教坊歌伎。这些美丽的女子,一个个罗衣酥袖,轻抚琵琶,一展歌喉。最后,萨满宗教色彩、少数民族曲调、中原汉族歌舞和西夏旧乐兼容并蓄的乐曲轰然奏响,一队队头戴面具的舞伎飘然而至,他们装扮成各种神祇、动物载歌载舞,但见夜叉、飞天、龙王、龟、鹤、凤凰、乌鸦、孔雀、金翅雕依次亮相,菩萨、罗汉、金刚、僧侣、道士粉墨登场。

黄昏时,山下开始弥漫着阵阵烤肉的香气。蒙古将士与参加围猎的摩些城寨乡民一边尽情享用美酒佳肴，一边纵情歌舞，直至东方破晓。

虽然在玉龙山围猎之时罗凤明确表示她要随忽必烈出征，忽必烈却只当她是小孩子性情，说说而已，心里并未十分当真。他很清楚，此事不光他不会同意，阿良酋长和孔雀夫人也绝不可能让女儿触瘴犯险。岂料，兵至蒙舍镇，大军刚刚宿营，罗凤竟犹如从天而降，笑吟吟地出现在了他的面前。

那一刻，忽必烈以为自己产生了幻觉。

阿良酋长决定迎降之时，审时度势，分别致信大理境内所有部酋。在他的苦心说服下，乌白鬼蛮三十七部中有十七个部落的酋长明确回复，愿追随阿良，归降蒙古。另有三个部落酋长不说降，也不说不降，尚在观望中。但八府、四郡、四镇中，只有地处西北部的成纪镇主将同意献城，以避刀兵。

鉴于这一情况，忽必烈决定再次兵分三路：西路军由兀良合台父子率领，攻取乌蛮未降诸部，取八府；东路军由亲王末哥率领，攻取白蛮未降诸部，拔四郡；忽必烈自率中路军，迂回侧后，穿过成纪镇，取未降三镇金齿镇、蒙舍镇和最宁镇，然后，三路大军会师龙首关，进逼太和城。

金齿镇位于大理国西部。兵至城下，忽必烈并未令大军休息，即刻对金齿镇发动攻击。是夜未下。忽必烈命将士分十队轮流击鼓佯攻，不给城中守军任何休息之机。三日后，金齿镇守军心神疲惫，精力涣散，蒙古大军以巨型撞木撞开城门，蜂拥入城，守将被擒，余众请降。

金齿镇既克，忽必烈挥师直扑蒙舍镇。黄昏时分，大军在城外二十里处扎营，燕真为忽必烈端来晚饭时满脸神秘地告诉他，他看到了一个人，好像是罗凤。

忽必烈只当燕真看花了眼，心里不信，也没有细问。他吩咐燕真去通知王府幕僚及各军主要将领，待一会儿陪他一起巡视城池。燕真走后，他匆匆吃过饭，取上佩刀，走到帐门前。

他拉开帐门。一时间，他简直不敢相信自己的眼睛。

罗凤神奇地出现在帐门之外，正大睁着一双像黑葡萄般亮晶晶的眼睛，满脸好玩的神情看着他。

不知这个样子站了多久，忽必烈的手仍扶在门框上，恍如定格一般。他不说话，罗凤也不说话。

他们互相望着，忽必烈是惊诧，罗凤是调皮。

罗凤的身后，肃立着她从摩些城寨带来的百余名护从。

"你？"终于，忽必烈说了一个字。不是他惜字如金，而是此时此刻他真的无法表达自己的心情。

罗凤还给他的，却是他这一个字的几十倍，"殿下，我想你这会儿一定特别惊奇吧？你没想到我会来，比你还早到蒙舍镇，是吧？告诉你，我已经在这里等你一天了，我就想看看你见到我会是怎样一种表情！唉，可惜了，你要是能看见自己刚才的样子就好了，瞧你那眼神，比见到鬼还吃惊。"

忽必烈习惯了。罗凤说话一向随心所欲，如同蒙古第二次西征期间匠人发明的一窝蜂箭似的，什么时候箭都射光，什么时候才算个完。

不过，这也让他确定，面前的罗凤是个活生生的人，他并没有在做梦。

他松开了扶着帐门的手，一把将罗凤拉入帐中，"你这……你这小丫头！告诉我，你怎么会来这里？"

"我说过要跟你一块儿出征的，难道你忘了？"

"可你并没……"

"没跟你一起走是吗？那是我有样重要的东西没准备好，才耽搁了这许多天。"

"什么东西？"

"嗯，暂时保密。"

"你老实告诉我，这一次，你爹和你娘知道你来找我吗？"

"他们若不知道，我能把我爹的这些护从都带来么！好啦，殿下，我这一路上拼命地追赶你，快要累死了，昨天也没有睡好。你让我在你的军帐里睡一会儿行吗？"

"也罢，你先睡吧。我出去一会儿，等我回来，还有话要问你。"

"哦。"罗凤一边答应，一边连连打着哈欠。忽必烈取了块毛毯铺在地上，罗凤刚刚合上眼，忽必烈一句话尚未对她说完，她已然沉沉入睡。

忽必烈从帐壁上取下自己的藏青色大氅，轻轻盖在罗凤的身上。之后，他吩咐贴身侍卫代他安排那些还候在帐外的摩些蛮护从吃些东西，休息一下。交代完所有这些事，他便离开了军帐。

忽必烈回到军帐时已是深夜时分。

罗凤大概真的累坏了，睡得很香很沉，忽必烈在她身边坐了好一会儿，她一点儿都不知道。

忽必烈掐了掐眉尖。明天将要发起对蒙舍镇的攻击，他躺在罗凤的身边看了几份战报，工夫不大，他也像她一样入睡了。

罗凤是被蒙古军向蒙舍镇发起攻击的炮声惊醒的。她醒来后的第一念头就是去找忽必烈，奉命保护她的燕真却说什么也不肯让她走出忽必烈的军帐一步。罗凤软磨硬缠，燕真丝毫不为所动。最后，罗凤以方便为借口也没能摆脱燕真对她的"监管"，偷偷跑出没多远便被燕真连背带扛地弄回了军帐。

回到军帐中，燕真将罗凤放在中间地毯上，自己坐在帐门口不错眼珠地看着她。罗凤又气又急，用僰语骂了燕真几句，燕真听不懂，反而一脸的悠然自得。实在没办法了，罗凤只好隔一会儿瞪上燕真一眼，将燕真足足瞪了有一百多回。

这且不论，她一边瞪燕真，一边还走来走去地往嘴里塞东西，等她感觉自己的眼珠都快瞪出眼眶时，她已经将忽必烈吩咐侍卫为她准备的所有东西：水果、点心、奶食吃了个精光。

燕真算是服了这位大理公主的好胃口，他发现，她在任何情况下都不误吃喝，在黄龙镇初见时，她给他最深的印象莫过于此。说实在的，即使真正相处的时间不算长，燕真却很喜欢这个女孩子天真、开朗的性格，他相信，王爷也很喜欢这个女孩，只是王爷的喜欢与他的喜欢肯定不同。

蒙舍镇的城防力量似乎远远不及金齿镇，攻克金齿镇，蒙古军用了三天的时间，可他们只用了一个白天的时间便攻下蒙舍镇。傍晚时分，蒙舍镇守军不敌而退，当晚，蒙古军开进城中驻扎，等待新的命令。直到战事完全停止，忽必烈才派人通知燕真，要他立刻将罗凤和她的百余名护从一并送进城来。

蒙舍镇的城防建构与街市布局与成纪镇、金齿镇相差无几，但蒙舍镇中有一点儿与成纪、金齿二镇有所不同，那就是，城中军民日常饮用水皆汲自井中，而非取用江、河或山泉之水。

经过一天不停歇地攻城，蒙古将士早已饥渴难耐。罗凤进城时，看到离城门最近的一处水井边，许多士兵排队等在那里，另有几个士兵轮流摇着辘轳。显然，这些士兵不是等着灌满水袋，就是等着饮马。

一个侍卫出身的将领与燕真熟识，看到燕真和罗凤等人经过，急忙从刚刚摇上来的水桶里舀了一瓢清水请燕真先用。燕真与他闲聊几句，正要喝，想起什么，将这瓢水转递给罗凤。

罗凤毫不客气，接过来刚喝了一口又急忙吐掉了。

"怎么了？"燕真诧异。

罗凤的表情变得严肃起来，她俯在燕真耳边悄悄说了几句什么，燕真似乎有些不信，"真的吗？"

"嗯，你尝尝看。"

燕真闻了闻瓢里的水，又尝了一口，嘴里果然隐隐有一股甜腥味道。他一阵恶心，像罗凤一样，立刻将水吐掉了。

那位认识燕真，好意奉水的将领疑惑地问："这水不对吗？"

燕真哪里知道，他自己还得问罗凤呢。

"公主，你说得没错。这水入口的确有股淡淡的甜腥的味道，不知道的话喝了也就喝了，知道了真挺恶心。难道是水里放了什么东西不成？"

"应该是三叶鹤草。"

"三叶鹤草？三叶鹤草又是什么玩意儿？"

"当然是一种草了。听我爹说，这种草很少见，只有我们大理国才有。"

"那……这种草是不是有毒？"

"如果没有，他们何必把它加在水里！我以前曾听我爹说过，凡是浸泡过这种三叶鹤草的水被人误饮后，其毒性虽不至于马上致人死命，可中毒的人如同突然患上了一种莫名的疾病一样，身体发热，上吐下泻，吃什么药也不管用。不到一个时辰，中毒之人全身酸软无力，别说行军打仗，连走路也成问题。"

"好厉害！好歹毒！公主，既然阿良酋长知道这种毒，他是否告诉过你，这种毒可有化解的办法？"

"有啊。"

"要怎么解才行？"

"你不要问这么多了，等我给你解释完，时间就来不及了。你呢，先按我说的去做就是了。"

"好，好，你说。"

"记住，三件事。第一件事，你赶紧回去把这件事报告给殿下。第二件事，你立刻派你的侍卫，和我带来的护从，分头去查看一下是不是城里所有的水井都被下了这种毒。第三件事，你马上让这些士兵给我找来几口军用大锅，找来柴火，让他们协助我，我要熬药。从现在开始，所有的人都只能喝我用药草熬过的药水，不管多难喝也得喝。如果不喝，你就……让大王下令杀了他们。"

"啊？"

"啊什么啊！"

"你是说，杀了他们？"

"你傻啊。吓唬吓唬他们。不过，吓唬归吓唬，这水可真不能喝了，还有，不管喝没喝过井水的人，都必须喝我熬的药水。"

燕真犹豫了一下。

"你怎么还不去？"

"你，你真的有把握解毒？"

"你信不过我？"

"不是，不是。拜托你了。"

燕真这样说着，却还是没有立刻离开，他反而用一种不同以往的目光将罗凤上下端详了一番。

罗凤讶异，问燕真："你怎么这样看我？"

燕真一笑，"公主今天此刻与我所熟悉的公主真是判若两人。"

这话听着绕口，罗凤不懂他的意思，然而事出紧急，她也无心追问。

燕真吩咐他带来的侍卫和等着汲水的将士们一切听从罗凤的指挥，他正要上马，罗凤叫住了他，"那个，第四件事……"

"你不是说三件事吗？"

"你太啰唆了。算了，被你一打岔，第四件事要说什么我也忘了，三件就三件吧。你赶紧照我说的去做。"

"好，我立刻进城面见王爷，禀明此事。公主，你要抓紧时间啊，这里所有的人都归你指挥！如果人手不够，你随时派人通知我。"

"我知道了，你快走吧！"

燕真不敢再耽搁，拨马直奔忽必烈的帅帐而去。

罗凤用手一指刚才奉水的将领，"你多带些人，跟我来。"

"遵命。"

直至来到第二处井眼前，罗凤才想起一件事来，她对着井水喃喃自语：我要说的第四件事是，本主神保佑殿下千万不要喝了井水，保佑他千万赶紧想出对策来……

贰

深夜，蒙舍镇的城门被人悄无声息地打开了，大队身着蒙舍镇守军服色的人马从城门蜂拥而入，迅速杀向蒙古军队在城中的各个宿营地。

蒙古军队的宿营地皆环绕中央帅帐而建，蒙舍镇将士将营地包围起来时，营地中呻吟之声尚且隐隐可闻。蒙舍镇守军主将判断蒙古人中计，心中大喜，即刻下令麾下众军从四面同时向蒙古军营地发起攻击，他则率领后军留在营外，准备截杀弃营而逃的蒙古人。

主将话音甫落，蒙古军营忽然火光四起，喊杀喧天，蒙舍镇诸军将士正在疑虑，却见原本被他们围住的各处营门洞开，无数蒙古骑兵潮水般从营地中杀出。偷袭不成，反遭奇袭，主将明白其计已被识破，不敢硬拼，下令突围。蒙古军岂容他们遁逃，将其团团围在当中，任情砍杀。

天色微明时，蒙舍镇将士除阵亡者外全部投降。蒙古军队不费吹灰之力，大获全胜，首功当推罗凤。

清理完战场，巡视过关押蒙舍镇百姓和降众的所在，忽必烈带着罗凤和一干侍卫回到帅帐，他要不受打扰地与罗凤说上一会儿话。

直到此时，忽必烈才终于有机会向罗凤询问一些事情，比如，她是如何知道蒙舍镇的守军佯装撤退后会在井中投毒？她又如何会知道这种毒是三叶鹤草的毒，并且准备了相应的解毒药草？

罗凤被他问得一脸迷惘，想了好半天才回答：她虽是小巫女，可以算出忽必烈征途多艰，但她并没有算出蒙舍镇的守军会在井中下毒。她带来的这些草药都是她爹临行前特意准备好让她带上的，若非这些草药不容易一下备齐，她也不会推迟了三天才从城寨出发。而她爹如此，只是为了以防万一而已。

她说，据她爹讲，当年，唐朝的李宓将军就遭遇过同样的事情，而当时南诏军民引诱败迹渐显的唐军并将其尽数歼灭的手法之一，就是在唐军汲水的井里放入了三叶鹤草，使唐军完全丧失了战斗力，而李宓将军可能至死也不明白他究竟着了南诏人的什么道。至于当地人，自然都知道三叶鹤草的解法，消灭唐军后，他们只需将另一种可解三叶鹤草之毒的草药加入井中，井水便又能像从前一样可供人、畜饮用。

按照阿良酋长的想法，水中下毒这种办法在以江、河、山泉为饮用水的城池并不适用，但在以井水为饮用水的蒙舍镇这种城池就不得不防，因此，他才让女儿带上了一些常用之毒的解毒药草，同时教会了女儿辨识这些常用之毒的方法。除此之外，阿良酋长还让女儿带来了其他的诸如治疟疾解瘴毒的药材，以备大军路途之需。

弄明白了罗凤恰巧带来解毒药草的原委，忽必烈更加感念阿良酋长的纯良至诚，忠义本性。

忽必烈当然也知道，罗凤说的唐朝大将李宓乃何许人也。他的幕僚曾经给他讲述过那段历史。据载，天宝年间，李宓率十余万唐军征伐当时的南诏国，却由于南诏之地山奇水险，南诏人利用地形熟稔，诱敌深入，致使李宓功败垂成，最终落得个兵败身死，全军覆没的下场。

罗凤目光闪闪地注视着陷入沉思的忽必烈。

片刻，忽必烈问罗凤："你想要些什么东西作为报偿，只要你提出来，我一定想方设法予以满足。"

罗凤早有准备，语气干脆地回答："首先呢，我要大吃一顿，其次，我要好好睡一觉，最后，我要殿下陪我下棋。"

"你想下棋？象棋吗？"

"下象棋多没意思，我们下'谁吃谁'。"

"啊？"这种棋忽必烈连听也没听说过。

知道忽必烈不懂，罗凤迫不及待地给他讲起"谁吃谁"的玩儿法。原来，下这种棋并没有什么特别的讲究，更不需要配备专用的棋盘、棋子。想要下棋时，只需随便用什么东西在地上画上一个正方形，再在里面画上六六三十六个格子就是棋盘了。之后对弈双方各持不同的、容易辨认的东西比如小石子儿、小细棍作为棋子即可下个尽兴。至于"谁吃谁"的比赛规则更加简单，对弈两方轮流出棋，棋子落在每两条线的结点之上，谁先用己方的四颗棋子在小格四周连成小井，便可吃掉对方一枚棋子，用三颗棋子顶两条边线连成斜线，可吃掉对方两枚棋子，用四枚棋子在任何一处连成直线，可吃掉对方三枚棋子，三十六格皆满后，以在棋盘上占据结点多者为胜。这种棋看似简单，下起来却趣味横生，令人欲罢不能。

罗凤不似若百合，于琴棋书画均有涉猎，她从小只会玩这一种棋，就是"谁吃谁"，而且玩儿得炉火纯青，她吹嘘，下"谁吃谁"，大理国中没有一个人是她的对手。忽必烈被她说得起了好奇心，问她能不能把三个心愿的顺序打乱一下，先下会儿棋再说其他，罗凤求之不得，欣然同意。

说下就下，忽必烈被罗凤扯着袍袖来到帐外，他们俩随便找个空地盘腿坐下，罗凤刚刚将棋格画完，燕真通报，窦默求见。

忽必烈明显犹豫了一下。

此时此刻，他是真的很想与罗凤下上几盘棋，或者说，他真的想不受任何干扰地与这个女孩子待上一会儿。毕竟，战事繁复，这样的机会不会很多。

思索片刻，忽必烈命传。

罗凤多少有点儿扫兴，她真怕这个倔老头话匣子一打开就没完没了，耽误了她和殿下下棋。忽必烈看她把嘴嘟了起来，笑了笑，安慰道："别急，等我一会儿。我跟夫子说几句话，一会儿就好。"

燕真引着窦默来到二人近前。窦默看了罗凤一眼，施礼见过忽必烈。忽必烈见他脸上的表情颇为严肃，不知道他要跟自己说什么，也不起身，笑着问道："先生前来，所为何事？"

"王爷，老臣听说您已准备下令将城中百姓和降军全部处死。"

忽必烈坦然地承认了。

"为什么？"

"本王思虑，此蒙舍镇军民惯于使奸用诈，本王担心留下他们，将来徒生变乱。"

"王爷此言差矣。"

"哦？"

"在金沙江畔，若非王爷顺天应人，下令全军裂帛止杀，岂有后来阿良酋长和诸多部酋闻风迎降？不战而屈人之兵乃兵法之上，王爷所率乃仁义之师，岂可在蒙舍镇为泄一时私愤，致令天下人心寒？"

"先生有所不知，祖汗成吉思汗生平最厌恶这等奸猾无耻之徒，他在世时，对于这样的人，必欲杀之以惩戒后人。"

"恕老臣直言，王爷曲解了圣主之意。"

"哦？"

"自古兵不厌诈，圣主所指，绝非战争中巧用计策赢得胜利的对手，而是生活中那些品质恶劣、心机奸诈的小人。对这种小人，自然必欲除之而后快，当年，圣主对这类人从不心慈手软。然而，蒙舍镇的将士百姓不同，他们同仇敌忾，以不敌之力另设奇计，无非是希望将我军尽数歼灭。他们的所作所为，其实只是为了赢得胜利，为了保住家园，当然，也为了消灭他们的敌人——我们。"

"听先生之意，你对他们的做法倒是颇为认同？"

"是。如果换作微臣，为王爷坚守城池，臣也会这么做。但如果换作臣，王爷会认为臣做得不对吗？"

"不会。"

"战争无常规，计谋有千万，为主效力者，只要忠心可鉴，便仰不愧于天，俯不愧于地，内不愧于心。请王爷三思。"

"这……"

"王爷，信义是讲给天下人的，不是讲给某个人、某座城的。王爷若想以仁德赢得天下，就必须具有悲天悯人的心肠，必须学会原谅自己的敌人。"

忽必烈沉默了一下。

"王爷。"

忽必烈没容窦默说下去，"本王明白了。先生放心，待明日大军离开蒙舍镇之时，本王即刻释放所有蒙舍镇的百姓和降卒。"

"老臣谢王爷天恩。老臣告退！"

"还有，蒙舍镇，先生还须费心替本王另择主将镇之。"

"是，老臣定不辱命。"窦默心情愉快，施礼而退。

忽必烈仍惦记着下棋，命侍卫去拾小石子儿和细树枝来，侍卫应声散去，罗凤却还在望着窦默的背影发呆。

忽必烈笑着问她："想什么呢罗凤？"

"殿下……"

"你想说什么？"

"我在想，这老头对你说话真不客气。"

"你说窦先生吗？窦先生一向如此。"

"可是，你不生气吗？"

"为什么要生气呢？好药虽然发苦，却能治病；好话虽然刺耳，却能修身。"

"听不懂你在说些什么。我只知道，你的脾气比我爹可好多了，这要是换作我爹，他才不会允许任何人对他这样讲话。"

"你爹对随从当然要有威严。但窦默、子聪和尚这些人不一样，他们是我的幕僚不假，但同时，他们也是我的诤友。"

"诤友是什么东西？"

"诤友不是东西。所谓诤友，是指那些能对你直言规劝的朋友。"

"噢，原来诤友是这个意思啊。也就是说，那些天天跟在你身边带着皂巾向你建议这建议那的人，还有那个头上什么也不戴秃头的和尚，你都把他们当作诤友？"罗凤模仿忽必烈的腔调，做出一副调皮的模样。

忽必烈不觉一笑。罗凤就是罗凤，说话依然像煮八宝粥一样，有什么放什么。"是啊。你觉得他们不好吗？"

"不是。我只是奇怪，你的诤友还真多。"

"小的时候，额吉常常教育我说：一个人，只有千里的名声，没有千里的威风，因此一定要多结识朋友，让他们成为我的眼睛，我的耳朵，我的手，我的腿。她要我牢记，朋友多的人心胸会像草原一样开阔。但有一样，我们必须分清朋友的性质，真正的朋友，在艰难的时候，可以跟你分担忧虑之悲苦，胜利的时候，可以与你分享获胜之喜乐。这才是朋友。因此，一旦你拥有了真正的朋友，就必须用自己的真心去结交，无论任何理由，你都不能对他们有丝毫的怠慢，如果哪一天好友离开了你，不要怨天尤人，那一定是你自己的过错。"

"难怪你的身边总围绕着这么多朋友，他们都忠心耿耿地追随你、辅佐你。我想，你的额吉一定是个聪慧的老人。"

"是啊。我父王病逝那一年，我最小的弟弟还不到十岁，我们面临的处境异常险恶，若不是额吉，还有一位公主额吉，我们兄弟是否有今天，你今天是否能够认识我，都很难说。"

"多好的额吉啊。将来，我可以认识她吗？"

忽必烈的眼神黯淡下来，"在我出征大理前，额吉已经病故了。"

罗凤一惊，"对不起。"

"没什么对不起的。额吉虽然去世了，家里还有公主额吉，如果哪天你跟我回到草原，我带你去见公主额吉。"

"公主额吉又是什么人？"

"她和我额吉一样，都是我父王的妻子。她原先是金国的公主，我祖汗围攻中都时，金国的皇上把她献给了祖汗。后来，祖汗把她赐给了我父王，额吉要我们叫她公主额吉。她是个聪慧、善良、明智、豁达的女人，父王病逝后那段最艰难的日子里，她与我额吉一道，将父王的十个儿子培养成顶天立地的男子汉。而比这更重要的是，她和额吉教我们明白了一个道理。"

"是什么？"

"与其悲叹自己的命运，不如相信自己的力量。"

"看样子你很爱她？"

"像爱我自己的额吉一样。"

"真好。她有自己的孩子吗？"

"末哥大王啊，你认识的。"

"就是率领东路军的末哥大王吗？"

"没错。小巫女，我的家谱你查个了备细，没有什么遗漏的吧？现在，你还有什么要问的？"

"没了。你说过哪天带我去草原看看，你可要说话算数。"

"草原上有句俗语，经常许愿的人往往一件事也办不到，经常拒绝的人只要一答应就一定能办到。"

"可是，你拒绝过我吗？"

"我答应过你吗？"

说完，忽必烈和罗凤都笑了。

趁着他们闲聊的工夫，侍卫已将他们的"棋子"备好，忽必烈问罗凤："你是要石子儿，还是要小棍儿？"

"石子儿。"

"好。你先走棋，等我学会了，看我怎么赢你。"

叁

罗凤一直做着各种光怪陆离的梦。梦中，她一会儿与殿下一起下棋，一会儿在行军途中，一会儿又到了最宁镇的城墙之下。

下棋时，她的头脑清醒，下得像跟以往任何时候一样井井有条，可她就是赢不了殿下。一次，她让殿下抓住一个破绽，甚至被吃掉了一粒棋子。幸亏殿下对如何"吃棋"还不熟悉，没有取掉她最关键的那颗棋子，给了她机会，她方才绞尽脑汁挽回了败局。她真是纳闷，这种"谁吃谁"，殿下第一次下，竟然下得比阿挪和若百合还要高明，这真令她百思不得其解。

棋未下完，转眼又在征途之中。她与殿下寸步不离，殿下似乎问了她一句什么，她未及回答，却已置身于最宁镇的城下。

恍惚中，千军万马呐喊着，正向最宁镇发动攻击。本来，她完全可能像在蒙舍镇一样被殿下留在城外安全的地方，可这一次她留了个心眼儿，不等蒙古军队发起攻击，她已悄悄溜出了殿下专为她准备的军帐，藏匿于别处。

攻击开始后，她在乱哄哄的战场上找到正在指挥战斗的殿下，对于她这个小小的计策得逞，她的心里着实得意，然而看到她，殿下却是又气又急。殿下怒气冲冲地责备她，但她光看见殿下的嘴唇在动，却听不清他在说些什么。不过，无论殿下说什么她都不在乎，她只要能与他在一起。

又一轮进攻开始了。殿下命人将她带下战场，突然，她看到一支箭向殿下飞来，箭头上燃烧着一团火，晃动着她的眼睛。情急之下，她猛地向殿下撞去，那枝燃火的箭，穿透了她的肩胛骨……

梦中，唯独对疼痛的感觉是迟钝的。模糊的记忆里，罗凤似乎随大军进了城，似乎听到殿下在她的耳边说：待攻陷大理国所有边城时，他一定回摩些城寨看望她。遗憾的是，所有发生的一切在她的脑海里时而清晰，时而模糊，时而变成了另一个漫长无际的梦境。

罗凤稍稍意识到自己其实躺了很久时，第一个念头就是想醒过来，她为此做了种种努力，可不知怎么回事，她就是眼皮沉沉的，很难睁开眼睛。这种状况持续到某一时刻，她恍若听到许国祯的声音。

许国祯对燕真说："已经三天了。今天，公主也该醒了。"他说完这句话之后，她费力地睁了睁眼睛。

似乎有什么东西在她的眼前变幻着或长或短，或圆或方的形状，她努力辨认着，辨认着，终于，她认出，这是两张脸。

许国祯与燕真的脸。

除了殿下之外，这是她最熟悉的两张面孔。当然同样熟悉不过的，还有子聪和尚那张机智、慈悲的脸庞。

这次在殿下身边，她没有见到阿术，也没见到铁桩。殿下说，阿术和铁桩都随西路军统帅兀良合台出征乌蛮诸部了。

但她每天都能见到燕真、许国祯和子聪和尚，尤其是燕真，他从来不离殿下左右。

子聪和尚倒也罢了，为什么是许国祯和燕真在她身边呢？殿下呢？殿下在哪里？

她呢？她又在哪里？

此时，两张脸都在俯视着她，两张脸上都挂着温暖与怜惜的笑意。

"公主，你醒了？"燕真的声音犹如从遥远的山谷中传来，幽幽的，有点不真实。

"公主，公主。"

罗凤的嘴艰难地张了张。

"公主，你先不要说话，喝口水吧。"

燕真说着，扶起她的头，细心地将皮囊中的水倾倒在她的口中。清凉的水，带着一丝苦涩的味道，罗凤感觉嗓子眼里不再像刚才那么灼烫，也可以说话了，她声音嘶哑地问道："我这是在哪里？"

"车帐里。"燕真简洁地回答，边说，边将她的身体小心地放下来。

"殿下呢？"

"他不在。"

罗凤意识到情况有些不对，"我怎么会在车帐里？这是殿下的车帐吗？殿下为何不在这里？你们这是要把我带到哪里去？"她一迭声地追问，可是，每说出一句话，她都觉得异常艰难。

许国祯并不回答，伸出右手轻轻地放在了她的眼皮之上。许国祯的手似乎有着某种魔力，她的眼皮重又变得沉重起来。

"不，我不要睡。别让我睡。"她说了这一句，重又陷入了梦乡。朦胧中，她听到许国祯对燕真说，让她再睡一会儿吧，这样她就不疼了。

罗凤再次睁开眼睛时，发现俯视着她的两张脸竟变成了爹和娘的脸，她大叫了一声，坐了起来。

"怎么了，罗凤？"娘的声音听起来格外温柔，温柔得有些陌生。

"我这是在哪里？这是怎么回事？"罗凤的声音里透着从未有过的紧张，她真的已经完全被弄糊涂了。

"你在竹寮中啊。怎么，你睡糊涂了，连自己的家都不认识了吗？"爹似乎想跟她开个玩笑，话一出口，却长叹了一声。

罗凤环视着四周，是她的竹寮没错。可是，她不是在最宁镇吗？怎么又会回到摩些城寨？莫非她被人施了魔法不成？

娘坐下来，轻轻地握住了她的手，目光里满是怜惜。

"娘，这到底是怎么回事？您看到殿下没有？殿下在哪里？"罗凤问。

"傻女儿，你在最宁镇受了伤，你不记得了吗？是殿下派御医许国祯和燕真将军将你护送回来的。他们把你交给娘和你爹时，你还没有醒来呢。许大夫和燕将军惦记着赶回战场，放下你，连饭都没顾上吃一口，就走了。"

"我真的受了伤吗？"罗凤动了动，肩胛处果然传来一阵疼痛的感觉，算不得钻心，但还是很痛。

"你不记得自己受伤的事吗？"

"我以为……那是梦。"

"唉，那不是梦，傻孩子。听燕真将军说，你在殿下领兵攻打最宁镇时为保护他受了伤，殿下担心你再跟着他会有危险，所以才派许大夫和燕将军把你送了回来。"

罗凤仔细回忆着，她想起梦中的情景，记忆一点点恢复了。与梦中不同的是，那支箭上并没有发出火焰。

"可我，只是肩胛受了伤啊！"

"是啊，这一路上，许大夫都在为你治疗。他说，你的伤口愈合不错，已经没有大碍了，你不用担心。"

"我并没有担心，我只是感到奇怪。我不过是肩胛受了伤，又不是脑袋受了伤，可我为什么一直都在昏睡呢？"

孔雀夫人与阿良酋长相视而笑。

"傻孩子，你不是昏睡不醒，是殿下担心你吵闹着不肯回来，让许大夫特意给你配制了一种让你睡觉的药，当然，他们这样做也是为了减轻你在换药疗伤时的疼痛感。若不是这样，他们真的没把握把你送回来。"

"真坏。"罗凤喃喃。

"你是说殿下吗？殿下是好心。"

"不管。"

"别耍小孩子脾气了，你这么冒失，殿下哪敢再把你留在他的身边。你就在竹寨好好养伤吧，这些天，我让阿挪来照顾你。"阿良酋长嘱咐道，从罗凤醒来，他才顾上跟女儿说第二句话。

"是啊，凤儿，你一定要体谅殿下的苦心。殿下特别交代，要你好好待在城寨里，听话养伤，他会随时派人把他的消息告诉你。他还说，等战事结束，他会尽快赶回城寨探望你。"

罗凤不再抱怨了。事实上，事已至此，她再满心不情愿也无可奈何。

如今，没有了殿下在身旁，白天的时光骤然变得既漫长又无聊。

在阿挪的精心照料下，罗凤的身体复原得很快。许国祯所使用的药物，在短时间内不会对任何人的身体造成伤害，这也是因为罗凤不肯听话不得已采取的办法。许国祯是医术方家，是国手，罗凤在睡梦中伤情已趋于稳定，再经过阿挪的调养，她不久便可以到竹寨外四处走走了。

在此期间，别的事情犹可，只有一样让罗凤感到有些纳闷。她记得，她不能出屋前，若百合每天都来看望她，阿挪也每天都会过来。阿挪还给她做了个沙盘，这样，她可以跟若百合或阿挪在沙盘上下"谁吃谁"。有时候，她让若百合跟阿挪对弈，她就在旁边观战。他们三个人在一起谈笑玩耍时，时间还能过得快些，要不光惦记着殿下，罗凤更觉得心神不定。罗凤的性格，有时粗心，有时心很细，她有种感觉，若百合比她更希望见到阿挪，每次，只要有阿挪在场，若百凤就会变得容光焕发，而且，她在阿挪面前总有说不完的话。奇怪的是，自打她病好了能出屋后，若百合便再没有来过。罗凤不知道若百合是不是病了，或者出了什么事，再或者若百合已经离开了摩些城寨，倘若如此，若百合走之前也理应向她告别一声才对。

由于心里记挂着若百合，又正好没别的事情可做，她特意去了若百合的住处。若百合不在，她只好信步向江边走去。

经过莎草滩时，罗凤想起了乌骓驹，想起乌骓驹就想起了殿下。殿下出征前，罗凤将乌骓驹还给了铁桩，她希望殿下骑上这匹追风逐电的宝马良骥，无论遇到多少凶险，都能平安无事，逢凶化吉。

她边走边玩，不知不觉走过了莎草滩，来到洼湖边。这时，她看到洼湖边坐着一个穿着绣花衣裙的女孩。

是若百合，罗凤笑了。

还好，若百合没走，如果若百合走了，她一定会惦念她的。

若百合并没有察觉出有人走到了她的背后，她呆呆坐着，手里拿着一根竹竿，竹竿垂在水面上。

罗凤拍了她一下，若百合吓了一大跳。

若百合回头看了罗凤一眼，她的目光似乎在说着两个字：是你？

罗凤在若百合的身边坐了下来，"你这两天怎么没去找我？我还以为你回半空和寨了呢。"

"我要回去，怎么也得告诉你一声吧。"

"对啊，那你为什么不去找我？"

"我嘛，心情不太好。"

"为什么心情不好？你想家了？对了，你在这里做什么呢？"

若百合顺口回答："你没看到吗？钓鱼。"

"拿个竹竿钓鱼？"

"是啊。难道你没听说过姜太公曾经也是这么钓鱼的吗？据说，他有好长一段时间都坐在渭水边垂钓，可他钓鱼的方式和别人不同，他的鱼竿上不装鱼钩，鱼线还放在离水三尺处，一边钓鱼，一边嘴里念念有词：愿者上钩，愿者上钩。我呀，是想找找他钓鱼的感觉。"

"姜太公是谁？是你爷爷吗？"

"不会吧？你连姜太公是谁都不知道？"

"我怎么能知道呢，我又没见过他钓鱼。我敢肯定，他不是摩些城寨的人。摩些城寨的人我都认识。"

"他也不是半空和寨的人，我也没有见过他。"

"我不信，你没见过他，怎么知道他钓鱼不用鱼钩，还坐在这里跟他学？"

若百合惊道："你小时候，阿良酋长和孔雀夫人没给你请过先生教你念书么？"

罗凤完全不以为然，"请过啊，但我的先生里的确没有叫姜太公的人，而且他们都不钓鱼。"

若百合哭笑不得。

"你别笑，你先告诉我，姜太公最后钓到鱼了吗？那要能钓上才怪呢。钓不上鱼他吃什么？他不饿么？"

"他不饿，他可以餐风饮露。"

"餐风饮露又是怎么回事？"

"就是说啊，他可以以风为饭，以露为水，干脆这么说吧，他不用吃饭也能活，他是神仙。"

"胡说，你净骗人！我长这么大都没有见过神仙，也没有见过餐风饮露的人。我见过的人里，除了殿下，就数阿挪最有本事了，可他们都得吃饭。你就好好蒙我吧。"

"我没蒙你，书里是这么记载的啊。再说，姜太公钓鱼又不是为了吃鱼，他是为了钓王侯。"

罗凤满脸不屑，"什么王猴，是猴王。真没常识。"

若百合憋着笑，觉得自己快要昏过去了，"好，好，我不跟你争，就算是'猴王'吧。反正姜太公当上'猴王'之后，就不愁吃不愁穿了。这样，你满意了吧？"

"我满意不满意有什么关系呢，猴王又不用穿衣服。不过，我还是不明白，姜太公钓鱼是为当猴王，你在这里钓鱼是要做什么？"

"我嘛，当然是试着钓个金龟婿回去。"

"啊，金龟？这可太少见了，我只见过乌龟，没见过金龟。你钓上了，一定要拿给我看看。"

"什么呀，什么金龟乌龟的，你真是什么都不懂。我说的金龟婿，是指我心里中意的男人。"

"噢，你中意的男人呀，那你直说不就得了，何苦要拿男人比乌龟呀。不说这个了，你能告诉我，你中意的男人是谁吗？"

若百合两眼盯着罗凤，盯了好一会儿，才故意以一种神秘的口吻说："告诉你不是不可以，但你要替我保密。"

"行。没问题。"

"那好，我告诉你，我中意的男人有两个，我打算从他们当中选一个。"

"两个呢！还真不少。哪两个？"

若百合慢悠悠地说道："一个是忽必烈大王，一个是阿挪。"一边说，一边留意观察着罗凤的脸色。

果然，罗凤的脸色微微变了，"怎么会是忽必烈大王？"

"怎么就不能是他呢？"若百合反问。

罗凤想了想，"你在跟我开玩笑吧？你才认识殿下几天呀。"

若百合故意逗罗凤，"你没听说过'一见钟情'这个成语吗？"

罗凤摇头。

"我呀，对忽必烈大王和阿挪就是一见钟情。"

"怎么可能？那不成了两见钟情了吗？"

若百合捧腹大笑，笑得竹竿掉进河里，人也差点儿掉进河里。

罗凤却不笑，严肃地看着她。

若百合知道罗凤对她的话完全当真了，不好再把这个玩笑继续开下去。她勉强敛住笑容，一本正经地对罗凤说："当然，我也可以从他们当中选一个。"

"你要选哪一个？"

"看在你让我住在摩些城寨的份儿上，我就选你不要的那一个吧。你先说说看，你不要哪一个？"

罗凤干脆地回道："你去对阿挪一见钟情吧。"

"这么说，你不喜欢阿挪？"

"不是不喜欢，我只把他当成哥哥。"

"你真的从来没想过要嫁给他？"

"小的时候想过。有一次他给我做灯笼的时候，我想，如果我长大了没人可嫁，就嫁给他吧。我只想过这一次，后来再没想过。"

"这么说，你现在有人可嫁了？"

"我也不知道。不过，我心里没有阿挪倒是真的。"

"好，我相信你，既然你不选阿挪，我就选阿挪。但你得答应我一个条件。"

"你说。"

"帮我把阿挪追到手。只要你帮我把阿挪追到手，我保证不……不'两'见钟情，怎么样？"

"好，我帮你。"

"一言为定？"

"定就定。不过，我也有话得对你说清楚。"

"你说。"

"我若帮了你，你可不能再打殿下的歪主意。"

"小妮子，你还挺专注。"

"难道你对阿挪不专注吗？"

"当然专注。可惜……"

"可惜什么？阿挪人很好的，你以后也必须对他专注才可以呦。你若三心二意的，我就把阿挪从你身边抢走，送给别的女人。"

"这个不会，你放心好了。阿挪是我认准的男人，除了他，我这辈子决不会再喜欢别的男人。"

罗凤一笑，向若百合伸出手。若百合会意，立刻也像罗凤一样伸出手，与罗凤四指相握，大拇指相碰。这是她们对彼此的一个承诺，而这个承诺所隐含的意义在于：两个男人在毫不知情的情况下，被她们正式分掉了。

肆

二月初八，地势平展开阔的白水台上人头攒动，一年一度的"二月八"盛会在这里隆重举行。层层白色的岩梯恰似天宫的玉阶，晶莹剔透，绚丽夺目。玉阶上流淌着银色的瀑布，气势磅礴，一泻千里。摩些蛮和附近的各族百姓汇聚到这神奇壮观的白水台，领略"天下奇观"的胜景。

上午，身着盛装的人们在林荫深处野餐，欢声笑语飘荡在河谷、山腰，在树丛草间低回流转。

温暖的阳光洒满林间，芦笛声声，胡琴悦耳。

摩些蛮的小伙子们挟短刀，以砗磲为饰，皂衣、跣足，红帛缠头，外披羊毛披毡，欢快地引吭高歌；姑娘们亦以红帛缠头，凤鬟高髻。她们上穿宽腰大袖、长过膝盖的大褂，外套坎肩，下着长裤，腰系百褶围腰，背披羊毛披肩，披肩上缀有用丝线绣成的七个精美的小星，蕴涵"披星戴月"之意。

伴着小伙子美妙的歌声，漂亮的摩些蛮姑娘跳起颇具民族特色的"阿卡巴拉"舞蹈。与此同时，赛马活动拉开序幕，只听歌声阵阵，马蹄嗒嗒，各族青年骑手在马背上表演着高超的骑技。

这样热闹的场合，却见不到阿挪的身影。

若百合在人群中四处寻找着阿挪，她看到罗凤被女孩子们簇拥着，正与十多个小伙子对歌，可是在对歌的人群中也没有阿挪。

一曲歌对毕，罗凤看到若百合，招手要她过来一起玩会儿，若百合摇摇头，问罗凤："你看到阿挪了吗？"

罗凤四下张望着，问小伙子们："你们看到阿挪了吗？"

小伙子们都说没看见。若百合自言自语，"奇怪，他去了哪里？"

罗凤打趣道："瞧你，笨死了！把心上的人都能看丢了。"

若百合苦笑，破天荒地没有跟罗凤打嘴仗。

罗凤思索片刻，"要不，你去凤凰台看看？以前，阿挪心里若有烦闷的事，总喜欢去那里坐着发呆。"

"凤凰台？"

"是啊，在玉龙山脚下，丽江边，离这里挺远。你刚来摩些城寨的时候，我带你去玩儿过的。"

"我知道那个地方，我去看看。"

"你这么急着找阿挪，有事吗？"

"没事。"

"噢。用我陪你吗？"

"不用。"

"知道啦。"

若百合匆匆离去，罗凤冲着她远去的背影做了个鬼脸。若百合对阿挪真是一往情深，一会儿不见都不行，这让她不免有些妒忌。

妒忌的原因是，在这样热闹的场合，她却没有人可以惦记着去找。她也好想念殿下，可殿下还在征战途中。不知道殿下会不会惦记她呢？要是殿下在她的身边，哪怕她什么都不做，也很开心。

新的一轮对歌开始了，姑娘们将罗凤拉回到她们的队伍中，罗凤转眼间将若百合和阿挪抛到了脑后。

凤凰台。触目所及，层峦叠翠，碧波万顷。

阿挪果真在这里。

他坐在凤凰台上，也不知在想些什么。虽然只是个身影，若百合却一眼认出了他，她一笑，脚步匆匆地向阿挪走去。

阿挪一边想着心事，一边拾起一块小石头扔进水里，小石头溅起水花，惊扰了正卧在草丛中交颈安眠的一对白鹤，它们扑棱着翅膀，敏捷地向对面的草丛中飞去。

阿挪的心中生起几分歉意，他没有看到这对白鹤。虽然他的心情很烦闷，可他也无意惊扰这样一对神仙伴侣。

身后的山间小路上，突然响起了一个男人粗犷嘹亮、旁若无人的歌声。这是一首在大理地区广为流传的情歌，阿挪也会唱，只是个别小节唱不准。他不由得静静地听下去，一时竟觉得这首歌与他此时的心境暗合。

> 天空飘白云，
>
> 白云养白鹤，
>
> 恩情深可思。
>
> 若能善珍摄，
>
> 云间独飞鹤，
>
> 顾影自依依。
>
> 大地广无涯，
>
> 乡亲养育我，
>
> 恩情实深长。
>
> 若能善珍摄，
>
> 逍遥孤栖者，
>
> 何故欲成双！

唱到"双"字时，歌声像突然出现时一样突然消失了，阿挪回头望去，山路上空无一人，也没有留下有人经过的痕迹。

奇怪，难道方才听到的歌声只是他的幻觉？可这幻觉为何如此真实？阿挪从地上拾起一块儿更大一些的石头，用力地投入江中。石头砸在水里，飞溅的水花随着激流瞬间消逝。巨大的水声使躲进另一边草丛里的白鹤再次受到惊吓，它们以为自己没有可以安全栖息的地方，索性展翅飞走了。

阿挪下意识地轻轻哼唱起另一支与白鹤有关的情歌。

这首歌还是他最痛苦的那段日子里，罗凤一字一句教给他的。那个时候，多亏有罗凤在他的身边。

然而，现在……

罗凤还在他的身边，但一切都已经变得不同了。

> 云彩纷纷的天空里，
>
> 白鹤要飞翔了，
>
> 可是翅膀还没有展开哪！
>
> 绿树丛丛的高原上，
>
> 老虎要活动了，
>
> 可是威风还没有抖擞哪！
>
> 在天宫的村寨里，
>
> 在人类生存的大地上，
>
> 有一对男女要出行了，
>
> 可是男的还没有佩带长刀，
>
> 女的还没有打扮好哪！

阿挪将尾音拖得很长，别有一种忧伤的韵味。事实上，他知道如果这首歌换了罗凤来唱，一定会唱得让白云停下，让太阳停下。

人们都说罗凤的嗓音像金子一样纯净，像甘露一样甜美，不仅在摩些城寨，即使在整个大理国都是数一数二。尤其是她在对歌中表现的机智，更让附近所有城寨的姑娘小伙儿对她佩服得五体投地。

罗凤自幼酷爱唱歌，哪怕是迎着清晨的风赤脚在山间奔跑，她也会唱起快乐的歌谣。她会唱的歌数量真是多得惊人，这是因为她既会唱又会编，山川河岳、日月星辰，都可以成为她歌唱的理由，歌唱的内容。自从来到摩些城寨，阿挪几乎是听着她的歌看着她一天一天长大。

阿挪唱着唱着，有点忘了接下来的歌词。真奇怪，他总是记不全歌词，哪怕用心来记也不行。他只好停下来，一边思索着，一边又丢了一块石头到水里。这时，他听到身后响起了几声很响的掌声，把他吓了一跳。他回头望去，只见若百合正站在离他几步远的地方，笑吟吟地望着他。

"你……"他嗫嚅着，脸上蓦然有些发烫。罗凤受伤的这段日子，他在罗凤的竹寮每天都能见到若百合，但他从来没有单独跟她在一起待过。

若百合举步走向他，"阿挪，我到摩些城寨有些日子了，还是第一次听到你唱歌呢，我都听得入迷了。不过，你怎么会把一首情歌唱得这么忧愁？"

她这句话里有开玩笑的成分，阿挪尴尬地咳嗽了一声。

若百合毫不客气地坐在阿挪身边，伸过头，调皮地紧盯着他看。阿挪不知该如何避开她的视线，坐在那里，呆住了。

若百合又笑："阿挪，我第一次听你唱歌，但在我见过的男人里，只有你动不动就会脸红。"

阿挪像被什么东西猛地呛了一下，连声咳嗽起来，一张脸都涨成了紫红色。若百合帮他捶背，笑得更加开心了。

或许是由于受到生长环境的影响，生活在大理国的女孩子们几乎都有这样的特质：性情开朗，淳朴善良，不拘小节，这一点在罗凤身上表现得尤其突出，而这，其实也是最让阿挪留恋摩些城寨的地方。

笑够了，若百合闪动着一双乌黑明亮的眼睛，关切地问："阿挪，你一个人坐在这里，一定有什么心事吧，能跟我说说吗？"

除了外形给人的感觉不同，罗凤身材颀长，若百合小巧玲珑，其他的方面，罗凤与若百合有许多相似之处。首先，她们单纯、直率的性格如出一辙，其次，她们都是大家公认的最美丽的姑娘。

罗凤肌肤细腻，五官精致，一张脸蛋上几乎找不到任何瑕疵，而且，她在随心所欲，或笑或怒的时候，妩媚中自有一种野性的美。若百合虽然不比罗凤白净、清秀，却长着一双让人见之难忘的眼睛。

在半空和寨，有一首山歌这样赞美若百合的眼睛：

　　半空和寨的姑娘像鲜花朵朵，

　　你知道最美的是哪一个？

　　嘿哟嘿……

看天上的星星，

我就知道是若百合。

最美的若百合，

眼睛像星空一样在闪烁。

半空和寨的姑娘像鲜花朵朵，

你知道最美的是哪一个？

嘿哟嘿……

看山间的五佛泉，

我就知道是若百合。

最美的若百合，

眼波比五佛泉还要清澈。

唉，哪个嘞若是被她看上一眼耶，

哪个嘞就会从天上的银河掉到泉水里耶，

要被呛得不停地咳嗽。

阿挪倒是没有听过这首歌，不过，他刚才的确被若百合的眼波罩得直咳嗽。

不仅美丽相似，开朗相似，在任性和倔强上，若百合与罗凤也是如出一辙。数月前，罗凤就是为了反抗父亲给她选择的婚姻才逃出城寨，流落到忒剌草原。而今，若百合却是因为对父亲迷恋丞相高祥的女儿高匀康怀有不满，特别是在父亲娶匀康为姜室后，常常滞留太和城不归，对母亲、两个哥哥以及她都缺少关心，才导致前些日子当父亲带匀康回到城寨之时，她先是不肯对匀康行礼，接着与父亲发生了激烈的争吵，再后来干脆离家出走。

若百合以前与罗凤并不相识，她会来摩些城寨是因为阿挪。那一天，若百合在玉龙山间与上山采药的阿挪不期而遇，从那一刻起，她便决定跟着他到他能去或愿去的任何地方。她一向言出必行，阿挪不想带她都不可能。

阿挪采完药，她跟在他的身后，一路回到了摩些城寨。

还好，到了摩些城寨后，她结识了罗凤，她们彼此欣赏，十分要好。有了罗凤的关照和保护，她便更加安心地住了下来。这样一来，她不仅可以经常见到阿挪，还可以用自己的方式来追求他了。

至于现在的摩些城寨与半空和寨是不是已经变成了两股彼此敌对的势力，她和罗凤根本都不放在心上。

对若百合而言，阿挪身上所散发出的安静、忧郁、儒雅的气息就是他的魅力所在。在阿挪之前，她从未见过像阿挪一样既少言寡语又心灵手巧的男人，至于阿挪端正耐看的五官，若百合觉得就是她那年轻时被公认为半空和寨最帅小伙子的父亲，也没法同阿挪相比。

她想不明白，阿挪怎会那么聪明呢？什么都会做，什么都做得无可挑剔。别的不说，就说阿挪送给她的让她着实爱不释手的旋转木马——顺便说一下，这旋转木马本来是阿挪做给罗凤玩的，却被她稀里糊涂地抢了去，她却一无所知——她相信就不会有任何别的人能做得这么精巧，这么栩栩如生。

她知道摩些城寨的男女老少都很尊敬阿挪，喜爱阿挪，越是这样，她越要不顾一切地将阿挪夺过来。是的，她一定要嫁给阿挪，今生非阿挪不嫁。嫁给阿挪之后，如果阿挪不肯跟她回半空和寨，她就把母亲，大哥、大嫂，二哥、二嫂——不，不接二哥、二嫂，尤其是二嫂，她也不会来——然后他们一家人永远留在摩些城寨。她要让母亲从此过上快快乐乐的生活，省得母亲每日明明伤透了心，却还得在父亲和高匀康的面前强颜欢笑。

是的，做了三个孩子的母亲，与父亲共同度过了二十四年的时光，母亲被岁月侵蚀的外表当然比不过高匀康的年轻美貌，可是，在她的心里，母亲却比天下任何女人都要高贵、聪慧，她坚信在这点上高匀康永远不能与她的母亲相比。

她以前很崇敬父亲，现在却觉得父亲一点头脑都没有，她不仅不喜欢高匀康，连父亲她也不想再看到。

或许是天意吧，她一离开半空和寨就遇到了阿挪，这使她的心灵找到了依靠，所以，她一定要嫁给阿挪，等她把家安在了摩些城寨并且接来了母亲，她看高匀康还怎么在母亲以及他们兄妹面前耀武扬威！

若百合的脑子里虽然在胡思乱想，眼睛却一直盯着阿挪看。阿挪被她看得浑身不自在，可又不能突兀地拔腿走开，伤了姑娘的自尊。没办法，他吭哧了半天，终于憋出了一句话："你……什么时候来的？"

"你唱歌的时候，我刚好路过。"若百合很自然地回答。

阿挪再一次犯愁了，他实在想不出下一句话还能说些什么。

差不多两个月前，正是他把若百合带回了摩些城寨。因为当时若百合在玉龙山中迷了路还受了伤，如果他不把若百合带回城寨，他担心若百合的生命会有危险。

对于他突然带回了一位姑娘，而这位姑娘还是半空和寨寨主阿塔刺的千金，阿良酋长和大多数寨民考虑到摩些城寨有可能与半空和寨形成敌对关系的现状，以及阿塔刺做了高祥乘龙快婿的事实，都不能不对若百合进入城寨的真正目的心存疑忌。

甚至连阿挪本人，对若百合也不能完全相信，他很担心自己的善意和一时冲动，会给摩些城寨带来不必要的麻烦。

只有罗凤信任若百合。心灵像水晶一样透明的罗凤，待若百合十分友善，不仅如此，在罗凤受伤之后，阿挪和若百合经常要到罗凤的竹寨陪伴她，阿挪明显觉察出罗凤从某天开始就在有意识地撮合自己与若百合，而这，尤其令他感到失落与不快。因此，当罗凤的身体复原后，他便不再到罗凤的竹寨去了。

当然，他这样做的目的也是为了躲避若百合。

若百合却不是一个因为他的疏远就会主动离开的姑娘，她的执着，有的时候还真让他难以招架。

若百合双手抱膝，将头支在膝盖上，坦率地说道："阿挪，你一个人躲在这里，唱着忧郁的歌，我猜得到你的心里一定装着很多难言的心事。罗凤告诉我，你从来不喜欢对任何人说起你的家世、父母、亲人，甚至在摩些城寨没有一个人知道你从哪里来。她要我也别问你这些，因为这是你自己的秘密。你放心吧，我做得到，不管任何时候，凡是你不想告诉我的，我决不会问你。我只想对你说，我喜欢你，从第一次见到你的时候，我就喜欢上你了。所以，不管你愿不愿意，不管你现在心里怎么想，总有一天我都要嫁给你，我有这个信心，让你娶我。我要随你住在摩些城寨，或者随你远走高飞，你在哪里，我在哪里。"

阿挪被若百合的一番表白弄得心慌意乱，惴惴不安，他想说些抵挡的话，又不好直接开口拒绝。的确，对于这个像罗凤一样坦率随性的女孩子，他实在不忍心用过分的言辞伤害她。

若百合依旧含情脉脉地盯着阿挪发红的脸颊，"你看，你的脸又红了。你知不知道你现在的这个样子有多迷人，不光我要被你迷住，其他的姑娘见了，也都要被你迷住的，所以，我可不能让她们抢在我的前面。"她半开玩笑半认真地说，语调里分明流露出戏谑的愉快。

在若百合目光的压力下，阿挪发觉自己不仅舌头变短，连呼吸也变得不顺畅起来，他躲避着若百合的目光，一时间心跳得简直快要蹦出胸膛。

若百合自顾自说下去："这会儿你什么也不必对我说，这会儿你对我说出的话，肯定都是拒绝的话，但这会儿不能代表将来。我知道你的心里已经有了其他的人，不过，你喜欢的人爱的是别的男人，而我的心里只有你一个人。这一生，我只爱你，只做你阿挪的妻子。等时间长了，我自然会让你明白，谁才是最适合你的人。到那时，你就可以敞开心胸接纳我了。"

阿挪苦笑了，内心却并非没有一点感动。这番话，除了若百合，只怕别的姑娘未必说得出口。

但有一样，若百合竟然也像他一样看出了罗凤的心思，既然如此，他的猜测就不再是猜测，他也不能再自欺欺人了。

想到罗凤很可能就要离开摩些城寨，他的心隐隐作痛。如果摩些城寨没有了罗凤，他是否还会继续留在这里？可是不留下来，他又能去哪里？回家吗？他还有家吗？

伍

"若百合，若百合！"身后的山路上蓦然传来罗凤的声音。阿挪和若百合一起回头望去，只见罗凤带着一个肩上斜挎着猎刀、身上披着印有核桃花纹细毡的青年男子走下石级，正匆匆向他们走来。

若百合吃惊地望着走在罗凤身边的青年男子。

因为这个青年男子她认识，是她的大哥提奴。

她没想到大哥竟然会找她找到摩些城寨来。

"若百合。"

"大哥。"若百合嘴里应着，却没有起身迎上大哥。

她的心里蓦然有些不安。大哥这么急着找她，难道是城寨里或者是父亲发生了什么事情？

提奴三步并作两步走到妹妹面前，抓住了妹妹的肩头。"若百合，唉，你这个要人命的调皮鬼，大哥总算找到你了。你不声不响地就离开了，这些日子可真把爹、娘，还有我和你大嫂、二哥和二嫂都急坏了。幸亏阿良酋长捎信来，把你的消息告诉了爹，要不，你让我们去哪儿找你？"

听着提奴半是欣慰半是抱怨的话，若百合却丝毫不为所动，"少来！爹还知道担心我呀？"

提奴表情复杂地看了阿挪一眼，欲言又止。

阿挪正打算找个借口离开，若百合却伸手挽住了他的手臂，"你不用走。大哥，他叫阿挪，是我喜欢的男人。你对我说的任何话，他都可以跟我一起听。罗凤是我的好朋友，对她你也不用提防。"

若百合当着她哥哥和罗凤的面如此直言不讳，令阿挪措手不及。他既不好矢口否认，又不好硬生生地将若百合挽着他的手甩开，情急之下，他如同被自己强行咽回去的话呛了一下，又连声咳嗽起来。

罗凤看着阿挪和若百合，向若百合眨眨眼，对她的勇气表示赞赏。

说真的，罗凤打心眼儿里喜欢阿挪，也喜欢若百合，阿挪如同她的亲兄长一般，若百合却是她最好的朋友。如果聪明过人、善解人意的若百合能够如愿嫁给阿挪，那将是她最称心如意的事情了。

提奴果然不再回避阿挪，至于罗凤，他原本也没打算回避她。"是这样的，妹妹。爹刚与二娘成亲那阵子，有一年多都滞留太和城不归，也很少给我们音信，他的这种做法的确有些过分。但你离家出走的这段日子爹想了很多，他知道在这件事上是他做错了，他心里十分后悔。前些日子，他认真地跟我谈了一次，嘱咐我找你回来。他让我告诉你，以后，他会很注意，再不会惹他的宝贝女儿伤心了。"

若百合一撇嘴，"你这口改得可真快啊，连'二娘'也叫上了。"

提奴宽容地笑笑，解释道："妹妹，二娘，噢，高匀康她人真的不坏，她是高祥的女儿，你对她怀有成见当然在所难免，不过处得时间稍长一些，你就会发现她和她爹、她叔根本不是一类人。她自来到半空和寨，对爹体贴，对娘尊重，娘现在也很喜欢她呢。就是因为娘坚持，我们才改口叫她'二娘'的。你若不信，这里有娘写给你的亲笔信，你看了就会明白。"

提奴从怀里摸出母亲景夫人的信，交给若百合。若百合当着阿挪的面展开书信，阿挪却知趣地走开些，眼睛看着别处。

景夫人的信通篇用僰文（白文）写成。

在大理之地，几百年来曾存在过几个以洱海地区的白蛮和乌蛮为主体民族建立的政权，唐时被称为南诏，南诏灭亡后，又经历了长和、天兴、义宁三个短暂的政权，直至五代十国的后晋天福二年（938年），始由段思平建立大理国。南诏至大理国，皆以汉字为官方通用文字，但除汉字外，当时还有一种"僰文"。僰文并非一种独立的文字，它是利用汉字记录洱海地区白蛮语音，或将汉字笔画略作增损而构成的一种表意记音文字，在大理境内一直被贵族及儒生学者广泛使用。

罗凤和若百合虽是女孩子，但因她们的出身比较特殊——她们两个都是部族酋长的女儿，而罗凤还是阿良酋长的独生女儿——自然必须接受相应的教育。如此一来，不论她们是否喜欢这种教育，在强行灌输之下，至少对她们而言，交替使用汉文与僰文交谈、阅读、书写都不成问题。

罗凤性野好动，很难坐下来好好地听上一堂课，她喜欢自由自在地与山间的风相伴，远远胜过读书认字，她可以对玉龙山的动植物如数家珍，却会被先生的考问弄得头痛欲裂。在这点上若百合与罗凤完全不同。若百合自幼酷爱读书，她记性好，脑子也聪明，因此她读过的书，会背的诗比两个哥哥都多。小时候她经常跟着两个哥哥一道听先生讲课，一堂课下来，往往哥哥们还没记住，她已经将先生教的内容背得滚瓜烂熟。由于这个缘故，具有很高文化修养的父亲阿塔剌对他唯一的女儿一直格外看重和宠爱。

正如大哥所说，母亲的信中的确对高匀康有诸多溢美之词，但母亲信中所描述的一切让若百合看起来都极端不真实，这似乎是母亲为了让她回家而使用的一种计策，或者根本是父亲在强迫她说谎。

若百合默默收起了信，提奴一直注意观察着妹妹的表情。"若百合，你还是跟我一起回去吧。"

若百合看了阿挪一眼，阿挪注视着玉龙山苍翠的轮廓，脸容肃穆，"不！我要留在阿挪身边。"

"妹妹！"

"大哥，我真的不能跟你一起回去。我要留在摩些城寨，守住我爱的人。如果我走了，阿挪怎么办？"

"你就不要爹和娘了吗？爹和娘每天都在惦记着你，你知不知道这些日子他们是怎么为你寝食不安。"

"大哥，你说的话听起来真奇怪，你以前不是这个样子说话的。你可以告诉爹、娘，我在摩些城寨很快乐，罗凤对我很好，我们已经成了好朋友。还有阿挪，我不能离开他，我担心一旦我离开了他，就再也不能和他在一起了。他可不是个随便什么地方都能找到的男人，本主神既然让我遇到了他，对我来讲，他就比世间的一切都重要。"

提奴对妹妹的倔强真是一点儿办法没有，再说此时守着阿挪和罗凤，他又不能直截了当地告诉妹妹，蒙古人正在一步步逼近白蛮地区，也正在一步步逼近半空和寨。半空和寨地势险要，易守难攻，如果蒙古人攻不下半空和寨，爹和娘都很担心若百合身在摩些城寨，会被已归附了蒙古人的寨民们扣为人质。

阿挪……阿挪，为什么总是阿挪？

这个阿挪到底是个什么人，会让妹妹对他如此死心塌地？

提奴瞟了阿挪一眼。阿挪的眼睛始终望着别处，对若百合的话充耳不闻，脸上显出一丝迷茫之色。

难道，就是这个身材瘦高、相貌文弱的男人让妹妹着迷了吗？提奴承认他是与大理的男人很不一样，可这样的男人究竟有什么好？他恐怕连一只兔子都捉不到，妹妹到底喜欢他什么呢？

"好吧，若百合，你可以带阿挪一起回城寨。"

提奴有气无力地说着，像是一个溺水的人看到了一根稻草，他把它抓在手里，却知道它根本不可能承载他的重量。

若百合用手推了提奴一把，"大哥，你在说些什么呀！阿挪怎么会跟我走呢？他要跟我走了，他就不会是阿挪了。你快走吧，不要在这里烦我了。"

提奴情急之下，一把抓住妹妹的胳膊，"若百合，你必须……"

若百合痛得叫了一声。

提奴心疼地松开了她，"若百合，你得跟我出去。知道吗？你必须跟我回去！"

若百合趁着大哥松手，向后退了一步，接着，她连一瞬间也没有犹豫，扭头跑上了山路，沿着山路向玉龙山深处跑去。她并没有说她不回去，但她的这个举动比任何语言都更能表明她的决心。

提奴望着妹妹的背影渐渐跑远，气得蹲在了地上，捏起两个拳头，用力捶着头。

罗凤推了阿挪一下。阿挪会意，心里虽不情愿，但他也不想留下来面对提奴，于是，他沿着若百合跑开的山路追去。

罗凤走到提奴的身边，拍了他一下。提奴抬起头，正好看到罗凤那张笑容可掬的俏脸。他的心头不由得颤动了一下。

他第一次发现，这个女孩子犹如一只刚刚飞落在山间的凤凰，正向他炫耀着自己华丽的翅膀。

"你……"

"我知道若百合不愿回去的原因。"

"是为了那个阿挪。"

"所以，你放心，我有办法劝她回去。"

"真的吗？"

"真的。你爹、你娘这么想念她，她也一定很想念他们。你先回去等着，跟你爹、你娘说，让他们尽管放心。"

"那么，拜托你了，拜托你了。一定要快，要快，再晚了，我怕蒙古人……"提奴猛然意识到自己的失言，可他已经收不回最后脱口而出的几个字了，他的嘴微微张开，愣愣地望着罗凤。

罗凤也望着他，神情愉悦，提奴后面的话，她根本没放在心上。

她像姐姐一样拍拍提奴的手，庄重地保证，"你放心，我保证几天之内把若百合给你爹、你娘，还有你带回半空和寨。"

一早，阿良酋长与孔雀夫人率阖寨将士在丽江江畔迎接凯旋的蒙古大军。这一天是二月二十三日的卯时，阿良酋长置酒于案，专为忽必烈大王接风洗尘。

向提奴做出保证的第十天头上，若百合真的接受了罗凤的劝告，决定返回半空和寨。只是，陪她一起返回的还有罗凤。

若百合和罗凤是在头天夜里偷偷离开的，离开之前，她们没向任何人打招呼，包括阿挪在内。

就在罗凤离开摩些城寨的当天，阿良酋长接到忽必烈的来信。信中，忽必烈说他不日将返摩些城寨。

阿良酋长看到来信时的心情无可名状。他想，如果这封信来得再早些，哪怕早一天，他的傻女儿肯定就会留下来等待忽必烈大王了，而不会就这样错过了相见的机会。其实，这段日子，他看得出女儿有多惦记她的"殿下"。

女儿惦记了忽必烈大王很久，最终还是阴差阳错。想必忽必烈大王对此也会深感失望吧？

蒙古军队对半空和寨的攻打已成张弓之势，罗凤却偏选在这个紧要关头冒冒失失地将若百合送回城寨，阿良酋长对女儿的简单与莽撞简直无话可说。阿挪担忧罗凤的安危，决定亲往半空和寨把罗凤带回来。阿良酋长同意了阿挪的请求，他但愿阿挪和女儿能够速去速回，因为，他怕战争一旦爆发，女儿很难全身而退。

远远地，阿良酋长看到忽必烈骑着雄骏的乌骓驹走在队伍的最前面。这位蒙古人的王，还是那样英姿威武，风采绝世。

阿良酋长上前迎接，忽必烈跳下马背。

"大王，您回来了。"

"回来了。"忽必烈将马缰甩给燕真，与阿良酋长见礼。

"顺利吗？"

"顺利。如今，三镇俱下，沿途还攻占了四座未降城寨。说起来，这都是阿良酋长的功劳，若不是阿良酋长事先准备的草药，只怕我军即使在蒙舍镇没有全军覆灭，沿途也很难抵御瘴气之袭。"

"殿下言重了。若非殿下所率乃仁者之师，以德服众，禁止杀戮，又岂能令大理军民望风而降？大理之地，自古民风剽悍，当年唐将李宓以十万之众进攻大理，唔，那时还称南诏，结果却是铩羽而归，片甲不存。今殿下反其道而行之，百姓心服，大理之境，早晚必归殿下。"

"但愿如阿良酋长所言。"

忽必烈四下张望着，心里纳闷：为什么罗凤没有出来迎接他？他本来以为一回来就可以见到这个快乐的小巫女了呢。

"阿良酋长，这些日子，城寨里没有发生别的事情吧？"他不好直接询问罗凤去哪儿了，只能这么拐弯抹角地问了这么一句。

阿良酋长却完全明白忽必烈的意思，这也正是他想告诉忽必烈的。"殿下，罗凤送若百合回半空和寨了。"

忽必烈大吃一惊，"什么？"

"我也觉得她这样做未免太不知轻重，这个丫头对危险没有一点概念。

阿挪不放心,已经随后追到半空和寨了,我想,阿挪一定会设法把她带回来的。"

听到阿挪追到了半空和寨,忽必烈的脸色微微变了变,一颗心像被什么东西狠狠揪动了一下,很不舒服。

又是阿挪!怎么总是阿挪?这个阿挪,对罗凤的关心倒真是非比寻常啊。

"殿下,这是罗凤留下的书信。"

忽必烈注意到,阿良酋长的手上不知何时多了一封书信。他接过来,匆匆看了几行。可惜,这封用僰文写成的信,他一个字也看不懂。阿良酋长意识到自己的疏忽,连忙说了声"对不起"。

忽必烈将信递还给阿良酋长,他急于知道信中的内容。

阿良酋长将信从头至尾给忽必烈念了一遍,忽必烈这才明白,罗凤的这封信,信封上虽然写着爹、娘亲启,从信里的内容看却是写给他的。信的末尾注明了她和若百合离开山寨的日期:五天前。罗凤在信中说,这段日子以来,若百合的父母不断有信来,催促若百合回半空和寨,若百合的大哥提奴也亲自来过摩些城寨,说家里出了事,她答应帮提奴说服若百合回家。

可若百合无论如何不肯一个人回去,后来,罗凤答应跟若百合一起返回半空和寨,才总算说动了若百合。若百合对罗凤说:她在摩些城寨的这些日子,罗凤待她像亲姐妹一样,她也想在半空和寨好好地款待罗凤。不过,罗凤清楚这只是若百合的托词,若百合想让罗凤去送她其实另有原因。

罗凤在信中并没有直接说明这个原因,她倒是要忽必烈先猜猜看,猜不出以后她再细细地讲给他听。

在调皮地卖了这么一个关子后,罗凤接着写道:一开始,她还想等着忽必烈回来,可忽必烈出征后一直没有确切的消息来,她怕再耽误下去会误了若百合的事儿。再后来,她之所以突然决定要走,是因为她与若百合闲聊时,偶尔听说若百合的大嫂叫奇穆容,而这,恰恰是她一位自幼要好的朋友的名字,不仅名字相同,更巧的是若百合的大嫂也是从黄龙镇的哥嫂家出嫁到半空和寨的。

几个月前,她到黄龙镇寻找好朋友时,确实听说她已嫁到了大理某寨,她的哥嫂也随她迁到了大理居住。当时,如果她不是为了要见好朋友偷偷跑到黄龙镇,还不能与忽必烈相遇相识呢。

这个发现让她兴奋不已,她当即决定跟若百合回去,可又担心爹娘阻拦,只好决定偷偷离开。

最后，她说，她一定早去早回。

阿良酋长念完信，忽必烈内心难免有几分失落。转念一想，这样或许更好，他在摩些城寨只是要给军队补充一些给养和草药，这些，他在前面的信中已经托付给阿良酋长了。办完这件事，他与中路军就要按预定计划，沿途逐次拔除四郡，之后转进龙首关，去与东路军和西路军会合。罗凤是个任性的女孩，如果见了他，说不定又要缠着他跟他一起走，与其如此，还不如等他拿下太和城和紫城，再与她相见。

阿良酋长的目光离开信纸，停留在忽必烈的脸上。他看到忽必烈默默思虑着什么，然后，忽必烈的眉宇展开了。

"阿良酋长。"

"是，大王。"

"给养和草药是否都已准备妥当？"

"按大王吩咐，都已准备妥当。"

"好，命人装车。阿良酋长厚谊深情，本王永志不忘。"

"大王，难道您立刻要走吗？"

"战事繁复，大汗还在等待本王消息，本王无由懈怠。等拿下太和城，本王一定回来看望你与孔雀夫人。"

"匆匆一面，又要匆匆别离，大王您一定要保重身体，平安归来。"

"你放心，本王会的。"

"小女罗凤……"

"无妨。据前份战报推断，阿术最迟昨日应已进至半空和寨附近。本王将派快骑与阿术取得联系，命他暂缓对半空和寨的攻打，以防阿塔剌以及半空和寨的寨民在遭到逼迫之下，会以罗凤为质。"

"谢大王考虑周全。"

"你这里如有罗凤的消息，请及时通知本王。"

"是。"

燕真牵过马匹，忽必烈翻身跃上马背，"阿良酋长，我们后会有期。"

寨兵献上酒杯，阿良酋长双手擎过头顶，忽必烈于马上将杯中酒一饮而尽，随即扬鞭而去，再踏征程。

陆

若百合带着罗凤来见父母。阿塔剌酋长和景夫人见到女儿回来，又惊又喜，当着罗凤的面，他们也不好过多责备若百合，只有景夫人唠叨了几句，若百合不辩解，做父母的也就作罢了。

阿塔剌酋长和景夫人非常喜欢罗凤，景夫人亲自将罗凤安排在中庭的阁子间，与若百合的住处只隔一个小院。

半空和寨也是一座城寨，但其城池建构与摩些城寨完全不同。它虽有"宫城"，且不建城墙，外面只以密密匝匝的刺梅、灌木以及木栅围起，东、南、西面设门，均有寨兵把守。但半空和寨的"宫城"并非雄伟华丽的城池，内中也没有一座像无华殿、水晶阁这样自成一体的建筑。

半空和寨的"宫城"主要由三部分组成：居中占地面积最大的一处称"中庭"，若百合的父母及若百合就住在这里。"中庭"后面是天然的山林，一年四季，满目葱绿，而茂密的山林中，常有许多珍稀的动物出没；"宫城"东北为"亚庭"，类似于中原宫廷的"东宫"，提奴十岁时，阿塔剌将"亚庭"赐给长子居住，实际上就是确认了长子的寨主继承人的身份；正东为"陪庭"，是若百合二哥、二嫂的住处。三庭之间皆有角门相通。三庭的结构相似，只是与中庭相比，亚庭和陪庭的占地面积稍小，内中结构及布局也相对简洁。

"宫城"的西面建有许多寺庙和塔楼，因半空和寨的寨民普遍崇尚佛教，所以西面的寺庙和塔楼都对寨民开放，但寨民不能从东门和南门进入，只能从西门进入。而"宫城"之外，建有贵族们和有钱人的居所，沿"宫城"向南而建，越靠近"宫城"，主人的地位越显赫。

中庭中无论房屋还是院落都是最多的。除东园为酋长及贵族赏游之地外，其余皆被分隔成许多小院，每个小院中都有五到九个数量不等的阁子间，阁子间系木质结构，有大有小，房顶低矮，冬天保暖，夏天却难免有些闷热。

如今，阿塔剌酋长的两个儿子提奴、醒奴都已成亲，他们不仅各有各的府邸，还各有各的军队。两个儿子当中，阿塔剌酋长对长子提奴比较信任、倚重，对次子醒奴却不甚钟爱，这其中的一个原因固然是由于醒奴自幼性情懦弱，缺少决断，另一个原因则是由于出身望族的二儿媳杨蜻凌飞扬跋扈，目空一切。醒奴自与她成婚后，在她的挑唆下，对父母日渐离心，敬而远之。

正是因为这个缘故，若百合绝口不向罗凤提起自己的二嫂。

罗凤和若百合返回半空和寨的第二天，阿术率领的蒙古军队包围了城寨，提奴亲自指挥战斗，将阿术的两次猛攻尽皆击退。当晚，两下休兵。第二天，一件奇怪的事情发生了：阿术和他的蒙古骑兵像突然出现在半空和寨的城下一样，又突然消失得无影无踪，这个突如其来的变故令所有人百思不得其解。

蒙古军队虽然撤退，提奴担心其中有诈，不令开放城门。城门不开，阿挪进不来，罗凤出不去，她只得耐心住下，等待禁令解除。

如此连续半月，始终不见蒙古大军异动，山寨周围也不见蒙古人身影，提奴确定蒙古军队果真撤围而去，方命守军打开城门，允许百姓自由出入。沉寂了许久的城寨重又变得热闹起来。

半空和寨恢复了往日的平静，若百合终于有心情带罗凤去看望大嫂奇穆容。当然半空和寨遭到围困并不是若百合不来看望大嫂的主要原因，主要原因是，此前，奇穆容的脖子上突然长出了一个硬块，服用了各种草药都不见好转，不得不出寨回到哥、嫂家中休养和治疗。这期间，恰遇蒙古大军围城，城门不开，她无法进城。禁令解除后，她方从哥嫂家回到亚庭。

若百合从父母口中得知大嫂身体有恙，当即邀请罗凤陪她去看望大嫂。罗凤早想见一见奇穆容了，若不是因为她怀疑这个奇穆容就是她在黄龙镇的好朋友，她还不一定这么快就跟若百合返回半空和寨。

两个女孩说说笑笑着，向亚庭走去，从中庭到亚庭有一条石板路相连，石板路的两边栽满了月季。

红色、粉红、黄色、白色的月季竞相开放着，石板路上似乎也染满了香气。

一个尖利的、带着怨气的声音从身后传来，那声音似乎在责备着什么人。罗凤循声回头看了一眼，停下了脚步。

她看到两个人，一个是若百合的二哥醒奴，另一个是一位陌生的女子。

罗凤和若百合进寨的那一天已见过若百合的二哥，以后虽然不常见，罗凤却记住了他的长相。引起她注意的是走在醒奴身边的那位年轻女子，她来到半空和寨已有半个月，竟还是第一次见到这位女子。

此时，女子走在醒奴的身边。如果说醒奴是夜幕，那么，女子就是那灿烂的星光。

"怎么啦？"若百合奇怪罗凤为什么停下来不走，顺着罗凤的视线望去，一眼看到二哥身边的年轻女子，脸色顿时沉了下来。

年轻女子轻盈地走到若百合面前，"真稀罕，我们的大小姐居然回来了。"好像这以前她根本不知道这回事似的。

若百合翻了她一眼，没作回答。

"呦，还带着伴儿呢？是不是怕挨打，给自己找个垫背的？"女子满不在乎，继续对若百合冷嘲热讽。说话间，她的目光若不经意地落在罗凤的脸上。

突然，女子的眼神里现出惊奇之色，而罗凤，也在目不转睛地注视着她。

这一刻，她们对彼此都有一种似曾相识之感。

接着，罗凤和女子同时"哦"了一声，又同时说道："是你！"

若百合惊讶地看着罗凤，"你认识她？"

罗凤点头。

"你是阿良酋长的女儿罗凤吧？"女子问。

"是啊。你一定是杨叔父的女儿杨蜻凌了？"

"对，我是杨蜻凌。没想到会在这里见到你。"杨蜻凌轻慢地说，语气中没有丝毫的热情。

"我也没想到。"

"你们认识？"若百合吃惊地问。

杨蜻凌没理她，罗凤笑了笑。

"你们怎么会认识？"

"我们怎么能不认识呢？我腿上有一块疤还是她留给我的纪念呢。"罗凤若无其事地说。

杨蜻凌撇了撇嘴，"那得怨你小时候长得太丑了。"说完，将罗凤上下打量了一番，"现在嘛，竟然长出人样来了。"

"你怎么不说实话？你骗我爬树，又在树枝上做手脚，让我摔下来，都是因为我看到了你和……"

杨蜻凌怒道："住嘴！"

"你给我住嘴！你凭什么这样跟我的朋友说话！"若百合冲着杨蜻凌喊道。

杨蜻凌柳眉一扬，"你说什么？你居然敢用这种语气对我这么说话？好个没教养的小妮子！醒奴，你站在那里做什么呢？怎么不管管你的宝贝妹妹？你这个做哥哥的，真是一点用没有。"

醒奴愁得直搓手，不知道该帮哪个，该劝哪个。若百合与杨蜻凌彼此怒目而视，罗凤站在一旁看着她们，非但不为她们担心，反而心里觉得蛮好笑。

"若百合，你的性子的确越来越野了，小心我让你爹好好抽你一顿！"

"我再野，也比你强多了！走开，我讨厌你！"

"你！"杨蜻凌气得张口结舌，一时语塞。嫁到半空和寨半年多了，她与若百合发生争执时从来没占过上风。

若百合拉着罗凤就走，杨蜻凌将所有的愤怒都发泄到了醒奴的身上，扬起手狠狠打了醒奴一记耳光。这一声又响又脆，醒奴的半边脸顿时肿了起来。若百合却仿佛没听到一般，连头也没回一下。

罗凤暗暗地吐了下舌头，我的天哪，若百合的性子，真是比她还要刚还要硬呢。

"喂，喂。"她拉拉若百合的衣袖。

"做什么？"若百合还在气头上，没好气地问。

"杨蜻凌,她是这里的什么人啊？她怎么敢打你二哥？你二哥怎么不还手？"

"她是什么人，这你还看不出来？"

罗凤摇头。

"从来没见过像你这么笨的人！敢打我二哥的人，肯定是我二嫂吧。至少名义上。"

"啥意思？"

"'啥意思'是啥意思？"

"二嫂就是二嫂，怎么还整个'名义上'？"

"跟你说了你也不懂。"

"不说拉倒。曢，这个杨蜻凌，一点没变，还跟小时候一样凶。"

"你认识杨蜻凌，真让我没想到。"

"我认识杨蜻凌，我倒是想到了。不过，我会在半空和寨遇到杨蜻凌，这我可真的没想到。说起来，这世界上还真有不少凑巧的事情，如果你大嫂是我认识的奇穆容，那么，我认识的人就都成了你的嫂子。"

若百合停下来，扭头望着罗凤，神态很是严肃、认真。

"干吗？我说错了吗？"罗凤一惊，问。

"你刚才说，你看到杨蜻凌什么？她不让你往下说。"

罗凤想了想，未语先笑，"我看到她从男人嘴里吃糖——她也不嫌恶心。"

"什么？吃糖？"

"嗨，你不知道。那会儿我还小，大概十岁吧，有一次，我娘带我去善阐府看望她的结拜姐妹，也就是杨蜻凌的娘，我们在善阐府住了几天。杨蜻凌的娘让杨蜻凌来见我娘和我，那一年，杨蜻凌比我大五岁……"

"不是那一年杨蜻凌比你大五岁，她永远比你大五岁。"

"你别打岔。我的意思是说，杨蜻凌已经长得像个大人了，个头高高的，眉眼真漂亮。我特别想跟她一起玩，她娘也让她带我玩，可她就是不肯。她喜欢和男孩子在一起。一天，我一个人跑出去放风筝，放着放着到了一个山坡上，山坡上有一棵树，我往树那边看了一眼，偏巧看到她和一个男孩子在树后头嘴对着嘴。

"我很奇怪，就跑过去站在他们面前看，我以为那个男孩子嘴里含着蜜糖呢，要不杨蜻凌怎么会那个样子吸他的嘴？最有意思的是，他们俩当时居然没发现我，过了好一会儿才看到我，便赶紧分开了。

"你真想不到，跟变戏法似的，就那么一眨眼的工夫，我看到那个男孩子的脸变得跟块大红布似的，然后，他就溜走了，跑得比兔子还快。杨蜻凌却是一副若无其事的样子，她拍了拍我的脑袋，跟我说，我如果不把刚才看到的事告诉别人，她以后天天带我玩，我立刻答应了她。"

"然后呢？"

"第二天，杨蜻凌带我一起去放风筝，不知怎么搞的，风筝落到了树上，哦，就是杨蜻凌躲开别人从那男孩子嘴里吃糖的那棵树，杨蜻凌让我上树去把风筝取下来。她说我身体轻，她爬树不行。不是吹，上房爬树向来是我的强项，我'噌噌噌'几下就爬了上去。风筝落在外侧偏上的地方，我爬到一根靠外的树枝上，刚要去够风筝，树枝就断了。不是一根树枝，是十多根树枝都断了，我跟着树枝摔下来，腿磕到了一块尖石头上，石头的尖扎进我的腿里，出了很多血，好了后还留了一大块疤。"

"十多根树枝同时断了？"

"是啊。"

"难怪你说是她做了手脚。"

"其实，跟你说句实话，我是刚刚看到她的时候才临时想到这一层的，这之前，我早把这事忘了。"

"这个骚货！"若百合低声骂了一句。

"骚货是个啥东西？"

"难怪杨蜻凌不肯带你玩呢，你真是什么都不懂！"

"谁说的！玉龙山上的动物、植物，没有我不认识的，对于这一点，连殿下都感到惊奇呢。"

"我一直感到纳闷，殿下怎么会喜欢你这样的人！"

"那有什么，我是'江蛙'嘛。"

"什么？"

"轮到你听不懂了吧？殿下说，井蛙不知道大海的辽阔，我说我不是井蛙，是江蛙，殿下说，正因为这样，他才喜欢我。"

若百合"扑哧"一声笑了，对于罗凤这个宝贝，她真是无话可说。

柒

若百合的大哥提奴和大嫂奇穆容住在位于半空和寨东北方向的"亚庭"中。

离开半空和寨有段日子了，若非大哥、大嫂和母亲反复来信相劝，若百合未必同意回到半空和寨。谁知进了寨门，没见到大嫂来接，她心里便有几分不安。见过母亲后才得知大嫂患了一种奇怪的病症，这些日子不在寨中。此时听说大嫂回家了，若百合急忙带着罗凤来看望大嫂，不料在路上遇到了二嫂杨蜻凌，两个人因发生口角，耽误了一点时间。

若百合的大嫂、二嫂是相差不到三个月先后嫁入半空和寨的，她们家世不同，性格不同，为人也不同。若百合素来与大嫂感情亲密，与二嫂却一直不太合得来。但如果不是后来若百合偶然发现了一件事，一件让她深感厌恶和愤怒的事情，她还不至于就对二嫂冷若冰霜。而关于这件事，若百合考虑到家族的荣誉，考虑到父亲的处境，只能打碎牙往肚里咽，对父母也不敢提及一字。

"中庭"到"亚庭"颇有一段距离，若百合与罗凤边走边谈起了阿挪。

说真的，若百合心里惦记大嫂，但她更惦记阿挪。

想起阿挪，若百合立刻将一切不快抛到九霄云外。罗凤向若百合保证，只要阿挪来到半空和寨，她一定设法说服阿挪留在若百合身边，如果阿挪不肯答应，她就不离开半空和寨。她的承诺让若百合心里很是宽慰。

两个女孩正商议着该如何进行这件事情，一个穿着宽大衣袍的青年从对面向她们走来。看到这个青年，若百合像被一根刺猛扎了一下，当即皱起了眉头。青年向若百合施礼问好，若百合却不理不睬，带着罗凤扬长而去。

走出几步，罗凤回头看了青年一眼，突然，她觉得这个青年有些面熟。

不，很面熟。可她究竟在哪里见过他呢？

罗凤想不起来，便将这个人这件事抛开了。但有一件事她一直有些不明白，她问若百合："不知道你二娘的娘得了什么病？她这么急匆匆地就赶回去了。要是她再晚一天出发，我就可以见到她了。我还想看看她长什么样呢，肯定很漂亮，和高西不一样。这些日子，我看大家都很为她担心呢，尤其是你爹和你娘。"

若百合冷笑，"我猜测，高匀康回去后，一定会发现自己的娘好好的。"

"瞎说。她娘既然好好的，她爹为啥要她回去啊？"

"有罪的人连自己的影子都会害怕。她爹要不编出这么个借口，怎么能把高匀康骗回去？"

"你说谁有罪？"

"当然是那两个连自己的亲骨肉也不肯放过的混蛋了。"

"混蛋？还是两个？噢，我知道了，你在说你二娘的爹和二叔吧？"

"别一口一个二娘二娘的，我可没这么叫过她。唉！"若百合不知想到了什么，不经意地叹了口气。

罗凤跟若百合逗趣，"你也会叹气？"

"我没叹气。我只是在想，这个高匀康，亏她出身钟鼎之家，娘还说她饱读诗书，我看她真没脑子，一封信就能把她骗回去。还有我爹，我娘，居然真让她回去了。要是我在，我肯定会告诉她那封信是假的，不过，她也未必肯听我的。"

"你怎么敢肯定她是被骗回去的呢？说不定她娘真病了。"

"我当然敢肯定。不信，咱们走着瞧。"

罗凤抿嘴一笑。

"你笑什么？"

"我发现，你已经开始喜欢你二娘了。"

"才没有。我永远不会喜欢她。"

罗凤不跟她争辩，笑着摇摇头。若百合就是嘴硬心软，不过罗凤承认，若百合确实很有头脑，想法也总和她不一样。

又拐过一个弯路，前面赫然出现了亚庭的月亮门。进入月亮门向东走，就是提奴和奇穆容居住的阁子间。罗凤的思绪转瞬间从高匀康身上被拉开了。哦，就要见到若百合的大嫂了，她多么希望这个奇穆容就是自己一心想见的朋友啊。见过奇穆容，等来阿挪，劝说阿挪留在半空和寨，之后，她也该回家了。她知道，如果殿下回师摩些城寨，一定很想见到她。

而她也想念殿下，很想很想，这是她目前唯一的心事。

寨兵将阿挪带到罗凤和若百合面前时，两个女孩相互使了一个大功告成的眼色。下面的事，就看罗凤能不能说服阿挪留在半空和寨，留在若百合身边。这是罗凤对若百合的承诺，她发誓一定要帮若百合做到。

阿挪的脸色却不大好看，给人一种气急败坏的感觉。以前，阿挪对罗凤从来不会这个样子，眼下时局不定，他大概也是因急生怒吧。他对罗凤和若百合的问候置之不理，第一句话就是要罗凤赶紧跟他回去。

罗凤却问他："殿下那里有没有信来？"

阿挪语气生硬地回答："不知道。"

"你出来的时候，我爹有没有跟你说，殿下什么时候回城寨？"

阿挪仍回答："不知道。"

罗凤不介意他的态度，她想了想，自言自语道："一定回去过了吧？要不，城外的蒙古军也不会撤围……"

阿挪心头一阵刺痛，急忙将目光移向别处。

罗凤突然想起一件至关重要的事，上前一把拉住阿挪的胳膊，"阿挪，快，跟我走。"她的力气着实不小，阿挪被她拽得身体趔趄了一下。

阿挪责备道："你这小疯子！让我跟你去哪儿？"

"去了你就知道了。以前，你在摩些城寨给一个脖子长出硬块的寨民治好过病，不是吗？这一次，只有你能帮我和若百合了。"

"等等，你先告诉我到底发生了什么事？"

"阿挪，不管用什么办法，你一定要治好奇穆容的病。奇穆容是若百合的大嫂，也是我最好的朋友。"

阿挪对"奇穆容"这个名字并不陌生，他不止一次听罗凤说起过。问题在于，他关心的重点不是这个，"你先告诉我，她得了什么病？"

"就是脖子上长出了一个硬块，治来治去都不见好，现在硬块越来越大，她连呼吸都有些困难了。若百合，我说得没错吧？"

阿挪表情认真地看着若百合。这之前，他一直都尽力避免让自己的目光停留在若百合的脸上。

若百合点点头，"是这样没错。阿挪，请你一定要救救我大嫂。"

"这种症状出现多长时间了？"

"有一个多月了。"

"现在的情形真的是连呼吸都感到困难吗？"

"对。"

"我知道了。要抓紧，你们马上带我去看看。"

"噢，好吧。阿挪，你真的有把握吗？"

阿挪没回答。不过，看他的样子，若百合的怀疑并没有令他产生不快。

"若百合，你放心吧，只要阿挪说能治，就一定能够药到病除。"

罗凤对阿挪的能力可谓了解甚深。

阿挪为奇穆容诊视后，进山为她采来一种药草，这种药草罗凤见也没见过，但奇穆容服用后效果非常好。几天之后，奇穆容脖子上的肿块变小了，也软了许多。阿挪露的这一手，让所有人，包括阿塔剌酋长和景夫人在内都对他钦佩有加，也因为这件事，阿塔剌酋长默许了女儿若百合对他的倾心。

罗凤趁热打铁，劝阿挪留在半空和寨，这也是她答应过若百合的事情。可她没想到，阿挪不假思索，一口回绝了她。

不但回绝了她，阿挪当时对她的态度简直称得上疾言厉色。

罗凤没想到，阿挪会对她发那么大的火，这一点儿都不像她所熟悉的他。她心里有些畏惧，只好暂时放弃了说服阿挪留在半空和寨的念头，然而这样一来，她也就不能马上离开半空和寨了。

罗凤是那种总有办法让自己忘掉不快，重新变得开心起来的女孩，既然不能马上回家，她便享受着与奇穆容和若百合朝夕相处的喜悦。奇穆容的身体尚在恢复中，罗凤正好可以每天去看望她，聊聊小时候开心的事情。

当然，与阿挪谈话的结果，罗凤不可能瞒着若百合。若百合一点都不灰心，她反而说，如果阿挪这么快答应了，他就不是阿挪了。

若百合的态度还不是最意外的。

最意外的是，第二天晚上，阿塔剌酋长居然亲自来到罗凤的阁子间，而且，他居然郑重其事地请求罗凤帮助若百合实现她的心愿。

罗凤怎么可能拒绝这位爱女心切的父亲呢？她还答应阿塔剌酋长，一定不把他来过她这里的事情告诉若百合。

若换在平常，罗凤难得与阿塔剌酋长说上几句话。她总觉得阿塔剌酋长心里藏着很重的心事，从第一天开始，每当夜晚她悄悄溜出中庭阁子间时，都会看到阿塔剌酋长在院中一边踱来踱去，一边长吁短叹。

如果这个忧心忡忡的人是她自己的爹，或者殿下，或者阿挪，甚至或者是提奴，她一定会过去问问他们怎么了，可阿塔剌酋长不苟言笑，人又长得英俊潇洒，罗凤实在没有勇气多管闲事。罗凤揣测，阿塔剌酋长这么忧愁，郁郁寡欢，一定与他的二夫人高匀康被召回太和城有关。罗凤很早以前曾见过高匀康一次，已经不大记得她的容貌，只是依稀留下了她与若百合的母亲景夫人在气质上有几分相似的印象。

罗凤听人说过，在她尚未出世前，她曾有一位哥哥，这位哥哥二十岁头上突然得病死了，哥哥的娘也因伤心过度不久死去了。哥哥的娘去世后，爹才又娶了她娘孔雀夫人，生下了她。

在大理国中，像她爹和若百合的爹这样只有一房或两房夫人的贵族或部酋很少见，大多数都是七房八妾的争风吃醋，不得安宁。所以，她很能理解若百合的心情。幸亏她爹没有再娶一房夫人的打算，如果有，她还真不见得马上能接受呢。

从她爹和若百合的爹，罗凤又想到自己。殿下可不会只有她一个女人，将来，如果她嫁给了殿下，会不会也像高匀康一样，引起殿下的孩子们反感呢？

谁知道！管它呢！

殿下说，他的夫人察必王妃是个特别通情达理的人，这样的人，应该不会容不下她。就算容不下她，有殿下护着她，如同现在的阿塔剌酋长护着若百合的二娘高匀康一样，她还有什么可担忧的呢？

送走了阿塔剌酋长，好不容易熬到夜深人静，罗凤像以前每一天常做的那样，悄悄溜出了阁子间。

差不多有十几个夜晚，她都睡在东园的花圃中，今晚，她打算上山走走。阁子间的空气太闷了，她简直都要透不过气来。她相信，这些日子如果她不是瞒过若百合睡在外面，她一定早就变成了一条汗湿淋淋的臭咸鱼。对于呼吸惯了野外空气的罗凤来说，被禁锢在一个狭小的空间里本身就是一种受罪。

每次罗凤准备溜出中庭的时候，都会看到阿塔剌酋长在前面的一个院子里背着手踱步。这个院子是中庭最大的一处院子，阿塔剌酋长、景夫人就住在这个院子里最大的一个阁子间中。罗凤若想出去，必须冒险穿过这个院子。因此，为了不被中庭的守卫和阿塔剌酋长本人发现，罗凤在穿过院子前，都要悄无声息地向里面探望一番动静，直到确定没有人注意到她，她才会迅速地贴着墙根溜走。

然而，今晚的情形与往日多少有些不同。相同的地方是，罗凤终于等到中庭陷入一片沉寂，悄然离开她的阁子间时阿塔剌酋长已在院中；不同的地方是，若百合刚巧从父亲眼前走过，被父亲叫住了。

若百合站在原地，望着父亲，父亲也望着她。若百合太要强了，要强到她心里明明已经原谅了父亲，却迟迟不肯表现出来。

但父亲多么想与他心爱的女儿亲亲热热地说上几句话啊！

罗凤一时不敢再走了，便悄悄地伏在树后，等着若百合回去。阿塔剌酋长满腹心事，应该不会注意到她，若百合却不同，这丫头根本就是个"人精"，如果她冒险走动，说不定会被若百合发现。罗凤在树后坐下来，她虽不想听，父女俩的对话还是争先恐后地传入她的耳中。

"若百合。"父亲的声音里颇有几分歉疚的味道。

女儿不情愿地"嗯"了一声。

"若百合，你还在生爹的气？"

若百合又"嗯"了一声。

"对不起。"这句话原本不应该由做父亲的来说，因此，当他说完后，若百合并没有立刻回应。

罗凤暗暗猜想，亲耳听到父亲向自己道歉，若百合会不会被感动得热泪盈眶？"热泪盈眶"这个词还是她前几天跟若百合学的。若百合说，当罗凤突然出现在她大嫂奇穆容面前的那一刻，奇穆容先是"呆若木鸡"，继而"热泪盈眶"。

"若百合。"父亲依然轻轻地唤道，好像这个名字他永远也叫不够。

这回，若百合不再回以"嗯"，而是回了一声"爹"。

罗凤舒了口气，仿佛这一刻她自己变成了那位希望得到女儿谅解的父亲一样。在一种欣慰的心情支配下，罗凤顾不得是否暴露，从树后探出头去，向院中张望。明亮的灯火照耀下，她看到了世间最温馨的一幕：若百合扑在父亲的怀中，父亲的一只手爱怜地轻抚着她的长发。

罗凤的鼻子顿时一酸，她终于弄明白了"热泪盈眶"的真正含义。

父女俩的对话还在继续。

"爹，你明天真的要去太和城么？"

"前些时候，高祥来信，说你二娘，哦，不，高匀康病得很重，爹和你娘都放心不下。你娘一再劝爹到太和城看看，她说，高匀康这时候一定很需要爹。所以，爹打算过几天出发，去一趟太和城。"

"我知道。这件事，娘跟我说了。"

"若百合，爹走后，你一定要听你娘的话，不要再让她为你操心。"

"您放心，我会的。"

"女儿，爹知道你是个好孩子。有些事是爹处理得不好，伤了你的心，爹很抱歉。以后，爹会做得更好，你要对爹有信心。不过，女儿，你相信爹，高匀康她人真的很好，她很贤惠、善良，你……"

"爹，我现在知道了，我回来后，娘把所有的事都跟我讲了。以前，是我太任性，错怪您也错怪她了。您见到她，请转告：等她病好了，您带她回来，我一定当面叫她一声'二娘'。"

"真的吗？女儿，你知不知道，能够听你这样说，爹真的比得到世上的任何东西都要欢喜。"

"能够得到您的原谅，我也很开心。不过，我心里总是有些不踏实。二娘她真的生病了么？这里面会不会有什么阴谋？"

"不会的。高祥的为人爹虽不敢恭维，但他毕竟是你二娘的亲生父亲，一个做父亲的，怎么会设这种无聊的骗局呢？你回来之前，你二娘就是因为她娘病得很重才先回了太和城，想必她是太辛苦了，自己也染上了疾病。这段日子，你二娘一直没有信来，爹其实也正担心她生病了呢。"

"您能确定？"

"确定。"

"好吧。假如真是这样，请您千万保重，早点带二娘回来。"

阿塔剌点头，挽着女儿的手臂离开了院子，当他们离开后，侍卫们熄掉了院里的所有灯火。罗凤便在这暗夜的掩护下，飞快地向后山方向溜去。

捌

拨开树丛，借着月色，罗凤看到前面山石林立，有大有小，居中有一块七尺见方的"石桌"，被围在大大小小的"石椅"之间。

罗凤蹬着"石椅"，左绕右绕，轻盈地跳上了"石桌"，连一点儿声音也没发出。"石桌"真够平整，罗凤随便找了个地方躺下来，惬意地仰望着天上的星星。

真好，清新的空气，美丽的夜景，在这里睡觉，比在中庭的阁子间里强多了。

今天好好睡一觉，明天一早，她还得去找阿挪，再跟阿挪好好谈一次。无论如何，她必须帮助若百合说服阿挪才行。再说，阿塔剌酋长都那样恳求她了，她怎么能让一个父亲的心愿落空呢？她想好了，只要阿挪同意留下，她立刻返回摩些城寨。

阿挪留下，她走；或者阿挪不肯留下，她也不走。走与不走，正是她准备用来"要挟"阿挪的筹码。她知道，阿挪急于让她离开半空和寨，因为她不肯回去，阿挪的心里其实一直很着急。如果她拿这件事与阿挪讨价还价，考虑到她的安危，阿挪或许会对她做出让步。

这就是阿挪。阿挪一切都会首先为她着想的。她从来没有见过自己的亲哥哥，阿挪对她而言，就像亲哥哥一样。

只要回到摩些城寨，爹一定会将殿下的近况告诉她。即使见不到殿下，能够随时得知殿下的消息，她也会从心里感到自己离他很近。与殿下分开有段时日了，她想，殿下一定很想念她。

对于这点，她丝毫不去怀疑，这是因为，她也很想念殿下。她的心与殿下的心是相通的。

"石桌"下不时发出一阵沙沙的响动，罗凤估计是有野兽出没，并未在意。

直到有说话声传来，她才发现不是野兽，而是人。

"在这里坐一会儿吧。"说话的是个女人，音量放得很低，但在静夜中仍足以听清她说的每一个字。

没听到回答。

下面响动了一阵，估计是坐下了。罗凤发现自己今晚变成了偷听大王。

"平哥。"还是那个女人的声音。这声音听着十分耳熟。

仍然没有听到任何回答。

"平哥，你还在生我的气吗？"这句话是用一种撒娇的口吻说的，罗凤却听得全身直起鸡皮疙瘩。

"没有。"回答的声音懒懒的，不过有一点儿可以肯定，那是个男人的声音。也是，"平哥"嘛，肯定是个男人了。

"你别骗我了，刚才你那么疯狂，就像要把人撕掉吃了似的。"

罗凤心想：这女人一定有病，要不怎么她都快被人"撕掉吃了"，那语调居然还满心欢喜呢。

可男人仍旧不回答。

罗凤开始讨厌这个男人了，除了阿挪，她对有话不说的男人怎么也喜欢不起来。

熟悉的女人声音开始带上了些许怒气，"你别总是这个样子！你若不肯理我，就不要留在半空和寨。"

男人仍不言语。

罗凤觉得自己都快要憋疯了，也不知道女人怎会受得了？果然，"石桌"下的女人可能做出要走的姿态，却被那个男人拽住了，两个人在下面窸窸窣窣了一阵，罗凤便听到"扑通"一声和女人的轻笑，大概是两个人摔坐在了一起。

罗凤终于想起来了，这个女人的声音是杨蜻凌的声音。杨蜻凌还是那么疯，大半夜的跑出来与别的男人幽会，也不知道醒奴是否知道？

难怪若百合说杨蜻凌是她"名义上"的二嫂。

"为什么？"那男人终于开口说话了，他的声音富于磁性，但这句话在罗凤听来却是没头没尾。

杨蜻凌冷哼一声，说道："你烦不烦！就这一句话，你问过我几十遍了。"

停了停，杨蜻凌又说："还不都是你害的。那时候，你为什么要离开善阐府？"

男人回答："你总是那样，今天喜欢这个，明天喜欢那个，我怎么可能再留在善阐府呢？我以为我离开后你会有所收敛，没想到……"

"没想到什么？没想到你一离开，我立刻嫁给了醒奴那个没用的窝囊废吗？哼，不说这个还好，说起这个，我对你只有恨。是你让我伤透了心，也是你让我赔上了自己的一生。"

男人不再说话了。

女子话锋一转，"你是不是仍然不想原谅我？"

"对。"男人终于有句痛快话了。

"你不原谅我，为什么还要来找我？来了为什么又不离开这里？"

这还用问，因为没出息呗。罗凤暗想。

"我想看看你在这里过着什么样的日子。我希望你倒霉，越倒霉越好。"这话听起来要多假有多假，罗凤想笑，又有点想吐。

杨蜻凌笑道："你不来我才会倒霉，你来了我怎么还会倒霉？你还像以前一样，一点儿没变，孔武有力，像你这样的男人，走到哪里都会讨女人欢心的。"

"是吗？否则，你早该把我忘到九霄云外了吧？"

"不会的。你知道，我从小就喜欢你，我的心里从始至终只有你一个人。"

"在你与别的男人鬼混的时候，心里也有我吗？"

"你不用说得那么难听，我也不想再跟你争论这个话题。我有权利选择该怎么生活，我自己选择的生活方式，你管不着。如果你看不惯，最好永远从我眼前消失。我不会为了任何人改变自己的，包括你。虽然我心里最爱的人是你，可我讨厌你干涉我的私事。这点你应该比任何人都清楚。"

男人好像被击中了软肋，一时间哑口无言。罗凤悄悄地爬到"石桌"边，向下探头张望着，她想看清这两个人的模样。女的确定是杨蜻凌没错，她主要想看看那男人是谁。可惜，下面太黑，她什么也看不到，只能感觉出树影在摇动。

这时，男人又说话了，"以前你那么做倒也罢了，那时你还没出嫁。现在，你不怕被半空和寨的寨民们发现，点了天灯吗？"

这句话的意思罗凤懂。在大理国，未婚的女孩子可以有许多心上人，女孩子与心上人幽会如果被他人不巧发现，人们只会一笑了之。但女孩子一旦嫁做人妇，就再不能与人私通，否则，将被处以严酷的火刑。男人有没有妻子不得而知，但杨蜻凌是有丈夫的，如果被人发现，杨蜻凌当然会死得很惨。

与杨蜻凌私会的男人，到底是谁呢？

对于男人的担忧，杨蜻凌从鼻孔里冷笑一声，"怕什么！要活一块儿活，要死一块儿死，不是还有你陪着吗？再说，你怎么知道一定会被人发现，蒙古人刚刚从半空和寨撤围，高匀康被召回太和城，寨里整个乱了套，谁还顾得上谁！"

"你的小姑子是不是发现了什么？每次她见到我，都像见到仇人一样。"

"管她呢。只要不被当场抓到，我们死扛不承认不就结了。我又不是普通人家的女儿，以我爹的势力，这里的人不能不有所顾忌。"

"可我担心的恰恰是这个。"

"什么意思？"

"多事之秋，你爹与我伯父似乎并不齐心。不久前，我回过一趟善阐府，正好赶上阿良酋长的信使送来了他的说降信，我伯父拿到信后，找你爹商议，结果在如何对待阿良酋长的说降上他们产生了分歧。我伯父主张回信表明态度，或者干脆置之不理，你爹却劝我伯父从长计议，至少给自己留条后路。他们争论了好一会儿，最后，你爹虽然屈从了我伯父的决定，但看着他离去时，我有种感觉：他心里对我伯父根本不服气，而且，对于降与不降之事，他心里自有打算。我真是担心，大敌当前，主副将不和，只怕善阐府早晚不保。"

"这是你的疑心，我爹根本不是个怕死的人！你伯父也容不得我爹插手他的权力。再说，蒙古人连半空和寨都攻不下来，攻了两日只好撤围。善阐府经营数百年，比半空和寨还要易守难攻，牢不可破，他们想攻下来谈何容易！"

"妇人之见。"

"随你怎么说，反正这事我不关心。"

"说你是妇人之见，你真还是妇人之见。别忘了，皮之不存，毛将焉附？覆巢之下，安有完卵？"

他说了一串，罗凤一句听不懂。

果然，杨蜻凌也说："哪来一堆废话！显摆你到临安城（今杭州）待过几年？"

男人又不说话了。

沉默片刻，杨蜻凌一笑，"这件事，你也不用太发愁，真到了那一天，我这里有个主意，准保管用。"

"什么主意？"

杨蜻凌在男人耳边嘀咕了几句，她的声音太低，罗凤听不清。

"这样行吗？"男人表示怀疑。

"我来想办法。"

"我觉得不好。"

"我觉得好就行，不用你管。你给我听好了，少在我这里滥用你那副怜香惜玉的心肠。我看你是见了漂亮女孩就心疼。"

"漂亮女孩？哼，我的眼睛能够看到的漂亮女孩只会在我的心上戳个大窟窿，让我心里流血。"

杨蜻凌"嗤"地笑了一声："你的意思是说我漂亮？"

罗凤身上又打了个哆嗦，这时，她的鼻孔突然间痒得要命，她极力忍耐着，却没能忍住，打了个响亮的喷嚏。

"石桌"下的一男一女顿时跳了起来。"谁？"

罗凤也不吱声，爬下"石桌"，沿着山路飞快地跑了。不知道那两个人是否有心追赶她，对于这个她根本不担心，在山间，谁也休想追到她。

玖

整整一个白天过去了，罗凤始终没有想起昨晚看到的事。

白天，她跟阿挪谈了一次，不料阿挪什么也没说，直接走过她的身边，就去山间采药去了。阿挪的态度让她很是郁闷，也让她彻底忘掉了昨晚的经历。

黄昏，离开奇穆容和若百合回到阁子间，罗凤杂七杂八地想了一大堆事情，却依然没有想起昨晚的那件事。直到杨蜻凌拎着一个精致的三层提篮出现在她的阁子间时，她昨晚看到的一切才蓦然回到心间。

她早知道昨晚与人野合的女子是杨蜻凌，但那个男人会是谁呢？

说真的，她并没有打算出卖杨蜻凌。虽然她对杨蜻凌不守妇道的行为很是不齿，也觉得醒奴很可怜，可她同样不忍心让杨蜻凌被寨民点了天灯。别说她娘和杨蜻凌的娘还是结拜姐妹，就算杨蜻凌与她素不相识，她也做不出这样的事来。

杨蜻凌将提篮放在阁子间中间的桌子上。

罗凤咬着大拇指，一脸戒备，"你要做什么？"

"冰糖莲子羹，喝吧。"

"给我的？"

"你不用感动。看在你娘与我娘曾经结拜为姐妹，我们两个人小时候也认识的份儿上，我这就算略尽地主之谊吧。"

"我才不感动呢。你这么做，是想堵住我的嘴巴吧？"

"什么意思？"

"昨晚……"罗凤故意将语调拉得很长。

杨蜻凌根本没有任何惊讶地表示，她淡淡地说道："昨晚果然是你！"就这短短的一句话，表明她已直截了当地承认昨晚与别的男人幽会的女子是她。罗凤奇怪的只是，杨蜻凌做了坏事，从来都是一副心安理得的样子。

"你把这事告诉别人了吗？"

"唔……还没顾上呢。"

"还没顾上？"

"其实，你要不来，我都把这事忘了。"

听她这么说，杨蜻凌倒有点后悔自己多此一举，"你打算告诉别人吗？"

"我也不知道。其实，如果醒奴不管你，我又不是你男人，我更犯不着管你的破事。"

"本来我的事就与你无关，甚至，你根本不该来半空和寨。"

"我是为送若百合才来半空和寨的，又不是为了见你才来这里的。再说，昨晚遇到那样的事，我一定会倒霉的。"

杨蜻凌冷冷地说道："你若不来半空和寨，你不会倒霉，我也不会倒霉！

你倒霉是因为你来了半空和寨，不是因为你看到了我和平哥在一起。"

"平哥？哦，我明白了，昨晚和你在一起的，肯定还是好多年前喂你吃糖的那位哥哥吧。小的时候，我见过他一面，你让我管他叫哥哥。他长得的确比醒奴好看多了，不过，我一直不知道他叫什么名字。"

"你要知道那么多做什么？"

"也是，知道也没用，我不问好了。"

杨蜻凌倒了两碗莲子羹，一碗推给罗凤。"趁热喝吧。"

罗凤端起碗，左看右看，却不急于喝掉。

"你怎么不喝？"

"看样子，你真打算封住我的嘴。"

"你为何不说我要杀人灭口？"

罗凤大惊之下，咬痛了手指，急忙将手指从嘴里抽了出来。

"这么大了，还喜欢吃手指头！你娘从来都不管你吗？"

"我自己的大拇指，我喜欢咬，关我娘什么事！"

杨蜻凌一笑，岔开了话题，"对了，前些日子来的那个小伙子，是不是叫阿挪？"

"是又怎么样？我警告你，你可不许打阿挪的主意，他是若百合的。"

杨蜻凌看着罗凤，脸上露出一种幸灾乐祸的笑容，"你怎么不说实话！"

"实话？什么实话？"

"你是真傻还是装傻？连我们这些外人都看得出来，他喜欢的人是你！"

"别胡说！阿挪在我的心目中就跟哥哥一样。"

"那只是你的想法。他看着你的眼神，傻子也能看出来。你居然还说他是若百合的，骗谁呢！"

罗凤说不过杨蜻凌，又开始咬起大拇指来。杨蜻凌点亮了油灯，举在罗凤的脸上，将她上下端详了好一阵子。

"嗨，看什么看？我又不是男人！"

"哼，我愿意看。别说，你的确会长，越长越漂亮了。小时候你可长得真丑！若不是你现在变漂亮了，那个叫阿挪的大概也不会对你这么着迷吧？"

"都跟你说了阿挪是若百合的，只有若百合才对他真心实意，才可以做他的女人。你要再瞎说我真不理你了！"

"好吧，且依你。来，把莲子羹喝了吧，放凉了。"杨蜻凌说着，自己先端起碗，一口气喝掉半碗。罗凤却之不恭，尝了一口，温度正好，便全喝了。

喝完，抹了把嘴，将碗递给杨蜻凌，"我还要！"

杨蜻凌又给她倒了一碗，罗凤仍像方才那样，几口喝光。

杨蜻凌叹了口气，"小时候，你是又丑又傻，长大了，人倒是变漂亮了，却比小时候更傻了。"

罗凤反唇相讥，"你倒是一点儿没变，还那么漂亮，那么妖，那么……那么疯。若百合的二哥真倒霉，会娶了你来做老婆！"

"娶了我，是他的福气，嫁给他，倒霉的人是我。算了，不跟你废话了，问你一句正经的，你真的不喜欢那个叫阿挪的男人？"

"我不是不喜欢他，但不是你说的那种喜欢。"

"你是不是心里有人了？"

罗凤不由自主地点了点头。

"是谁？"

"我凭什么要告诉你？"

"不说算了。我跟你说，你若心里真的爱过什么人，就一定能理解我的感受。与一个你既不爱又瞧不起的男人生活在一起，那真是一场灾难。女人的心里，真爱的男人永远只有一个，为了他，别说做一件事、几件事，就是为他去死也心甘情愿。"

对于杨蜻凌的这句话，罗凤倒是蛮赞同的。她从这一刻起决定忘掉昨晚看到的事情，毕竟，杨蜻凌选择的生活方式与她无关。

天色渐晚，罗凤与杨蜻凌将莲子羹全喝光了，杨蜻凌这才向罗凤告辞。临行，杨蜻凌吩咐罗凤，要她晚上还到昨晚的地方等她，她有一件特别重要的事情要告诉她。她说这话时的样子很神秘，也很郑重，罗凤被她勾起了好奇心，爽快地同意了。

她们约好一更时在老地方见面。

当中庭的阁子间最后一盏灯熄灭时，罗凤像头些天一样，悄悄溜出了阁子间。很快，她凭着印象找到了那块她偶然发现杨蜻凌秘密的山石。她爬上山石，等候着杨蜻凌，奇怪的是，杨蜻凌一直没来。

等着等着，她竟睡着了。

罗凤醒来时，第一个反应是哪里不大对劲。首先，她看到了一束光线，但显然不是星光，接着，她想动一动，却发现自己手脚都被牢牢绑缚着，根本动弹不得。

这是怎么回事？她不是按照事先的约定在山石上等候杨蜻凌的吗？现在怎么会在这里？她居然一点儿不知道，难道刚才她睡着了？

"这是什么地方？我这是在哪里？"她自言自语。

有个女人的声音回答了她："山洞里。"

"你是谁？"罗凤脱口问道。

"说你笨你还真是笨！不算小时候，我们在半空和寨也见过两次面了，不对，应该是三次吧——你居然听不出我的声音。"

"杨蜻凌！"

"没错！"

"喂。"

"怎么啦？"

"你把我绑起来做什么？你把我带到山洞里来做什么？"

"真啰唆，一句话就能问完，非要分成两句话来问。罗凤，我真怀疑，像你这样又蠢又笨的女孩子，怎么会有阿挪那样聪明英俊的男人喜欢！是不是阿挪这个人脑子有毛病？"

"你脑子才有毛病呢！对了，你不是约我见面，说有重要的事跟我说，我来赴约，你把我弄到这里做什么？"

杨蜻凌举着松明子，走到罗凤面前，蹲下来，看着罗凤的眼睛。"这里不好吗？"她说着，手中的松明子在罗凤的眼前晃了晃，"这个山洞，除了我和平哥，再没有别的人来过。你是第一个客人，应该觉得自己很荣幸才对。"

"什么幸不幸的！就个破山洞，我才不稀罕当你的客人。还第一个呢，呸！你快把我放开！要不我喊人了。"

"你喊吧。我找的地方，如果还有别的人能找到，我就不叫杨蜻凌了。你随便喊，我倒真希望有人能听到你的喊声。"

"你到底要干什么？你疯了吗？"

"哼，我把你关在这里，当然有我的目的。"

"什么目的？"

"这个嘛，暂时还不能告诉你，可以告诉你的时候，不用你问我也会告诉你。你娘与我娘是好姐妹，至少这点儿情分我还是要讲的。"

"狗屁情分！我看你就是要杀人灭口。"

"随你怎么说吧！若不是看你还有点用处，没准儿你说的正好就是我想做的呢。现在，我且留你一条小命，在这里待几天，说不定以后你能变聪明点儿。天不早了，我得走了。你乖乖待着，如果大家都认为你已回了摩些城寨，我会设法给你送些吃的东西来，免得你被饿死。"

杨蜻凌说完，站起身，向洞外叫了一声，"平哥，进来帮我把她捆紧些。"

罗凤向外看去。杨蜻凌话音刚落，一个人迅速钻进洞中。罗凤一眼认出了杨蜻凌口中的"平哥"，原来就是那个她和若百合一起遇到过的、她看着眼熟的男人。她现在明白为什么自己会看着他眼熟了，小的时候，她看到和杨蜻凌嘴对嘴的那个男孩子就是他。只不过，那时的男孩子现在变成了男人。

男人看了看罗凤，犹豫了一下。"要不，就这样吧。下面是悬崖峭壁，那条小径只容一个人通过，我们把她弄上来已经很费劲了，她手脚都绑着，稍微不小心就会摔死。不用管她的。"

"我就是怕她不听话跑出去摔死才要你帮忙把她绑好的。她可不能死，她死了，我们拿什么跟她爹讨价还价。"

男人的目光在洞中飞快地扫视了一遍，"要绑，不如还是把她绑在左边洞里的石柱子上吧。只需要绑住手腕就行，把她的手、脚都解开，她跑不了，还能自由活动。要不，咱们来不了，她……她不方便。"

这句话，男人说得吞吞吐吐，杨蜻凌倒听得笑了起来，"你还真够体贴，连她怎么上茅厕都想到了。好吧，就按你说的做。不过你能确保她一定解不开绑绳？"

"放心，她要能解开我系的绑绳，我下辈子给你当牛做马，任你抽打。"

"知道了，相信你还不行。快点儿吧，我们还得趁天黑下山呢。"

罗凤被解开脚上的绑绳，男人推着她来到大洞左侧一个稍小些的洞中。杨蜻凌举着松明子在前面照明。

杨蜻凌选的这个幽会的地方还真不错，一个大洞，两侧各有一个小洞，如同一间正厅带着东、西两个偏房。不过，杨蜻凌但凡幽会都只选在大洞，这两个小洞她本人是从不进去的。

小洞中真的有一个石柱。男人的动作够利索，不消片刻便将罗凤绑了个结实。如他所说，他将绳子从石柱后绕过来，从后面绑住了罗凤的两个手腕，绑绳挺长，罗凤在一定范围内可以绕着石柱活动，但只要绳子解不开，她就不可能挣脱石柱，离开山洞。罗凤气得任他摆布，连叫骂的力气也省了。

绑好罗凤，杨靖凌与男人匆匆向外走去，把罗凤一个人留在黑暗中。

罗凤冲着两个人的背影问道："你是不是姓高？叫高平？"她问的是那个男人。

杨靖凌回过头，看着罗凤。她的手中依然举着松明子，火光照在她的脸上，暗影摇曳不定，使她的面容看起来有几分诡异，"你怎么知道？"

"不是你告诉我的吗？"

"我？我什么时候告诉你的？"

"小时候啊。你从他嘴里吃糖，被我看到了，他吓得马上溜走了。你哄我不要告诉别人，我说可以，但你得告诉我这位爱脸红的哥哥叫什么名字？你说他叫高平，他大伯是善阐府的演习。"

"是吗？我告诉过你？我完全忘了。"

"忘就忘了吧，好在我记得。想不到，你说的最喜欢的人就是他。他倒是比你害羞，比你心好，不像你，心黑，还不要脸！"

杨靖凌与男人——高平彼此对视，高平的脸上闪过一抹笑意。

杨靖凌也笑了，不置一词，与高平匆匆离去。

拾

高平真不是吹牛，罗凤费了九牛二虎之力，用尽了各种办法，到底没能把绑绳解开。不知道高平的这个绑绳是用什么材料制作的，真是结实无比，而且，高平系的扣也是一绝，你都找不到哪里是结。弄到最后，罗凤浑身大汗淋漓，像要虚脱一样，无奈，她靠着石柱坐下来，后来竟然睡着了。

她就这个样子，一会儿睡，一会儿醒，也不知道睡了醒了多少次，终于，迷迷糊糊中，她感到有人拍了她一下，她睁开了眼睛。

她看到杨靖凌和高平回来了，此时，他们正蹲在她的面前。

"什么时辰了？"她仍有些犯迷糊，喃喃地问了一句。

"你居然睡得着？"杨蜻凌没有直接回答，语气里倒有几分不可思议的味道。

"不睡做什么？这绑绳，我又解不开。"

"你若能解开，我怎么能放心把你留在这里呢。你再耐心等上一天吧。明天，我带你离开半空和寨。"

"离开半空和寨？你要带我去哪儿？"

"我给你换个地方。"

"你总不会好心到要送我回家吧？"

"当然不会。我带你到善阐府。"

"善阐府？你带我到善阐府做什么？去见你娘吗？不对，我听我娘说，你娘前年就过世了。"

"我娘活着，我也不会让你见她的，省得她把你放了，坏了我的大事。我带你去见高平的大伯高演习，我想，他对你肯定感兴趣。如果我把你献给了他，加上大敌当前，他大概可以留下我与高平。"

"我有这么管用吗？"

"以前没用，现在嘛，应该管用。"

"这么说你没有杀我的意思？"

"那得看情况再定，至少暂时没有。如果高演习想要杀你，我就管不着了。"

"你说的大敌当前是什么意思？"

"连这都听不懂？大敌当前，就是说你爹引狼入室。"

"又瞎扯！我爹从来不养狼，我爹只养狗，我在家里也没见过有狼。"

杨蜻凌简直不知道该说什么才好了，高平却有些忍俊不禁，急忙将脸藏在暗影中，隐去了脸上的笑意。

这个女孩，与杨蜻凌截然不同，却着实单纯可爱。

杨蜻凌想了想，要高平还是把罗凤带回到大洞中，小洞里有一股很呛人的发霉的味道，她实在闻不惯。罗凤被高平从柱子上解下来，两个人四只眼睛看着她，罗凤明知道跑没处跑，只好乖乖地跟着杨蜻凌回到大洞。

罗凤人被杨蜻凌押着，嘴却不闲着，还在追问杨蜻凌："你说的大敌当前到底是什么意思？是不是你们的善阐府被殿下的大军包围了？"

"殿下的大军？"

"是啊。"

"殿下？"

"是，怎么了？"

"你说的殿下是指那位蒙古人的王，忽必烈吧？"

"呀，你真聪明，你怎么知道殿下还有一个名字叫忽必烈？"

高平再也忍不住，轻轻地笑出声来。

杨蜻凌撇了撇嘴："蠢货！"

"骚货！"罗凤回敬。

"你说我什么？"

"骚货啊。不过，我其实也不知道骚货是个什么东西，我只是听到别人这么称呼你。"

"别人？谁？"

"我不告诉你。干吗告诉你？你总欺负我。"

"肯定是若百合那个死妮子！从我一进半空和寨，她就看我不顺眼。"

"你若是我嫂子，我看你也不会顺眼。嫁了人还跟别的男人鬼混，换了你你高兴有这样的嫂子啊！"

杨蜻凌举起右手，罗凤脸上重重地挨了一巴掌，顿时，罗凤感到自己的脸颊火辣辣的，又麻又痛。

"你为什么打我？"她生气地盯着杨蜻凌。

"我还想杀了你呢，你别逼我。不瞒你说，我早想这么痛痛快快地打上若百合一巴掌了，今天，你就替她受过吧。"

罗凤"哼"了一声，便不再言语。她见杨蜻凌这么生气，不想逞口舌之利，在这点上她一向奉行好汉不吃眼前亏的行事原则，她可不想在这种不见天日的地方吃哑巴亏。再说她知道杨蜻凌这人真若被逼急了什么事都做得出来，万一自己被她一气之下打坏了脸，就没办法面对殿下了。平常，殿下最喜欢看着她的脸跟她说话，因此无论如何，她总得漂漂亮亮的才行。

三个人回到大洞里，杨蜻凌将左手里的食篮蹾在了罗凤面前，只听食篮里"咣当"响了一下。罗凤这会儿手脚都能动了，她掀开食篮上的盖布，见食篮里放着两个半块炊饼，一块芋头，一个窝头和一个缺了一块的黑馒头，另有一个生锈的铜壶，响声是铜壶发出的，杨蜻凌一蹾，水从铜壶里溅了出来。

"这些……给我带的？"

"对。"

"这两块饼子，这个黑馒头，怎么好像让人啃过？"

"本来就是下人吃剩的。"

"啊？真恶心。"

"你不吃是吗？"

杨蜻凌伸手去拎食篮，罗凤比她动作还快，早把两个半块饼子抢在手里，一手拿一个，然后瞪了杨蜻凌一眼，在每块饼子上都狠狠地咬了一口。好不容易将干饼子咽下，她嘟囔道："不吃白不吃，总不成让你把我饿死。"

杨蜻凌用脚踢了踢水壶，罗凤将饼子归到一个手上，取过水壶喝水，水壶里的水有一股浓烈的铜锈味儿，但即便如此，总比又饿又渴强多了。

高平一直默默地看着罗凤，带着几分既好笑又同情的心情。此前，他的确从没见过像罗凤这样的女孩，他的内心深处始终迷恋着杨蜻凌身上的野性、热情和无所顾忌，但是，他不得不承认，罗凤这样的女孩同样会令男人着迷。

罗凤还真是能吃，转眼将两个半块饼子、一个芋头、多半个黑馒头全部吃掉，不仅如此，她连水壶中平素难以入口的水也喝得一滴不剩。

肚子里有了食物，罗凤见杨蜻凌暂时没有离开的意思，便将食篮放在一边，跟杨蜻凌聊起天来。

她似乎一点儿没有危险就要降临的预感，依然很轻松地向杨蜻凌询问若百合和阿挪有没有找过她。杨蜻凌倒是很愿意回答她的这个问题，她故意用一种有些夸张的语气说："怎么能不找？岂止若百合和阿挪，一开始，连醒奴他爹、他娘，他哥嫂都挺着急，不过后来，他们经过分析认为你已偷偷回了摩些城寨，就决定让你的那位阿挪赶紧回摩些城寨一趟，如果你确实已经回去，他们要阿挪尽快给他们捎个准信儿。我想若百合一定是想跟阿挪一起走的，不过，为了她娘，她只好勉强留下了。"

"阿挪真的回摩些城寨了？"

"那还有假，你的阿挪对你……"

"告诉过你了少胡说，阿挪是若百合的。唉，被你害死了，我答应过若百合，让阿挪留在半空和寨，留在她身边。"

杨蜻凌笑道："你让阿挪留在若百合身边？这么说，我那高傲的小姑子果然是单相思了。"

"你开心什么？我会帮若百合得到阿挪的，我说到做到。"

"你说到做到有什么用？归根结底是要看阿挪的心意。阿挪不喜欢若百合，你能强迫他娶若百合么？"

"谁说阿挪不喜欢若百合！像若百合这样读过许多书，知道好多事情的姑娘，阿挪怎么可能不喜欢呢？阿挪只是不太喜欢表露自己的感情罢了，他这个人最大的毛病就是太闷了。好像不少男人都这样，哦？"

杨蜻凌看了高平一眼，高平扭过头去。

杨蜻凌想起一件事来，未语先笑。

"平哥，说到这个丫头的傻劲儿，我突然想起一件特别好笑的事情。小的时候你不是也见过她吗？她还看到过我俩站在树下。后来，我把她骗上树摘风筝，她摔伤了腿，只好暂时留在善阐府我家养伤。这丫头没记性，刚下地能随便走动，又缠着想让我带她玩耍。当时你正好跟你大伯回了都城，我闲着无聊，便想出一个主意，我教她晚上装鬼，好吓唬府里那些胆小的丫鬟。当天晚上，我帮她做好了准备，带她藏在一棵树后，千叮咛万嘱咐，要她老实待着，不可以弄出一点点响动，更不能发出一点点声音，多会儿看到丫鬟过来，再悄悄地走出去，让丫鬟看到她就行。我的想法是，丫鬟突然看到一个浑身发白只露出两只眼睛的东西站在月光下，一定吓个半死。她挺听话，静静地跟我待着，过了一会儿，我看到小红过来了，急忙推推她，要她出去。我知道小红这个人胆子一向最小，我马上就有好戏看了。她向小红走去，刚走了几步，又站住了，然后回头莫名其妙地说了一句话，差点儿没把我气死。你猜，她说了一句什么？"

"唔……"高平并不想让自己表现出有多少兴趣。

"她大大地喘了口气，然后说：不行了，不行了，我实在憋不住了，我一定要喘气才行。我又失望又纳闷，问她：你憋气做什么呀？她说：你不是不让我弄出一点点响动，更不能发出一点点声音吗？喘气也有声音呀。"

高平终于哈哈大笑，这还是第一次，罗凤听到他如此爽朗的笑声。

罗凤却不笑，等高平笑够了，她懵懵懂懂地问杨蜻凌："现在是白天还是晚上？"

"当然是晚上。不是晚上，我和高平哪里能过来。"

"又到晚上了？难怪我饿了。"

"看样子，你睡了整整一白天。"

"这洞里有白天么？你这人真是太狠了，你到底要把我关到什么时候？"

"如果一切顺利，明天这时候我就让你看到天上的星星。"

"明天你要带我离开这里？"

"没错。"

"难道说若百合一点儿都没有怀疑到你吗？你那天去找过我，我想一定有很好多人看到过。"

"看到又怎么样？他们还看到我离开了呢。而且，我离开后，你还好好地待在阁子间中。你是在夜深人静的时候自投罗网的，大家除了认定你是偷偷溜回摩些城寨，谁能想到你会被我们关在这里！"

"你真是个疯狂的女人。"

"你不如说我是个聪明绝顶的女人。不跟你废话了，这两天为了你，我真是没少操心，等把你送回善阐府，我就可以把心放下来了。"

"你为什么非要把我弄到善阐府？"

"现在告诉你也无妨了。我这么做，是打算事处紧急时拿你做个人质，让你爹和那位蒙古人的王有所顾忌。你应该知道，你爹自归降了蒙古人，他手下那些骁勇的寨兵就成了蒙古人的马和剑。你爹真是卑鄙。"

"呸！你爹才卑鄙！不是，你才最卑鄙！你再敢说我爹一个字的坏话，我就把你的丑事嚷嚷得大理八府、四郡、四镇、三十七部的每个人都知道。没羞！"

"那你也得有这个机会才行。平哥，把她送回原来的地方，绑结实了。我们不能再耽搁了，今天早点回去，我还有东西要准备。"

高平真听话，果然又照原样子把罗凤绑回到小洞的石柱上。两个人正要离去，罗凤叫住了杨蜻凌。

"等等。"

"你想做什么？"

"把你的松明子借我用用。"

杨蜻凌犹豫了一下，高平已将自己的松明子递给了罗凤。罗凤举着松明子，在杨蜻凌和高平的脸上晃了好一会儿。

高平不动声色。杨蜻凌一闪身，皱了皱眉头，"你有毛病啊？"

"杨蜻凌。"

"有话说。"

"听我的，你们还是把我放了吧，千万不要把我送到善阐城，尤其千万不要选在明天夜里赶路。"

"哦？你这句话说得好奇怪，我倒要听听，为什么？"

"刚才，我和你说话的时候，就觉得你的脸上浮着一层蓝莹莹、灰蒙蒙的气，怪吓人的。刚才我认真看过了，你的脸上，还有你这位平哥的脸上都带着晦气。你要是不听我的话，明天你们两个一定会死掉的。"

高平心头一震。杨蜻凌却丝毫不以为意，"鬼才信！你再敢咒我和平哥，小心明天我把你的嘴缝上！"她对罗凤吼道。

"你若不信我的话，真的会变成鬼的。"罗凤不急不恼。

杨蜻凌轻蔑地一笑，不再理会罗凤，拉着高平离去。

"杨蜻凌！杨蜻凌！"

杨蜻凌根本不做回应。

"杨蜻凌！"罗凤泄气地放低了音量，"我说的是真的，我会看相，我是小巫女，你得相信我才行。你为什么就不肯相信我呢？傻瓜！你会死，高平会死，而我……"罗凤的声音稍稍有一些哽咽，"也可能会死掉。"

"我不想死。如果我死了，就再也见不到我爹我娘，还有殿下了。我好想他们，好想。"她默念。

拾壹

罗凤再一次朦朦胧胧地睁开眼时，感觉到自己是在马车中颠簸。

这两天，也不知道杨蜻凌给她吃了什么，她总是昏昏欲睡。她的手脚皆被绑缚着，像在山洞里时一样，只是她的头比关在山洞那会儿更加疼痛了。

有一点她不会弄错，此时的她肯定已不在山洞中，而是在马车中。她只是不知道她这个样子在马车里待了多久，一天，还是两天？杨蜻凌说过，要把她带回善阐府，按照杨蜻凌的说法，她现在一定是在被押往善阐府的途中。

可是，马车为什么走着走着突然停了下来？

还有，在昏睡中，她分明听到一声嘶鸣，也正是这异常熟识的嘶鸣声让她惊醒过来。难道她是在做梦吗？否则她怎么会觉得自己听到的嘶鸣声熟识得如同一个老朋友在她耳边说话。

更为奇怪的是，当马车停下来之后，马车之外一片寂静，寂静得反常，令人不寒而栗。

罗凤苦于全身被绑缚着，被塞在封闭的车篷一角，无法看到外面的情形。她不甘心，挣扎着将身体慢慢向门边挪去，无论如何，她得看一看外面究竟发生了什么事。

又一声长啸传入耳畔，这一声已然充满了焦急和愤怒，罗凤听出来了，是乌骓驹，不会有错，一定是乌骓驹。

难道，乌骓驹知道她遇到了危险，特意跑到这里来救她？

这不大可能，可又千真万确。

那么，如果乌骓驹来了，跟乌骓驹一起来的是不是还有其他人？

所有的疑问几乎同时塞入罗凤的脑海，令她无从思索，与此同时，她的身体已经挪到了门边，她正欲用被绑缚的双腿蹬开车帘，一个意外发生了：另一匹马，不，应该是两匹马，大概是拉车的马吧，也同时嘶鸣起来，接着，车身剧烈地摇晃了几下，随后向一边倾斜。罗凤的身体如同被什么东西狠狠推了一下，在她还没有反应过来的时候，人已经顺着车门滑落出车外。

她滚落在杂草丛中，一点儿没被摔痛。

确定自己没事，她睁开了眼睛，发现外面的天色已经蒙蒙亮了。此时，乌骓驹正在奋不顾身地与拉车的两匹马撕咬着，而杨蜻凌、高平、五个押车的寨兵，还有一个犹如黑铁塔一般的汉子，正呆呆看着三匹争斗中的马，他们的样子像被震慑住一样，或者，就是事起突然，他们一时都蒙住了。

罗凤一眼便认出了"黑铁塔"铁桩，她立刻兴奋得大叫起来："榆木桩，榆木桩，我在这儿哪。"

铁桩浑身一震，顺着声音传来的方向望去，却没有看到人。杨蜻凌、高平清醒过来，彼此面面相觑。

"妖女，是你吗？"铁桩大声问道。

"是我，我在这儿呢，草丛里。"

铁桩正欲过去看个究竟，尚未迈开步伐，已被高平用剑架住了脖颈。"别动！"高平低沉地喝道。

乌骓驹真是勇猛无比，加上救主心切，与两匹马争斗一点儿不见落败之势，相反，两匹马已被它咬得口鼻出血，身体站立不稳。杨蜻凌看得清楚，向五个寨兵一挥手，冷冷地命令："杀了它！"

"不要！"铁桩和罗凤同时惊呼一声。

然而，五个寨兵恍若未闻，手持长枪从两边向乌骓驹逼去。乌骓驹可能意识到了危险，它稍稍侧过身体，猛地一抬后蹄，坚硬的蹄子踢在其中一个寨兵的长枪之上，这一踢威力无穷，寨兵握不住长枪，长枪斜向一边，竟准准地穿过了另一个同伴的身体。

被长枪刺中的寨兵惨叫一声，倒在地上。

剩余的四个寨兵一时间被这突然的变故惊呆了，这时，只听杨蜻凌再一次对他们说：杀了它！她的语调，比他们手中明晃晃的枪头还要杀气毕现。他们不约而同举起手中长枪，向乌骓驹刺去。

四只长枪同时刺穿了乌骓驹的身体，乌骓驹的身体屹立不倒，充血的眼睛瞪着四个寨兵。

四个寨兵也看着它，如同吓傻了一般不语不动。

"乌骓驹！"罗凤的声音里充满了凄楚和悲痛。听到这熟悉的呼唤，乌骓驹挣扎着扭过头，充血的眼睛向草丛里罗凤跌落的地方看了一眼，只看了一眼，它的身体轰然倒在地上，发起了一声巨大的闷响。

"乌骓驹！"罗凤生平第一次体会到什么叫作心如刀割。

"乌骓驹！啊——"这是铁桩的声音，听起来恍如一头受伤的野兽。罗凤明白，乌骓驹的死彻底地激怒了铁桩，只听他"啊啊"叫着，疯了一般向那四个杀了乌骓驹的寨兵冲去。

他一动，高平的剑在他的脖子上划开了一个口子，顿时，血流如注。然而，他已经什么也顾不得了，而且，他什么也不想顾，此时支配着他的只有一个念头，那就是，他要亲手杀了这些人，为他钟爱的乌骓驹报仇。

仇恨使他变得力大无穷。

转眼间，他扑倒了杀死乌骓驹的一个寨兵，从寨兵的手里夺过长枪，向寨兵的胸口刺去。剩余的三个寨兵看到同伴死了，知道不反抗下一个就会轮到自己，他们急忙挥起手中长枪，与铁桩杀在一处。铁桩没有武艺，只有蛮力，但他不怕死，这种无惧使三个寨兵对他无可奈何。

不过一顿饭的工夫，三个寨兵也倒在了铁桩的长枪之下。铁桩的身上到处都是长枪刺过的痕迹，一袭灰蓝色的战袍身前身后被鲜血染红，他却不肯罢手，舞动着长枪又向杨蜻凌杀来，他知道是这个女人下令杀死了乌骓驹。

杨蜻凌根本不躲闪。眼看着铁桩枪头离杨蜻凌的身体不到一寸的瞬间，高平的剑突然从斜侧磕在了枪杆之上，高平以力借力，加在铁桩的枪杆之上重有千钧，铁桩手软身麻，长枪顺势飞出五米开外。

铁桩虎口迸裂，迷茫地望着高平。

杨蜻凌仍然还是那句话：杀了他！

铁桩弯了弯腰，高平不知他要干什么，挥剑向他刺来。

铁桩抬头看着高平的剑，根本不去闪避。剑，刺进了他的左肋，他的身体突然向前一挺，高平的剑顿时洞穿了他的胸膛；与此同时，他已站到高平近前，手中一柄不知何时拔出的短刀顺势送入高平的肚腹。

高平避之不及。

他的眼睛瞪着铁桩，好像愣住一样。铁桩的嘴角渗出了血迹，眼睛里却全是笑。慢慢地，慢慢地，铁桩和高平身体同时向后倒地。

"铁桩！"

"平哥！"

罗凤和杨蜻凌异口同声地唤道，罗凤的声音里是痛惜，杨蜻凌则是震惊。

她们都看到了眼前发生的一切，杨蜻凌却不能相信，一个本来徒有蛮力的粗鄙汉子，竟能将她的高平以这样一种方式置于死地。

不，这不可能！这绝对不可能！

杨蜻凌松开了架在罗凤脖颈上的短刀，短刀落在了地上，她疯了一般跑向高平，跪下来，将高平紧紧抱在怀里。

"平哥！"泪水冲开杨蜻凌的眼眶，滴落在高平苍白的脸上。

罗凤的全身仍被捆绑着，她站不起来，只能一点点向铁桩滚去。铁桩看着她，似乎想阻止，却已经说不出话来。

他将目光慢慢移向乌骓驹，在他一息尚存的意识里，他觉得他与乌骓驹的灵魂正在融为一体。

来生变作马，与乌骓驹一同驰骋，很好。

他用尽最后的力气向罗凤笑了笑，慢慢闭上了眼睛。

"不要，铁桩，不要！"罗凤哭喊着，她的心里像被无数的小虫子啃啮着，从小长到大，她还从来没有体会过这般撕心裂肺的感觉。

都怨她，都是因为她的任性，乌骓驹和铁桩才会死！都怨她，所有的一切，都怨她！就算她能活着回到摩些城寨，她又该如何面对殿下，面对阿术？

她知道，殿下信任铁桩，而阿术待铁桩就像待自己的亲兄弟一样。

高平的目光短暂地扫过铁桩和罗凤，然后停留在杨蜻凌的脸上。他知道，铁桩死了，而他，也要死了。

杨蜻凌不断亲吻着高平的额头和嘴唇，泪水不断地滴落在他的脸上。杨蜻凌的唇是凉的，泪是凉的，凉在他的脸上，却热在他的心里。他很后悔，他为什么总是到了生离死别的时刻才能原谅杨蜻凌？

是的，杨蜻凌从来不是一个感情专一的女子，但不管她有多少心上人，他始终都是杨蜻凌此生最爱的男人。在大理国，未嫁的女子有不少于一个的心上人，原本是再正常不过的事情，何况还是杨蜻凌这种出身高贵，美丽迷人的姑娘！如果他不是出于妒忌而离开善阐府，导致杨蜻凌为了报复他而主动提出嫁到半空和寨，嫁给醒奴这个窝囊废，他和杨蜻凌就不会爱得这么辛苦。

如果他不是在杨蜻凌嫁到半空和寨又感到后悔，不惜放下架子去寻找杨蜻凌，然后以杨蜻凌堂兄的身份留在她的身边，他今天或许就不会死。

如果……太多的如果，偏偏这天地之间从来没有"如果"。

他并不后悔自己要死了，有杨蜻凌的泪水陪伴着他，他很知足。他后悔的是从一开始自己就没有真正原谅过杨蜻凌所选择的生活方式，直到此刻他即将离去，才心甘情愿地接受了杨蜻凌的一切，接受了最真实又野性、热情的杨蜻凌。

"蜻凌。"他无力地轻唤着杨蜻凌的名字，他有一句要紧的话对杨蜻凌说。

"平哥，平哥。"

"蜻凌，凌妹，听我说。"

"我在听，平哥。"

"如果有来生，我会原谅你。"

"平哥。"

"只要你爱我就足够了。"

"是的，我爱你，只爱你！除了你，我从来没有爱过任何人。是我不好，我不该朝三暮四，不该嫁给醒奴，不该伤害你。"

"没关系，真的没关系。那就是你，那就是你啊，最真实的你。只可惜，我明白得太晚了。"

"平哥，对不起，是我害了你。"

高平无力地摇摇头，温柔地轻拂着杨蜻凌脸上散乱的发丝。他要走了，走以前，他要将眼前这张流泪的脸深深地刻在心底。

"凌妹。"

"平哥，你还有什么话要对我说？"

"我死后，不用管我，赶快回到善阐城去吧，半空和寨的人不会放过你，醒奴他也不会放过你。"

"不，我不会回去了。没有你，回到那里又能怎么样呢？"

"别这样。听话，回去……"高平的声息渐渐变得微弱。这时，他听到罗凤大叫了一声"铁桩"，随后放声痛哭起来。

罗凤的哭声直刺他的胸膛。然而，比这凄惨的哭声更让他的整个身心都禁不住为之一颤的，是另一个人的声音。

醒奴的声音！

"放开他！"

醒奴的手里提着一根木棒，他将棒子戳在地上，怒视着杨蜻凌。

"放开他！"

他重复着这句话，音量不高，像一只野兽在低啸，低低的声音里却充满了被伤害、被侮辱的压抑。

没有人注意到醒奴是什么时候来的，想必他听到了自己与杨蜻凌的对话。高平努力凝聚着心神，想。

"放开他！"醒奴第三次说，这一次，他的咆哮声足以震落天上的云。

杨蜻凌连头也没抬。

醒奴扬起了木棒。

"等等。"高平突然说。

"闭嘴！你给我闭嘴！"醒奴几近疯狂。

"凌妹，走吧。"高平断断续续地说。醒奴已经疯了，他不能眼看着醒奴伤害杨蜻凌，他得设法阻止。

可是……

"不，平哥。"

"凌妹，听……我……说……"他的话没有说完，头慢慢地歪向一侧。

杨蜻凌将高平的身体更紧地抱在怀中，将脸贴在他的脸上。

醒奴手里高举着木棒，却迟迟没有落下来。

许久，许久，杨蜻凌终于抬头看了醒奴一眼。奇怪的是，她的眼睛里早已没有一滴眼泪，她的嘴角甚至含着一丝微笑。

醒奴看着她，她也看着醒奴。

"杨蜻凌。"

"住嘴！"蜻凌平静地回道。

"杨蜻凌，我可以放过你。"

"你怎么会来？"

"这些日子，你一直与他在一起，你做的事瞒不过我。今天晚上，我跟你们到了那个山洞，亲眼看到你们带走了罗凤，我便跟在后面来了。"

"你想救罗凤？"

"没有。她的生死与我无关，我只想杀高平。苍天有眼，让那个黑大汉帮我杀了他！"

"你以为他死了？"

醒奴一愣，"你说什么？"

"你给我听清楚，从此以后，不许你叫我的名字。平哥没有死，只要我没死，平哥就不会死。你这条肮脏的、被阉掉的公狗！"

"你说什么？"

"滚开！离我，离平哥远一些！越远越好！你不走？难道，你想看看我是怎么爱平哥的吗？好，你看着。"杨蜻凌开始亲吻高平，眼睛仍看着醒奴。

全身的血液似乎在一瞬间涌入醒奴的脑中、眼中，他高高举起木棒，用尽力气向杨蜻凌的头顶砸去……

拾贰

木棒落到杨蜻凌头顶的瞬间，他看到杨蜻凌在对他笑。是那种胜利者的笑容，是刻骨铭心的轻蔑。

啪！一声钝响，似乎还有闷闷的爆裂声。

啊！一声尖叫，是罗凤惊恐的尖叫。

鲜血溅了醒奴一身，杨蜻凌倒在高平的身上。

醒奴俯视着杨蜻凌。杨蜻凌溅满鲜血的半张脸上只留下笑容，这笑容似乎是对他最后的嘲弄。他并不生气，愤怒在死亡面前已悄然退却，他只是悲怆地苦笑了一下，将杨蜻凌从高平的身上拖开了。他抱起杨蜻凌，将她放在马车里，然后，他又将高平的尸体放进马车里。驾车的两匹马已经遍体鳞伤，倒地不起，醒奴不用它们，他将马车套在自己带来的马上。

他做这一切，用了很长时间。做完了这件事，他坐下来，将头埋在自己的双膝之间。

没人知道他在想些什么，他似乎很累，身体也在颤抖。

许久，他站起身，环顾四周。四周，是死一般的肃杀与寂静。

这时，他看到了罗凤，罗凤一动不动地倒在铁桩的身边。他有些迟钝地思索：难道，她也死了吗？

醒奴拎着木棒，蹒跚着走到罗凤面前。

罗凤倒在地上，却并没有昏死过去，只是由于惊恐而紧紧闭住了眼睛。当她小心翼翼地重新睁开双眼时，看到醒奴正向她俯下身子。

她不觉倒吸了一口冷气。

用这样一种凶恶的方式杀了自己的妻子，罗凤原以为醒奴一定处于疯狂状态，以为那双贯血的瞳仁里一定闪射着迷乱的光芒。奇怪的是，罗凤并没有从他的眼中看到这样的光芒，醒奴的眼睛是红色的不假，神态却是安详的。他甚至向罗凤露出笑容，只是这笑容比杀气更令罗凤不寒而栗。

罗凤不敢说话。她不知道醒奴要干什么，更怕她一句不小心的话会让那根粗粗的棒子落在她的头上。她不想死，她要活着。如果她死了，她就永远永远见不到殿下了，所以，她一定要活着，活着回到摩些城寨。

醒奴蹲下身来，眼睛望着罗凤的脸，"你怕吗？"他居然这样问。

罗凤不敢不回答，仓皇中向醒奴点了点头。

"你别怕，我不会杀你的。"醒奴温和地说。听说他不会杀了自己，罗凤悬着的心稍稍放下了。

这个男人，想必是杀妻之后脑子出了问题，否则，这会儿的他怎么一点儿不像她在半空和寨中不止一次见过的、若百合那位性格窝囊又带着几分蠢相的二哥？

"你能把我放开吗？"片刻，她试探地问。

"可以。"

醒奴真的用匕首割开了罗凤身上的绑绳。罗凤活动了一下手脚，随即跪在铁桩的面前。她从地上抱起铁桩，将他的头紧紧抱在自己的怀中。她的泪水一滴一滴滴落在铁桩冰冷的脸颊上，"铁桩，铁桩，对不起。都是我害了你！"她自责，满怀悔恨。自责与悔恨，是她此刻最强烈的感受。

醒奴静静地看着她。罗凤哭了很久，醒奴也静静地看了她很久。罗凤停止哭泣时，他问，口气幽幽地："这个铁桩是你什么人？"

"他是我的朋友。"

"什么样的朋友？像他们一样吗？"

罗凤知道，他说的"他们"是指高平和杨蜻凌。一种愤怒的感觉像蛇爬过一样，令她全身抽紧。"你给我住口！你这浑蛋，你没资格污辱我的朋友！"罗凤向醒奴怒吼。她绝对不能容忍醒奴用这种方式侮辱死去的铁桩，至于这样疾言厉色会不会激怒醒奴，她已经不在乎了。

令她意外的是，醒奴并没有生气，"知道了。我相信你，你是个好女孩。"

罗凤惊讶地望着他。这个人，真的是她认识的醒奴，若百合的二哥吗？

"你要我帮你把你的朋友和他的马埋葬了吗？"醒奴将手放在铁桩的额头上，用疲惫的口吻怜恤地问。

罗凤低头注视着铁桩苍白的遗容。是啊，即使醒奴不主动提出要帮她，她也绝不能将铁桩和乌骓驹弃于野外不顾。大理国中，乌蛮诸部盛行火葬，白蛮诸部则盛行土葬。盛行土葬与白蛮诸部受汉文化影响有关，铁桩是汉人，罗凤觉得土葬对他更为合适。再说，将铁桩和乌骓驹就地掩埋只是权宜之计，等她回到摩些城寨，她一定会让参将铁桩和乌骓驹的尸骨都移回寨中安葬。

醒奴不等罗凤回话，站起身来，四下张望寻找着合适的地点。他的一切举动都像是一个失去灵魂的人，罗凤却顾不得那么多了，就算醒奴现在已经变成了鬼，她也需要他助她一臂之力。

醒奴发现不远处靠近山洞的地方有一处坑洼，恰好可做墓穴，他建议罗凤将铁桩和乌骓驹葬在此处，再做个标记，日后如若迁葬也好找到他们。罗凤心内伤痛，没有主意，无论醒奴说什么，她全都同意。

虽然两个人说的是醒奴帮罗凤，实际上却是罗凤帮着醒奴，他们颇费了一些脑筋和力气，才终于将醒奴和乌骓驹完好无损地放入坑池之中。接着，他俩又把五个寨兵的尸首殓在一处，用松树枝盖了。做完这件事，罗凤如同虚脱一般，软软地瘫在一旁，再也动弹不得。

醒奴的身上却似有着用不完的力气，他要填坟，罗凤只能眼睁睁地看着他用碎石块将坑洼填平。

填过坟，醒奴又找来一块圆木片竖在墓穴之上，他问罗凤要写什么字，罗凤说不知道，醒奴便在木片上刻上了"义士与义马之墓"这七个字。醒奴刻字的时候，罗凤就坐在旁边默默地看着他。醒奴将刻好的木片重新插入坟茔，罗凤问他："你把高平、杨蜻凌的尸体放进马车里，你要带他们去哪里？"

醒奴的脸色微微变了，他扭头盯着罗凤的脸，目光如剑，好似一个梦游中的人突然被惊醒一样。

罗凤被他的目光震慑住了，好一会儿才嗫嚅着问："你怎么了？你从哪里来的？你真的是若百合的二哥吗？"

醒奴的脸色缓和了一些，淡淡地说道："前两个问题我没心情回答你。最后一个问题，如果我不是若百合的二哥，这会儿你已经是个死人了。"

"可你……"

"你想说什么？"

"你为什么要救我？"

"我刚刚说过了，我不是要救你，你的生死与我无关。我来到这里，只是想杀掉这对狗男女。"

"可……"

"哪来那么多'可'！你到底想说什么？"

"你对我这么好，是因为若百合吗？"

"是的。我只有若百合一个妹妹，她的朋友我不会伤害的。"

"我真羡慕若百合，她有两个这么疼爱她的哥哥。"

醒奴认真地看了罗凤一眼，他知道，罗凤的这句话是发自肺腑的。这个女孩，的确纯得如同山间的风一样。

"好啦，我回答了你这么多问题，对你也算仁至义尽了。一会儿，我也要离开这里，我想问问，你有什么打算？"

"我……我要回家。"

"好吧。"

"你真的肯放我回家？"

"不放你回家，难道，我还带着你浪迹天涯不成？"

"可你呢？你该怎么办？"

"管好你自己吧。"醒奴说完，提着木棒走到一棵松树旁，脱掉了染血的外袍，甩在松枝之上。

罗凤看着他肌肉隆起的后背，心头又是一阵惊悚。

罗凤回到了摩些城寨。

爹、娘看到她时喜极而泣，但他们很快发现，女儿这次回来，有了一些不同寻常的改变，至于是什么，他们一时也说不清。

阿良酋长派人将女儿回来的消息通报给忽必烈大王。从父亲口中罗凤得知，蒙古中路军已拔除四郡中的三郡，待攻下最后一郡，中路军将与其他两路大军会合，向位于太和城七十里处的龙首关挺近。

罗凤回来的前两天，阿挪已先行回到摩些城寨。听说罗凤尚未回来，阿挪心急如焚，决定再回半空和寨寻找罗凤。正好忽必烈派铁桩回摩些城寨送信，送过信后铁桩急于返回战场，他们二人便同时离开了城寨。

能够想象得到，离开摩些城寨后，阿挪急于赶往半空和寨，铁桩急于返回军中，两人必定分道而行。爹、娘和阿挪不会将她在半空和寨莫名其妙失踪的消息告诉铁桩，所以，铁桩也一定不知道她正处于危险之中。

铁桩和乌骓驹往龙首关方向而去，正好经过杨蜻凌和高平押送她的山路，灵性的乌骓驹首先感受到她的气息，救主心切的乌骓驹与两匹拉车的马奋力撕咬起来，在争斗的颠簸中，她被甩了出去。

于是才有了后面发生的一切。

铁桩和乌骓驹救了她，她活了下来，铁桩和乌骓驹却都死了。他们死亡时的惨烈模样，让罗凤在梦中一次次哭着醒来。

数日后，阿良酋长派人去移回了铁桩和乌骓驹的尸体。

三月下旬，善阐府。

破云而出的朝阳映红了天际的云朵，善阐府的城楼上，士兵们正在换岗。一个人无意中向城楼下看了一眼，不由喊出了声："你们看，那是什么？"

人们顺着他手指的方向看去，只见城楼下停着一驾奇怪的马车。

即使从城楼也能看得出来，这辆马车已经残破不堪了，但这辆车让人感到奇怪的绝非它的破旧，而是在如此残破不堪的马车上，车篷却是崭新的，至少，车篷上用作帷幔的绒料是崭新的。

崭新的猩红色，像涂抹了鲜血一样。

有人提议下去看看，守将不敢擅做主张，他想了想，还是决定立刻将这桩奇怪的事禀报给了演习高智升。

高智升心中起疑，一边派人通知杨喜辰，一边带着数十名随从来到城楼之上。正如守将所说，这辆马车，驾车的是一匹老马，它正低着头，悠然地吃着脚下的青草，这捧新刈的青草，想必是有人特意放在那里让它吃的。

它很安静，安静得不同寻常，偶然踱踱步，也不会离开它所站的位置。

在城下尚无行人走动的黎明时分，一匹安静的老马，一辆破旧的马车，突兀地仁立于耀眼的霞光之中，自有一种无法言喻的神秘和诡异。

高智升皱紧了眉头，一时难以决定该如何处理这件事。正当他犹豫不决之时，城楼的梯子上传来有力的脚步声，高智升不用回头也知道谁来了。

"大都督，发生了什么事？"

高智升没回答，只是用手指了指城楼之下。

杨喜辰往下看了看，说道："我带人下去看看。"

"会不会是蒙古人的诡计？"

杨喜辰果决地回答："不会。蒙古三路大军正在鏖战，我想，他们的下一个目标会是龙首关，或者是龙尾关。这辆马车，必定与他们无关。"

高智升点头，"那好，我们一起下去。"

高智升、杨喜辰一前一后走下城楼，守将命人打开了城门，他们没骑马，在一行随从的簇拥下，慢慢地来到马车近前。

对于突然到来的这一群人，拉车的老马只是抬头看了他们一眼，又接着埋头吃草，显然，这群人的到来一点没有影响青草带给它的诱惑。

离马车越近，越有一股令人作呕的气味扑鼻而来，高智升的脸色已经开始发白，停下脚步。

杨喜辰亲自上前，打开了车帘。立时，所有看到车帘后状况的人都发出一声尖叫，杨喜辰也下意识地向后倒退了一步。

"怎么了？"高智升问。

大家都不回答，只是向两边散开，让他足以看清车厢内的情景。

只见车厢中，一对男女脸冲外相拥而坐，他们的脸上、脖子上、手上都已长出了点点尸斑，特别是那个女子，死状极其悲惨。

这一对青年男女，正是高智升的侄儿高平和杨喜辰的女儿杨蜻凌。虽然杨蜻凌只剩下半张脸，但高智升看到她右耳垂旁边的一块红色疤痕时，一眼便认出了她。这块疤痕，还是小时候杨蜻凌与高平玩耍时被高平弄伤留下的。

高智升看着他们，看了许久，终于忍不住呕吐起来。

呕吐完，他看了杨喜辰一眼。这一眼极其恶毒，更恶毒的是他的话：都是你女儿干的好事！

说完，他头也不回地走了。

杨喜辰站在原地，一言不发，脸色苍白如纸。

下卷·志气胸中万丈虹

或许，这一次的分别太过长久，或许，分别之后他们各自经历了太多的事情，当她与他重新聚首时，他们发现许多事情竟都在不知不觉中改变了。改变了，是误会，还是心已不在？

珍贵的九果百露酒只有两杯，她将一杯献给他，一杯留给自己。他慨叹，这酒的颜色为何很像西域的红葡萄酒？当他们饮尽杯中酒时，她静静地倒在了他的脚下……

壹

太和城丞相府。

匀康看到风尘仆仆出现在她面前的阿塔剌时简直惊呆了。阿塔剌紧走几步,将匀康拥在怀中。

匀康将脸贴在阿塔剌的胸膛,嘤嘤哭泣起来。许久,阿塔剌想起什么,急切地捧视着匀康的脸。匀康脸色憔悴不堪,但是并不带有任何病容。"你的病这么快就好了?这真是太好了。"

"啊?"匀康好像不明白他在说什么。

"告诉我,这些日子你是哪里不舒服?你到底生了什么病?"

"生病?"匀康惊讶地喃喃。

"你不是托人给我捎来家信,说你病得很重,希望能见我一面吗?"

"我,病得很重,还派人给你捎信?"

"是啊。你看,信在这里,我带来了。"阿塔剌边说边从怀中摸出一个粉色的信封,"是不是你当时病得厉害,现在病好了,就把这件事忘了?"

匀康接过信封,取出里面的信,慢慢抖开。

"信是你写给我的没错吧?你的笔迹我哪里能认不出来?"

匀康读着信,手不停地颤抖着。

"匀康,你没有事吧?"

信从匀康的手中滑落在地上,她颓然望着阿塔剌。她的眼神奇特,那里面有愤怒，有伤感，有焦灼，有担忧……或许还有别的什么，只是阿塔剌无法完全看懂。"匀康，你怎么了？"

"夫君，听我说，今天，不，就这会儿，你要赶紧离开太和城。"

"不行，你是生病才要我赶过来的，我怎么可以离开你呢？"

"你一定要走！"

"匀康，别耍小孩子脾气啦。不瞒你说，我赶了这许多天的路，现在是又累又渴，你能不能让我先喝口水啊？"阿塔剌一边说着，一边坐在梳妆台前匀康刚刚坐过的那把椅子上，他的语气虽然轻松，其实，他是真的累坏了。牵挂匀康的病情，日夜兼程地赶路，都让他筋疲力尽。

"听我说，夫君，你要走，赶快走！"匀康的语调完全变了，她喊了起来，那喊声近乎声嘶力竭，全然没有了往日的温柔。

自成婚以来，阿塔剌还是第一次看到匀康如此凶悍的样子，一时也有些蒙住了。"匀康，你到底怎么了？"

他起身，伸手去探匀康的额头，匀康却闪身避开了。"夫君，我求你了，趁他们没有来，你赶紧走吧，越快越好。"

"他们？你说谁？"

"夫君……"匀康的话被停在门外的脚步声打断了，接着，阿塔剌看到高祥、高和推开门一前一后走了进来。

"高丞相、高将军！"阿塔剌迎上一步，礼貌地向他们打了个招呼。说心里话，他从来不喜欢这兄弟二人的颐指气使、飞扬跋扈，但他真心实意地爱恋着匀康，为了匀康，他必须做到与他们相安无事。

高祥先看了女儿一眼，匀康的眼睛里只剩无奈，只剩愤怒。"贤婿，你是什么时候到的？"

"我刚进来。惦记着匀康的病，我先来了她这里。"

"是啊，我理解。你们夫妻分别有段日子了，好好聚聚吧。"

"是。请问，夫人的病好多了吧？"

阿塔剌口中的夫人，是指高祥的正室、匀康的母亲，匀康正是因为得到母亲病重的消息，才匆匆离开半空和寨，回到太和城。高祥眼也不眨地回答："没事了。谢谢贤婿惦记。"

匀康像看一个外人一样看着父亲，高祥却恍若不觉，"贤婿，这一路上还顺利吗？"他貌似关切，却别有深意地问。

"顺利。"

高和插话道："我听说，蒙古军从半空和寨撤围了？"

"是啊。半空和寨易守难攻，想必他们担心在半空和寨消耗太多兵力，围攻了一天后便撤围了。否则，我也不会这么快赶到太和城来见匀康。"

"蒙古军骁勇善战，一路攻城略地，少有失手啊。"高和话里有话地说。

阿塔剌没多想，点头表示赞同。

高祥向高和使了个眼色，"贤婿啊，你和匀康刚刚见面，一定有许多话要说，我们就不打扰你们了。待一会儿，我和高将军给你们夫妻摆酒接风。"

"谢谢高丞相。"

"自家人，何必客气？啊，哈哈。"

高祥干笑着，高和装腔作势地轻咳一声，两个人一同走了。目送着父亲和二叔离去，匀康将手交在阿塔剌的手心里，他们走到床边，并肩坐在床上。

此时的匀康，已是欲哭无泪。

她还能说些什么呢？谁让她偏偏生在高家，偏偏有这样的父亲和叔叔，偏偏有这样的至亲骨肉！

至亲骨肉，至亲骨肉！他们真的是她的至亲骨肉吗？他们在欺骗她，继而欺骗阿塔剌的时候，心里是否真的把她当作了至亲骨肉呢？直到现在，她才明白，作为白蛮诸部中实力最雄厚的阿塔剌，不过是父亲和二叔用来抵御蒙古军的一柄赫赫有名的"郁刀"而已，如果哪一天他们发现这柄郁刀卷了刃，他们会毫不犹豫地弃之不用。不，单是刀卷了刃弃之不用也还罢了，一旦他们开始怀疑这柄郁刀早晚有一天会变成别人对付他们的利器，他们在毁灭它时恐怕连眼皮都不会眨一下。

从阿塔剌被骗入太和城的那一刻，他所面临的处境想必就是如此吧？

正是因为蒙古军突然从半空和寨撤围，父亲和二叔才对阿塔剌起了疑心，为此，他们不惜用一封假书信将阿塔剌骗入太和城。就像不久前，父亲和二叔合谋，用一封假书信将她骗回太和城一样。

无论如何，她得设法让阿塔剌离开太和城，尽管她并不知道该怎么做才好，但首先，她得把真相告诉阿塔剌。

阿塔剌的手轻抚着匀康的长发，在她的额头上温柔地亲了一下，这一吻，足以表达他对她的思念。

泪水刹那间涌上了匀康的眼眶，她装作害羞的样子低下头，强自将眼中的泪水忍了回去。当她重新抬起头时，她已经能够从容面对阿塔刺。

当初，原是父亲逼迫着她嫁给阿塔刺的，可是从嫁给阿塔刺的那一天起，她便将自己的终身托付给了这个有情有义的男人。他是她的男人，此生第一个也是唯一的男人，因此，将来不管境遇如何，她都要和这个男人同命。

阿塔刺的手从匀康的头发滑向她的腹部，他真粗心，竟差一点忘了匀康肚里的孩子。不过，这也不能全怨他，他接到信，得知匀康生了重病，危在旦夕，当时脑子就乱了，生怕匀康有个好歹。这件事占据了他的整个身心，否则，他也不会忘记问候一下匀康腹中的宝贝。"小家伙好吗？乖吗？记得阿景怀孕那会儿，总会突然叫起来，说孩子踢了她一脚，又踢了她一脚。有一次，我看到她的肚皮上鼓起来一块儿，用手按下去，还真是一只小脚丫倔倔地蹬在阿景的肚皮上呢。"

阿塔刺眉飞色舞地回忆起多年前的事情，匀康勉强地笑了笑。"是哪一个呢？提奴、醒奴还是若百合？"

"当然是若百合了。这丫头的倔劲你是领教过的。"

匀康注视着阿塔刺，眼圈又是一红。

"匀康，你到底怎么了？你知道吗，阿景十分惦记你的病，一定要我来太和城看望你、照顾你。我临走前的那个晚上，和若百合好好谈了一次，若百合说，如果你再回到半空和寨，她一定会叫你一声'二娘'。"

"真的吗？"

"我怎么可能骗你！若百合就是有些担心……"

"担心什么？"

"担心岳母的病和你的病都是一个骗局。你别介意，若百合这孩子心细如发，有时难免有些过虑。但不管怎么说，她能想到这一层，说明她很关心你。"

匀康脸色惨变。

阿塔刺终于注意到她的异样。"匀康，你……"

匀康掩面而泣，"夫君，对不起，对不起。"

无须匀康再说什么，阿塔刺全明白了。片刻，他长长地叹口气，将匀康揽入怀中。

"夫君，你放心，我一定会想办法帮你逃出去。无论如何，我一定要帮你逃出去，我不会让你留在太和城成为他们的人质。"

阿塔剌苦笑了一下，什么也没说。匀康真是太天真了，既然高氏兄弟如此煞费苦心地将他骗到太和城，再想全身而退根本没有可能了。除非——

除非他死了。

五月，蒙古三路大军如期会师于龙首关。

高氏兄弟在龙首关、龙尾关置有重兵。龙首关距太和城七十里，龙尾关距太和城只有三十里，一旦两关尽失，太和城便岌岌可危了。高和已决定亲往龙尾关督战，不过此前，他必须做完一件事。

忽必烈在众将的陪同下巡视了龙首关周围的地形，这是他的习惯。回到大帐后，他请众将和幕僚们各自谈谈想法。

阿术年轻沉不住气，率先提议将刚刚会合的三路大军仍旧一分为三，由忽必烈王爷所率的中路军负责正面佯攻，东路军和西路军迂回侧后，待两部迂回成功，再由东路军负责阻截龙尾关之敌，西路军配合中路军对龙首关展开进攻。这样，一来可切断龙首、龙尾二关的守军彼此策应；二来前后夹击，龙首关必定不保。阿术的计策不失为上策，忽必烈觉得可行，征询其余众将和幕僚们的意见，他们均表示赞同，这件事便这么商定了。众人离去后，忽必烈留下了阿术。

阿术陪忽必烈走出大帐之外。

落日的余晖映照在阿术英姿勃勃的脸上，忽必烈看着他，内心颇感欣慰。经过这段时间独当一面的锻炼，阿术越发显示出他的机智与果断。忽必烈相信，只要假以时日，阿术一定能建立起不逊于其祖其父的功勋。有一点忽必烈与祖父成吉思汗十分相像，那就是他们天性爱才惜才，何况，阿术从小就在忽必烈身边长大，忽必烈钟爱阿术的才干，更信得过这个年轻人的人品。

阿术不知道忽必烈在想些什么，他想到了另外一些事情。

"王爷，臣刚刚得到确切消息，阿塔剌和他的夫人匀康已被高祥、高和软禁在了太和城，他们大概是想以此令阿塔剌的家人以及半空和寨的寨兵有所忌惮，使他们不至于在无法坚守时弃城而降。"

"噢？"

"王爷，关于这件事，您怎么看？"

忽必烈目光一闪，"你呢？你觉得这意味着什么？"

"臣以为，高氏兄弟之所以会将阿塔剌骗到太和城软禁起来，与我们突然从半空和寨撤围有关。阿塔剌虽是高祥的女婿，高氏兄弟却并不真的信任他。高氏兄弟一定以为，只要阿塔剌在他们的手上，当我们二次攻打半空和寨时，阿塔剌之子提奴就会投鼠忌器。既然有所顾忌，提奴便不至于顺应情势投向我军。相反，为了顾全父亲，提奴所能选择的只有破釜沉舟，与我军决一死战。果真如此，也就达到了高和欲借提奴的抵抗，最大限度地牵制和消耗我军的目的。高氏兄弟却不知道，他们这样做，只会陷自身于不义，加快众部酋对他们的离心离德。"

忽必烈点了点头。

是啊，狼总是狼，不能指望它吃青草。

"王爷，高祥、高和兄弟对自己的亲人都能背信弃义，冷血无情，他们这种人，留在世上只能为害一方。"

"所以，一定不能留下他们。"

"王爷说得对，待龙首、龙尾二关俱下，臣愿请命为先锋，围攻太和城，誓取高祥、高和性命。"

忽必烈略一沉吟。

"对了，王爷，公主那边有没有新消息？"

"她已回到摩些城寨，不用担心。本王与阿良酋长分别时曾有约定，每隔半月，阿良酋长会将本寨和周边的情形通报本王。"

"那么，半空和寨……"

"本王的想法，不妨先把半空和寨放一放，只派少量兵力监视即可。待攻下龙首、龙尾二关，本王与你父子二人兵分两路，本王亲自引军攻打波丽部，你父子绕路而行，直驱紫城（大理国都）。一旦攻下波丽部，本王将立刻转进半空和寨。这一次，本王一定要拿下半空和寨。"

"黑白鬼蛮三十七部只剩波丽部和半空和寨未降，除此，高氏兄弟赖以抵抗的，唯紫城、太和城和善阐府。王爷放心，臣父子一定不辱使命，誓取两城一府。"

"如此甚好。阿术，你征途劳累，先下去休息吧。"

阿术口里应着，却踌躇未行。

"你还有别的事吗？"

"是，王爷。臣想起一件事，不知是否可以……"

"你有话但讲无妨。"

"臣这次回来，没有见到铁桩，也没有见到乌骓驹，臣问了其他人，他们都说，铁桩被王爷派到摩些城寨送信，那以后再未见铁桩回营，也未听王爷说起。难道，铁桩是奉命留在了摩些城寨？或者，是他路上遇到什么事情被耽搁了？不瞒王爷，分开的这段日子，臣着实有些惦记他呢。"

忽必烈听着，脸色渐渐变得凝重起来。他几乎是下意识地避开了阿术的目光，遥望着远处黛色的山林。他知道，铁桩的事，他必须告诉阿术，可是一时间，他却不知道该对阿术说些什么。

阿术其实早有预感，他询问只是为了确证他的预感。

"难道……"

忽必烈点了点头，长叹一声。

"王爷，发生了什么事？"片刻，阿术低声问。

忽必烈理理思绪，缓慢地讲述了铁桩和乌骓驹遇难的经过。

铁桩为救大理公主慷慨赴死，阿术难过之余，也觉得铁桩不愧是忠义之士，死得其所。自然而然地，阿术的眼前重又浮现出铁桩憨厚的面孔，在朝夕相处的日子，铁桩不止一次对阿术说：来生愿做一匹马。

来生变做马，与乌骓驹一起驰骋。阿术坚信，铁桩一定能够实现这个心愿。

贰

匀康让厨房准备了一桌丰盛的酒席，她告诉丈夫，今天是她的生日，她要与丈夫好好地痛饮几杯。

短短的两个月，阿塔剌却仿佛经历了几年，几十年。

自从他被软禁于太和城，匀康将高氏兄弟为什么要将他骗到太和城的原因全都告诉了他。他当然不愿意坐以待毙，然而，自他踏入太和城的那一刻，高氏兄弟便以加强城中警戒以及保护他与匀康的安全为名，派了许多将士日夜监视他和匀康的府第，他与匀康筹划了几次，也尝试了几次，终究无法逃脱。

离不开太和城，也得不到家中的消息，阿塔剌不能不忧心如焚。他不知道现在的半空和寨到底如何了？蒙古人是否再次对半空和寨实施了围攻？儿子提奴虽然勇谋兼备，但他面对蒙古人强大的战斗力又能坚守多久？提奴是个孝子，只要他还被掌握在高氏兄弟的手中，提奴一定会背水一战，坚持到最后的时刻。但这种坚持除了将半空和寨的寨民和他的家人推进战争深渊又能换来什么？

其实，从匀康和他先后被骗回太和城，他对高祥、高和兄弟就已经彻底绝望了。他甚至后悔为了对匀康的感情和对高氏家族的一点愚忠，竟置阿良酋长的苦心相劝于不顾，执意与蒙古人为敌。而他最终为之付出的，却是一个兔未死，狗已烹，鸟未尽，弓已藏的可悲代价。

生日酒席被匀康安排在了晚上。看着匀康已然隆起的腹部，阿塔剌只能将所有的愁绪都放在心里，努力做出一副开心的样子，为他钟爱的女人庆祝一个此生恐怕也是最凄清的生日。

匀康刻意地梳了一个大理境内贵族女子不常梳的发式，将头分为三股，一股结发于顶，两股盘于耳后。乌黑的发髻之上，皆饰以洁白的珍珠，巧妙地结成日、月、星三种样式。这个发式费了匀康不少工夫，最后，她还要阿塔剌上手帮忙才终于完成，梳成后果然精致好看，将匀康细白的皮肤衬托得洁净无比。不仅如此，匀康还特意换上了一身簇新的锦绣宽袍，宽袍之上，披半身洁白细毡，宽袍之下，露出浅粉色绣鞋的鞋尖。匀康原本气质雍容华贵，配上这样一身装束，其雅、其静、其美，只能用可遇而不可求这个俗语来形容了。

匀康不知从哪里弄来了许多烛台和蜡烛，差不多近百盏，点亮了卧房的每个角落。阿塔剌也感到匀康这一次的表现极其反常，但是想到匀康父亲和叔叔的无信无义，他也没有心情多去考虑。他想，匀康这样做，或许只是希望他们今后的生活能够多一点儿光明吧。

酉时，高和派侍卫送来两壶好酒，说是为匀康祝贺生日。高和的侍卫离去后，匀康命侍女们全部退下，然后关闭房门，余下的时光，她要与她的丈夫静静地待在一起。阿塔剌亲自为匀康、为自己斟满了酒，他举杯祝福妻子和妻子肚里的孩子。匀康将杯中酒饮尽，抬眼注视着丈夫，眼中盈盈有泪。

"怎么了？"阿塔剌惊讶地问。

"对不起。"匀康的声音颤抖着，泪水滴落在酒杯里。

"为什么要说对不起？"

"是我害了你，如果你不娶我……"

阿塔剌温柔地制止匀康，"别说这样的话，无论发生了什么事情，我都不会后悔娶你为妻。来，不要再想任何不愉快的事情，现在，只有我们在一起，这是属于我们的一个晚上，我要好好地为你庆祝，好好地、开开心心地和你在一起。"

匀康拭去泪水，勉强一笑，"夫君说得对，我们真该快快乐乐地度过这难得的时光，没有别人，只有我们两个人。"

"是啊。匀康，来，别光顾着喝酒，我们多吃点儿菜。这一桌子都是我平素最喜欢的菜品，我知道你一定为此费了不少的心。"

"没什么。这些菜，都是景姐姐告诉我你爱吃的，我只需要告诉厨子照做就是了。你尝尝，有没有景姐姐给你做的味道？"

阿塔剌慢慢品尝着，脸上的表情认真，似乎他正在比对两者的味道。事实上，面对着这一桌子丰盛的菜肴，他味同嚼蜡，毫无感觉。

失去自由的滋味，原来就是失去感觉。对一切都失去感觉，只剩下思念，思念他至亲至近的人。思念他的夫人，他的两个儿子，他心爱的女儿。

"夫君，你一定很想念景姐姐和孩子们吧？"匀康温柔地问。

"是啊，很想。孩子们，还有阿景。阿景是个好女人，贤惠、善良、大度，她为我生养了三个孩子，帮我打理部族中的事务，一切为我着想，我却……"阿塔剌的声音有点儿发涩，说不下去了。

"对不起，都是我害了你，害了你们全家。"

"你别这么说，你知道我不是在埋怨你。"

"不，夫君，我对你、对景姐姐、对孩子们觉得愧疚是发自肺腑的。其实，如果没有我，没有遇到我，此时的你，一定正与景姐姐和孩子们快乐地相守在一起，就算有蒙古人大军压境，你也一定能够找到解决的办法，而不必像现在这样如同一只老虎被人关进牢笼之中，除了担忧就只有束手无策。我真的希望自己从来不曾降生过，或者，永远不要降生在这样的家庭。"

"匀康，不要说这样的话，请你永远不要再说这样的话。其实，我又怎么会后悔娶你为妻？我一时一刻也不会有这样的后悔。和你在一起的时光是我一生中最快乐的时光，你的爱让我重新焕发了激情和活力。现在，你的肚子里又怀了我们的孩子，我真的感到很快乐，很幸福。我惦记阿景，惦记孩子们是因为……"

"我明白，夫君，我全都明白。我只是，只是，也在想念着景姐姐。她对我那么好，那么关心，在与她见面之前我从来不敢有所奢望，她却宽容地接受了我，从始至终没有一句怨言。我真的好想回到半空和寨，永远与你，与景姐姐，与孩子们待在一起。那样的时光对我来说仿佛置身于天堂，如果还能过上那样的生活，哪怕只有一天，我也死而无憾了。"

"别担心，匀康，相信我，我们一定会回去的，我会让我们的孩子出生在半空和寨。等你分娩的时候，我就把你托付给阿景，阿景生过三个孩子，她对照料产妇有经验，有我守在你的身边，有阿景守在你的身边，你什么都不用担心。"

"是的，我不会担心，有你和景姐姐守在我的身边，我又怎会担忧害怕呢？我们的孩子……夫君，你希望我们的孩子是个男孩还是女孩？"

"我有两个儿子了，只有一个女儿，我希望再生一个女儿。"

"是吗？夫君和我的想法一样。我也希望我肚里的孩子是个女儿，而且，我希望我们的女儿长着一双像若百合一样美丽的眼睛。"

"会的，你一定会如愿的。时间过得真快呀，像在梦中一样，一晃，若百合不仅长成了大姑娘，还有了自己的心上人。"

"真的吗？"匀康的语气里稍稍透出一些兴奋，"是谁，我认识吗？"

"你没有见过他，他是摩些山寨的人，名叫阿挪。他不大像是我们大理这边的男人……怎么说呢？感觉不像，又具体说不出来哪里不像。若百合对他很用心，以前，她对任何人都没有这么用心过。"

"夫君你呢？你是否也喜欢这个阿挪？"

"喜欢，同时也担心。"

"为什么？"

"阿挪是个非常有才华的人，甚至给人一种无所不能的感觉。你知道吗？他居然精通医术，药到病除，治好了容儿的病。他只用了一天的时间就制作了一个沙漏，若百合让我和阿景放在中庭，没想到经他制作的沙漏，既精巧，又准确。他给若百合做了一个风筝，在第二天的风筝节上，他做的风筝飞得又高又稳，好像要飞入云端，让所有的人都称羡不已。不仅如此，他还能预测天气的变化，几乎说得分毫不差，这点更令人叹服。说真的，以前，我还从来没有见过哪个人像他一样心灵手巧，并且像他一样懂得许多我们不很明白的道理。"

"这不是很好吗？"

"问题在于，他对另一个女孩的关注，更胜过对若百合的用心。"

"另一个女孩，是谁？"

"摩些城寨阿良酋长的女儿，叫罗凤。小的时候我见过她一次，后来再没有见过。没想到几年没见，她也长成了亭亭玉立的少女，还长得和若百合一样可爱，一样漂亮。"

"那么，你没有跟若百合谈过这个问题吗？"

"谈过。若百合说她知道，这一次，罗凤送她回半空和寨，就是为了让阿挪也随后赶来。罗凤已经答应她了，要劝阿挪与她在一处。即使阿挪不同意，她也不会灰心，她会等，她有足够的耐心等到阿挪真心实意地爱上她，反正除了阿挪，她谁也不嫁。若百合这孩子的固执，你是领教过的。作为父亲，我不能干涉她的感情，只能企求本主神保佑我的女儿心想事成。"

"你别担心。若百合是个好孩子，本主神会保佑她的。"

"瞧瞧，我们真是越说越远了。今天是你的生日，来，我们再倒杯酒。两壶酒，一壶女儿红，这一壶又是什么酒？"阿塔剌将酒壶拿在鼻子前闻了闻，"好醇香啊！是什么酒呢？好像以前没有喝过。"

匀康的脸色在瞬间变得苍白如纸，她恍惚地盯着阿塔剌的手。

"匀康，这酒……你怎么了？"

匀康摇了摇头，虽然决心已定，她的心头仍似乎在向外渗血。

"咱们喝这个？"

"等一会儿，夫君。"

"哦？"

"我想等一会儿，等一会儿。亥时，是我出生的时辰，等到亥时，我们再来喝这一壶'蓝桥风月'。"

"原来这就是宋廷上回派人送来的蓝桥风月？难怪酒味如此醇厚！好，听你的，我们等等，再等等。"

"夫君，我给你唱支歌吧。"

"好，你唱。我来伴奏。"阿塔剌将杯、碗、碟、壶在面前摆了一排，用筷子试敲了几下，这些青瓷器皿在敲击下发出了好听的声响。

"还不错。唱吧，匀康我跟着你的调来伴奏。"

"好。"

匀康深情地注视着阿塔剌，轻启朱唇，唱起了一首阿塔剌熟悉的歌。以前，她是从来不唱歌的，阿塔剌没想到，她的嗓音竟是如此甜美。

> 半空和寨的姑娘像鲜花朵朵，
> 你知道最美的是哪一个？
> 嘿哟嘿……
> 看天上的星星，
> 我就知道是若百合。
> 最美的若百合，
> 眼睛像星空一样在闪烁。

她竟然会唱这支在半空和寨甚至在整个大理都广为流传的《若百合的眼睛》！还唱得如此动听、如此扣人心弦。阿塔剌一边击打着瓷器，一边情不自禁地随着她一起哼唱起来。

是的，这支歌，也许不该由做父母的人来唱。可是这一切又有什么关系呢？唱歌只是为了使人快乐，阿塔剌珍惜匀康带给他的快乐。

> 半空和寨的姑娘像鲜花朵朵，
> 你知道最美的是哪一个？
> 嘿哟嘿……
> 看山间的五佛泉，
> 我就知道是若百合。
> 最美的若百合，
> 眼波比五佛泉还要清澈。
> 唉，哪个嘞若是被她看上一眼耶，
> 哪个嘞就会从天上的银河掉到泉水里耶，
> 被呛得不停地咳嗽。

唱完最后几句，阿塔剌笑了，眼圈却慢慢地红了。他与匀康久久凝视着对方，他们知道，这一刻，他们在彼此的眼中，更在彼此的心中。

"匀康，谢谢你。"阿塔剌真诚地说。

匀康羞涩地一笑，"第一次唱歌，我真怕我唱得不好。"

"你唱得很好，唱到了我的心里。"

"是词好，曲好。记得在半空和寨第一次听到，我就被它的旋律深深地打动了。"

"所以你悄悄学会了它？"

"是的。"

阿塔剌想说什么，却没有说出来，他微微一笑，从对面探过一只胳膊，用力地握了一下匀康的手。

匀康的手很凉，像在冰水里冻过一样。

"匀康，过来坐在我身边。"

匀康顺从地走过来，她正想坐下来，阿塔剌却拉了她一下，让她坐在自己的膝头，他将手轻轻放在匀康的腹部。

"匀康……"

"夫君，到亥时了吗？"

"嗯。我想，是时候了。"

匀康取过酒壶，"让我来斟酒。"

阿塔剌看着匀康，看着她的手在颤抖，看着酒液洒出杯外，却如同什么也没有看见。匀康放下酒壶，将一杯酒递给他，一杯酒擎在手中。

阿塔剌向匀康举了举酒杯，"蓝桥风月，多么好听的名字。为夫敬你！喝完酒，我们还要向本主神许个愿，请求本主神赐福给你。"

"本主神已经赐福给我了，他把你赐给了我，可是，我却拖累了你。"

"匀康，我说了，不许你再说这样的话，与你在一起，我是幸福的。也许我们暂时不能离开这里，但我不在乎，一点儿都不在乎。"

匀康强忍着泪水，将杯中酒倾入口中，她的手一直都在颤抖，几乎抓不稳酒杯。阿塔剌也将杯中酒喝尽了，他放下酒杯时看到匀康的脸上浮上一抹红晕。

"这酒，的确很甘醇。我要再来一杯。"

泪水终于顺着匀康的面颊滚落下来，她轻轻地说道："对不起，夫君。对不起，这酒里，酒里……"

"有毒。"阿塔剌平静地接过她的话头。

匀康浑身一震，"你……"

"我早料到，你爹和你二叔是不会放过我的，这都是我阿塔剌忠于恶人的下场。如今，蒙古人几乎攻下了黑、白、鬼蛮三十七部中所有不肯归降的部落，却唯独对半空和寨避而不打，这正好为你当丞相的爹和当将军的二叔对我的怀疑提供了佐证。一个受到他们怀疑的人，岂是仅仅遭到囚禁就能让他们放下心来？我只是万万没想到，他们会选择你来做这件事，他们竟连他们的至亲骨肉都不肯放过，连一个未出世的小生命都不肯放过。所谓人面兽心，说的就是他们这种人吧。"

"夫君……"

"别哭，匀康。你原不该陪着我，你应该为我们的孩子活下去。你太傻了，太痴了。我真的不明白，你怎么会是高祥的女儿？"

"夫君……"

"匀康，命运对你如此不公，却对我如此垂青，在最后的时刻有你相陪，我知足了。我只是遗憾你……"

"不要再说了，不要再说了！我没什么，真的没什么，其实能够这样，对我来说已经是最好的结局。我生是夫君你的人，死是夫君你的鬼，与你共赴黄泉，我无怨无悔。来生，不想再做高家的女儿，但我真的希望，来生还能做你的女人。"一阵剧烈的腹痛使匀康的脸色骤变，她知道，要来的正在到来，她用事先准备好的丝绢轻轻捂在嘴上，鲜血在瞬间染红了丝绢。她侧过头，抬起温柔的杏仁眼，无限留恋地向阿塔剌微然一笑，随后，头慢慢地垂向阿塔剌的臂膀。

阿塔剌的脸因为痛苦抽搐了一下，随后，他抱起匀康，步履沉重地走向卧室中那张挂着红色帐幔的雕花木床……

清晨，高西从外地赶回，兴冲冲地来看望姐姐和姐夫。他给姐姐带了一件生日礼物，是一只色如羊脂的玉船。为了得到这只玉船，他花光了身上所有的银两。

匀康的侍女全在卧房门外等候，她们这个样子站了差不多有两个时辰了。可是，没有匀康的传唤，她们不敢贸然进去。她们奇怪，昨晚生日，是不是小姐和姑爷喝多了，否则，这个时候他们早该醒了。

看到高西，她们向他笑了笑，用手指指卧房之内。

高匀康和高西是一母同胞，姐弟二人的外貌虽然没有一点相似之处，高匀康却十分疼爱自己这个唯一的胞弟。

高西懂得侍女的暗示，压低声音问道："我姐姐和姐夫还没起床吗？"

匀康的贴身侍女压低声音回道："我们也不清楚。"她想了想，又满心狐疑地加了一句："往常不应该呀……"

高西捧着玉船，在门外唤了一声，"姐姐，姐夫。"

没有人回答，卧房内一片沉寂。

"姐姐，姐夫，我是高西。"高西提高了嗓门。

回答他的，仍是奇怪的沉寂。

刹那间，一种冰冷的感觉袭上了高西的心头，他的脸色变得难看起来。

怎么回事？姐姐睡觉一向很警醒，按理说，她是不会睡得这么沉的。

"小姐，姑爷，少爷来看你们了。"那位贴身侍女也帮着高西通报，她将音量提得很高，声音却在微微颤动。

仍旧无人应答。

高西再也顾不得许多，伸手推门，门没有上锁，一下便开了。一副四扇的湖丝屏风将卧室一分为二，屏风之外的桌上摆着昨晚的酒席，屏风之内，便是一张高匀康新婚时高西特意托人为姐姐打造的雕花木床。

床前红幔垂挂，将里面遮得严严实实。

高西一把掀开红幔。

不知过了多久，玉船从他的手中滑在地上，摔得粉碎。

叁

高和亲自到龙首、龙尾二关督战也无法阻挡蒙古大军的锋芒。龙首关三日而下，龙尾关四日而下，高和带领残兵败将被迫退回太和城。

龙尾关既下，蒙古大军兵分两路，由兀良合台、阿术父子引军攻打紫城，忽必烈自率中路军攻打白蛮波丽部。

忽必烈率领大军来到波丽部时，情势发生了变化，波丽部酉长细嵯甫请降。忽必烈兵不血刃拿下波丽部，安抚了细嵯甫后，立刻挥师攻打半空和寨。其时，提奴尚且不知父亲的死讯，做好了抵抗的准备。

如前次阿术攻打半空和寨时一般，蒙古军队几次对半空和寨发起进攻，均被提奴引军击退。

忽必烈不想在半空和寨做太多无谓的牺牲，一边遣使入城，将高氏兄弟害死阿塔剌酋长的情况告之提奴，劝说提奴献城投降，一边派出小分队四处侦察地形，寻找半空和寨的突破口。

提奴对父亲的死讯将信将疑，他没有把这件事告诉母亲景夫人和妹妹若百合，只是撵走使者，命令全军严阵以待。

第二天，蒙古军队没有向半空和寨发起攻击。

第三天，第四天同样如此。提奴猜不出忽必烈在搞什么名堂，心中狐疑，十分不安。

第五天凌晨，看守水道的寨兵败回寨中，他们带给提奴一个最让他担心的消息：忽必烈数日不战，却在暗中派人抢占了半空和寨的汲水水道。

原来，半空和寨寨中无井，全靠从山中汲水以供应日常所需，因此，无论官府还是百姓家中均无多少存水。忽必烈派出人马侦察，侦知此情，当即定下一计，令燕真率领五百名武艺高强的侍卫黉夜上山，一举夺得水道。

转眼，蒙古军切断寨中汲水水道已有数日，尽管提奴严令节水，断水的恐慌仍在城寨弥漫开来。提奴数次派兵，意图夺回水道，均被燕真引军击溃，而半空和寨因此损失的兵力，比之蒙古军围攻城寨时损失的兵力还要多出几倍。

半个月后，城寨中全面断水，要求投降的呼声从无到有，日渐高涨。提奴愁肠百结，束手无策。

景夫人为十万寨民计，忍痛劝说儿子献城投降。提奴犹豫着不肯同意。父亲阿塔剌还在高氏兄弟的手中，如果他献城投降，就等于是他亲手将父亲逼上绝路，倘若父亲因他而被难，他将永生永世无法原谅自己。

若百合与大哥站在一边，也不赞同投降。事实上，她很后悔，她所后悔的并不是她怀疑阿挪或罗凤之一可能将这个致命的秘密透露给了蒙古军队，她很清楚，即使这两个人守口如瓶，蒙古军队在围攻半空和寨时也早晚会发现这个秘密。她后悔的是不肯听从大哥的劝告，暂且放下她的爱情，早点回到父亲身边。她更加后悔的是，她回到半空和寨后，仍然使小性跟父亲赌气，以至于父亲离开半空和寨时心里还怀有遗憾。如果老天能赐给她机会，她一定会叫匀康一声"二娘"，她会当面对父亲说，她真诚地祝愿父亲与二娘恩爱白头。

只可惜她醒悟得太晚，老天再不会给她这样的机会。短短的几个月中，她的身边发生了太多的事情，先是二娘匀康被骗回太和城，接着罗凤、二嫂、二哥相继失踪，再后来，父亲也被骗回太和城，遭到高氏兄弟的囚禁。所有这一切都发生得太突然，让她丝毫没有心理准备。如今，也不知道父亲到底如何了，在没有得到父亲的消息前，他们绝对不能投降。

若百合尚且不知道，半个月前，也就是蒙古军攻克龙尾关，迫降白蛮波丽部，突然回师围攻半空和寨之际，景夫人曾暗中派出心腹家奴阿空前往太和城探听丈夫和匀康的消息，算时间，阿空也应该就在这几日返回城寨了。虽然蒙古军队将半空和寨围了个水泄不通，但阿空身怀绝技，尤擅徒手攀岩，灵如猿猴，行走山路如履平地，景夫人相信他一定有办法回到寨中。目前的状况是，因儿子提奴、女儿若百合执意不肯投降，半空和寨所面临的局势日益艰危，越是如此，景夫人越是急于知道丈夫的确切消息，从而早做打算。

寨中全面断水的第三个夜晚，为夺回水道，提奴决定利用地形熟识，趁夜偷袭看守水道的蒙古军。

这一次，提奴不惜血本，几乎派出了山寨中全部最精锐的力量，他很清楚，如果这最后一次的努力再告失败，他只能接受母亲的劝告，向蒙古军投降。

若百合悄悄地跟在军中，提奴没有看到她，也没想到她会跟来。

正式的攻击开始后，提奴率领军队一度攻占了水道，蒙古军不敌而退。然而，极度缺水的寨兵们面对眼前汩汩流动的泉水，再也无法抵抗其诱惑，蜂拥而上，抢饮甘泉。拥挤中，竟有一些寨兵被挤下了水道，落入山涧。提奴无法阻止，正在心焦，蓦见燕真引军杀回。

蒙古军真是去得快，来得更快，显然一切早有筹算。与之相反，半空和寨的寨兵只顾拥在水道旁抢水喝，随身兵器扔得到处都是，眼看着蒙古军退而复返，仓促间根本来不及整军迎战。

提奴情知中计，仅带少数残兵败将拼死杀出重围，余者，非被蒙古军剿灭，便跪地投降了。

夺回水道的最后一线希望破灭了，而比这还要糟糕的是，直到败回城寨，提奴方才得知妹妹偷偷随他出城，却没有像他一样逃回。提奴比任何人都明白，城寨之破已成定局，万般无奈下，不得不接受母亲景夫人的劝告，决定投降。

天明时，提奴提笔修书一封，派二十名使者进入蒙古军营，将信交与忽必烈大王。信中，提奴请求忽必烈大王给他两天时间，允许他安排投降诸事，信的末尾，提奴向忽必烈大王询问妹妹的下落。

蒙古将领中有一部分人担心提奴在耍花招，不同意给他两天时间，请求乘胜攻打城寨。忽必烈耐心地说服了这些将领，痛快地答应了提奴提出的宽限两天的条件。至于若百合，忽必烈并没有见到她，他告诉使者，他将派人在俘房中细细查找，一有消息，无论好坏，他都会及时派人告知提奴。这且不论，最令使者为之震惊也为之感动的是，忽必烈虽然未将水道还给半空和寨的寨民，却命人备水百余桶，命使者带回寨中，以供寨中军民两天的饮水之用。

水到城寨，提奴心存疑虑，取水饮马，看到马匹皆安然无恙，他才终于相信了忽必烈的诚意。

天地之大，无过于人之胸怀。他想，这句耳熟能详的名言说的或许就是忽必烈这样的人吧？

辞别半空和寨使者，忽必烈命燕真从速查找若百合的下落。不出他预料，半个时辰后，燕真将女扮男装混于俘房中的若百合带回了他的军帐。

若百合并非像其他俘房一样，是主动放下武器的，事实上，她手臂受伤后仍在顽抗，最后，蒙古将士不得不将她强行按倒在地，然后将她五花大绑地投入俘房营中。若百合被带到忽必烈的军帐时拒不下跪，忽必烈也不勉强，示意燕真取短刃过来，他走下座位，亲自为若百合松绑。

若百合个人对忽必烈原无任何成见，相反，因为罗凤的关系，她一直觉得忽必烈是个很有魅力的男人。但现在他是她的敌人，她不能允许自己忘记这一点。

为若百合松了绑绳，忽必烈要若百合坐下说话。若百合不肯，忽必烈也不勉强，自己回到座位上，若百合的目光默默地追随着他的举动。

忽必烈示意燕真和众侍卫退到帐外，他开门见山地问道："若百合，你知道你父亲在太和城的情况吗？"

若百合心头一震，望着忽必烈，不由自主地摇了摇头。

"一点都不知道？你大哥没有告诉你吗？"

若百合仍然摇头。

这个提奴！

忽必烈暗想，悲悯地叹了口气。

"难道，你知道我父亲的消息？"若百合虽然不想问，却还是忍不住问了，毕竟这是她心中最为牵挂的事情。

忽必烈回答："是的，我知道。"

"我父亲，他……怎么样了？"

"唔，他已经……"忽必烈欲言又止。

这样当面告诉若百合她父亲的死讯，忽必烈真还有些说不出口。

"我父亲到底怎么了？"若百合失声追问，脸色已经变得很难看。

忽必烈不得不说了："数日前我接到军中细作的回报，他和他的夫人匀康，已被……被高祥、高和兄弟下毒毒死。"

若百合的头嗡嗡作响，脸色变得惨白。许久，她喃喃出声："不！"

"不！"这一声却是充满了凄厉和绝望。"不！这绝不可能！你在骗我！告诉我，你是在骗我对吗？"

忽必烈无言以对。

若百合拼命想从忽必烈的眼睛中找到她希望的答案，但忽必烈宽厚的面庞、慈爱的眼神都告诉她，他说的是真的。

他这样的人，一言九鼎，绝对不会撒谎。

可是……不！不！怎么会这样？怎么会这样？她不相信，不相信！

若百合扑跪于地，痛哭失声，长长的黑发披散下来，遮住了她的面颊。忽必烈怜惜地望着她，任凭她哭出自己最深刻的悲伤。若百合是一个像罗凤一样可爱的女孩，他希望自己不要伤害到她。

良久，忽必烈走下座位，蹲在若百合的面前，轻轻地握住了她的手。若百合不由自主地哭倒在忽必烈的怀中。

这个温暖的怀抱并不属于她，可是此时此刻只有这个温暖的怀抱还能给她带来一些安慰。她很清楚忽必烈是个怎样的人，因此她知道忽必烈告诉她的都是真的。可是，这种事实是她无论如何不肯接受的。

不，她不能接受，永远不能接受！

父亲怎么会死？高匀康怎么会死？她和父亲说好了呀，只要父亲带着高匀康回到半空和寨，她一定会叫高匀康一声"二娘"，这是父亲最大的愿望，父亲怎么可以带着这个遗憾离她而去？

忽必烈一句话不说，直到若百合哭累了，才用力将她扶了起来。他看着若百合的眼睛，温和地劝慰道："若百合，人死不能复生，你要节哀。"

若百合满脸都是泪，肩头仍在不停地抽动。

"若百合，刚才你大哥派人送信来，打听你的消息。现在，既然找到了你，我想立刻派人送你回去。"

若百合惊奇地望着忽必烈。好一会儿，她终于能说出话来了，可是因为抽咽，她的声音听起来含混不清，"真的吗？你要放我回去？"

"你不相信？"

"可是……为什么？"她疑惑地问。

"傻孩子，我扣着你一个小丫头片子做什么？你回去吧，你娘和你哥一定都在惦记着你。还有，你大哥已经答应投降了，我给了他两天的时间准备。两天后，我在军营等他，等你们。"

"你是说，你给了我大哥两天时间？"

"对。"

"你不担心我们变卦吗？"

"不担心，我相信提奴。"

"你……相信我大哥？"

"是啊。"

"因为水道掌握在你的手中？"

"不，因为提奴是条汉子。我和他交过手，我了解他。"

"你这个人，真的很奇怪。"

"奇怪吗？"

"是的。罗凤说你是她见过的最了不起的人，她说得一点儿没错。"

忽必烈微笑了。罗凤这个傻丫头，竟会这样对若百合说。

肆

两日后，提奴率众出降。

此间，阿空终于回到了半空和寨，阿塔剌和高匀康被高氏兄弟毒死的消息得到证实。提奴悲愤之余主动提出出兵协助兀良合台父子，攻克紫城和太和城，取高氏兄弟首级。忽必烈同意了他的请求。

半空和寨既平，忽必烈入寨抚民。与此同时，兀良合台父子拿下大理国都紫城，忽必烈亲临紫城，他在任命了紫城所有重要官员后，派兀良合台肃清善阐府外围力量，派阿术和提奴攻打太和城，他自己则率中路军回师摩些城寨。

自进入大理境内，历时八个月，除太和城和善阐府等少数几个城池未被攻陷外，其余城寨皆归蒙古所有。忽必烈准备一旦大理国主段兴智成擒，他便立刻率领主力返回漠南驻跸之地，只留两万人，由兀良合台父子率领，继续完成对大理偏远诸地及交趾（今河内）诸城的征服。

他很清楚，虽然金国灭亡，蒙古帝国已据中原之地，但忙于战争的蒙古帝国还远远没有达到使天下归心的目的，因此，必须相应地采取整肃吏制、鼓励农桑等一系列手段，为帝国筹集财富，争取民心，进而为征服南宋打下坚实的基础。

不仅如此，他还接受了子聪和尚、姚枢、张文谦（姚枢、张文谦在黄龙镇建渠工程完工之后，即前来大理与忽必烈会合）的建议，决定在金莲川附近选择合适地点兴建府城，以为长期经营之打算。

算起来，八个月中，忽必烈与罗凤在一起的时间加起来还不足两个月。原本，拔除军事重镇蒙舍镇时，罗凤一直跟随在他的身边，但在攻打最宁镇时，罗凤左肩中箭，忽必烈挂虑她的安危，不敢再让她留在军中，遂在她伤势稍微平稳后，派许国祯和燕真强行将她送回了摩些城寨。

自受伤后，罗凤总是处于昏睡状态，这一方面是因为失血，另一方面是因为药物所致。临别的那个晚上，忽必烈独自守护在罗凤的身边，当时，他轻抚着她的头发，对她说，待攻下最宁镇以及循边的所有镇寨，他一定返回摩些城寨与她见面，希望那时候，他又可以看到她在山路上飞快地奔跑。不料等他回到摩些城寨，罗凤却随若百合去了半空和寨。战事繁复，他不能等待，在重返战场时他请阿良酋长转告罗凤，等他胜利归来，无论是早是晚，他第一个看望的人必定是罗凤。

离别让思念之情变得强烈起来，忽必烈一生中还很少有这种归心似箭的感觉。数日行程，蒙古大军来到丽江江畔驻营时已近亥时，虽然夜色深沉，归程疲惫，忽必烈仍旧信守诺言，带着燕真和一干侍卫前往竹寨。行至竹寨不远，忽必烈留下侍卫，只带着燕真一人步行往竹寨而来。

江风习习，逗趣般地拂弄着忽必烈的面颊。忽必烈设想着罗凤见到他时惊喜的样子，脸上不觉滑过一丝笑意。

罗凤的竹寨背依玉龙山，尽管他一直想来看看，却始终没能顾上，甚至，连罗凤想在竹寨请他吃一顿烤野兔的愿望也没能实现。他想好了，这次回来，在离开摩些城寨之前，他一定要亲眼看看罗凤如何在山上与野兔赛跑，又如何将野兔追得走投无路，被迫钻入洞中从而被她手到擒来？

若非如此，一旦他离开大理，他一定会为罗凤，更为自己留下遗憾。

等做完了这件事，接下来需要考虑的是，他究竟要不要把罗凤带回漠南草原？这是一件让他一时难以决断的事情，好在，他还有些时间思考。

远远望去，罗凤的竹寨里依旧亮着灯光，光线虽有些暗弱昏黄，却仍然执拗地透出窗棂。估计罗凤还没有睡觉，忽必烈不觉加快了脚步，数月分别，他真的很想看看罗凤见他突然出现时的表情。

到达罗凤的竹寨要经过一条沿玉龙山流下的小溪，小溪经过山下一片竹林，当地人管它叫"绕竹溪"，绕竹溪的水面很浅，却有五六米宽，溪水中放着一排大大小小、或方或圆的石头，显然，这些石头是用来垫脚用的。

记得有一次阿良酋长在讲到女儿罗凤的调皮时曾经说过，竹寨建好之后，他为了女儿行走方便，命人在绕竹溪中铺了许多石头，罗凤却只在铺好的那天用过一次。以后的日子她嫌在石头上走来走去麻烦，一到溪边，便索性脱掉鞋子，赤脚跑过溪水，哪怕冬天的时候溪水冰冷刺骨，她也毫不在乎。

忽必烈真想试试这种感觉，不过有燕真在，他知道不大可能。铺在溪水中的石头在月光下泛着白莹莹的光芒，看得清清楚楚，燕真生怕溪水湿了忽必烈的马靴，小心地在前面接着忽必烈，将忽必烈引到小溪对面。

忽必烈弯腰，从溪中捧起一捧水。转瞬间，滑溜溜的溪水顺着他的指缝漏下，他不由惬意地笑了。仲夏季节，溪水的温度最是凉爽宜人，等哪天他和罗凤单独待在一起的时候，他一定会脱掉靴子，像罗凤一样在小溪中蹚来蹚去。

他相信，那样的感觉一定很好。

当忽必烈从溪边直起身，举步欲行时，却发现离小溪十多米的竹寮中，灯光突然熄灭了，过了一会儿，灯光又重新亮了起来。

灯光重新亮起的瞬间，他愣怔了一下。他愣怔不是因为灯又亮了，而是因为他看到了一个人。

一个男人。

这个男人，灯光亮起的时候，正站在通往卧房门前的楼梯上。月光下，他的身影在楼梯上晃动，像一尊活动的浮雕。虽然夜色朦胧，虽然看不清夜色下这个人的脸庞，忽必烈却能断定，这个站在楼上的男人，正是阿挪。

挺拔的、犹如玉树临风般的身形，凝重的姿态，是阿挪给他留下的最为深刻的印象，因此，这一刻他绝对不会弄错。

数月前，他初次来到摩些城寨，在宴会结束后的那个晚上，他的确亲眼看到阿挪与罗凤在一起，看到他们一起向竹寮的方向并马驰去，但当时他只是把这件事当作了一种偶然，没有多加考虑。

但现在，但此时……

在进入大理国前，通过窦默和姚枢等人的介绍，他对大理国的某些习俗就有了比较全面的了解。比如说，在大理国女子的地位通常很高，女子不仅有权参决部族事务，而且在婚姻大事上有一定的自主权，特别是未嫁的姑娘，只要她有足够的魅力，她就可以拥有许多心上人……忽必烈的心里一直有些许纳闷，他发现，在摩些城寨中，阿挪似乎是一个身份地位十分特殊的人物，而他的特殊之处就在于，在整个摩些城寨，几乎所有的人都尊重他，喜爱他，信任他，包括阿良夫妇和罗凤在内。现在，连忽必烈也分明感受到了这种特殊之处，因为严格而论他与阿挪只有一面之交，他却能在蒙蒙夜色之中一眼认出他来。

身份特殊的阿挪，想必与罗凤还有着某种特殊的关系，否则，阿挪对罗凤所表现出的非比寻常的关切就着实令人不解了。

阿挪在梯楼上停留了一会儿，大约过了一刻钟，他沿高高的木梯走下梯楼，离开了竹寮。

忽必烈不知道阿挪是否看到了自己，也不知道同时塞进自己脑海中的那些乱七八糟的念头哪一个才更接近事实，他只是那样站着，默默地站着，眼睛望着罗凤的竹寮，却如同望着大理紫城中那座华阔无比却因战争而人去楼空的五华楼，他想进去看看，终究止步不前。

燕真见王爷只顾呆呆发愣，小心翼翼地唤道："王爷。"

忽必烈身体动了动，回头向燕真一笑。

"王爷。"

"怎么？"

"这个……要不要臣去唤醒公主？"

忽必烈摇摇头，"不必了，我们回去吧。"

"可……"

"你想说什么？"

"您曾经答应过阿良酋长，说您会第一个来看望公主。阿良酋长肯定把您的话告诉了公主。"

忽必烈依然和颜悦色地说道："没关系。确实太晚了，不方便。"

燕真不敢再说什么。

"走吧。"忽必烈说着，率先离去，燕真急忙跟上了他。

走了几步，燕真悄悄回头向后张望了一眼。大理公主的竹寮依然灯光明亮，她应该还没有入睡。如果她知道殿下来到了她的竹寮，却没有进去，她是会埋怨，还是会失望呢？或许，二者皆有吧。

然而，那个男人，他会是谁呢？这么晚了，他到公主的竹寮做什么？

清晨，忽必烈遛马回来，正在军帐看书，燕真来报：公主来了，正在帐外。

忽必烈愣了愣，略一踌躇，吩咐燕真请罗凤进来。燕真出帐，将罗凤引入帐中，自己知趣地离开了。

"殿下。"罗凤脚步轻盈，像带着一阵风一样出现在忽必烈的面前。她的声音还是那么生气勃勃，清秀的脸上，有几分喜悦，又有几分不悦。

忽必烈从笨重的书案后抬起头来，望着她微微一笑，心，却莫名地痛了一下。

"殿下，你什么时候回来的？"

"唔，昨天晚上。"

"怎么事先都不告诉我？"

"不告诉你，是想给你个惊喜。可是，我没想到会……"忽必烈默默地想着，只觉得胸口很闷。

"殿下，你怎么了？你好像不太高兴。"

"不是的，你想多了，我没有不高兴。昨天回来得太晚了，我想你已经睡着了，就没有打扰你。本来我打算今天早晨派人去通知你的，不想我还没顾上，你先来了。过来坐吧，告诉我，这几个月你过得可好？"

罗凤摇摇头。

"不好吗？为什么？"

罗凤不回答，两只眼睛仍紧紧盯着忽必烈的脸。忽必烈的脸色如常，但罗凤隐隐感到她与忽必烈之间有些事情变得很不对劲。忽必烈攻下最宁镇后曾答应过她爹，只要他回来，一定第一个去看望她。

言而无信，这可不是她所熟识的这个男人的性格。

他变了，变得不再像他们刚刚认识时的那个人，更不像几个月前在最宁镇与她分别时的那个人。她猜测他的变化一定与他们分别的日子里发生了什么事情有关，她只是想不通，为什么他就不肯对她讲明呢？难道是她做错了什么事才会惹他生气？果真如此，他告诉她她一定会改。

从记事起长到十七岁，她还从来没有像今天这样关心过别人的想法，在意过别人的脸色。

这一点很奇怪，不用说父母、部众，就连她自己也认为，她是那种玩起来疯疯癫癫，高兴起来没心没肺的女孩子，她永远不会在意任何事，任何人。

然而她错了。

她在意的！尤其是对他的事，他的人，她生平第一次如此在意。

泪水盈上了罗凤明亮的双眸，泪珠挂在她长长的睫毛上，差一点就要跌落下来。忽必烈急忙走出桌案，握住了她的手。他有点后悔，他对这个女孩子确乎太过冷淡了，可是昨天晚上的事情……

那个出现在罗凤竹寮门前的男人是阿挪吗？

一定是阿挪吧？他应该不会看错的。

罗凤赌气般地从忽必烈手中抽回了自己的手。他的手温暖依旧，可是她情愿他的心也是温暖的。

忽必烈没有勉强她，只是温柔地望着她，问道："告诉我，为什么过得不好？为什么不开心？"

过得不好是因为你不在我的身边，没有你在身边的日子好寂寞；不开心是因为你人回到了我身边，心却没有跟着人一起回来。

或许以后，我应该跟你一起走，看住你的人，也看住你的心。换了以前这些话我本来都可以告诉你，可不知为什么偏偏这一次我实在说不出口。如今你站在我的面前，你变了我也变了，我变了是因为你，你变了又是因为谁？

忽必烈无声地叹了口气，"几个月不见，你长大了许多。来，坐吧，你难道没有话要对我说吗？"

罗凤仍旧一言不发。

"罗凤？"

"嗯……噢，我……我想告诉你，铁桩他……"

"铁桩的事我已经知道了，你爹告诉我了。铁桩是一位忠勇的义士，我们都不会忘记他的。唯一值得欣慰的是，他爱马如命，在天上，还有乌骓驹可以与他相伴。"

"真的可以吗？"

"可以的，相信我。"

罗凤的心情稍稍变好了些，这才在忽必烈的对面坐下来。

忽必烈久久凝视着她精致的脸容。分别的这些日子，他总会在闲暇的时光想起她。他不否认，他想念她。即使发生了昨晚的事情，在他的内心深处，她仍然是一个纯洁可爱的好女孩，他情愿昨晚他什么也没有看到。

"殿下，你……你到底怎么了？"

"唔，昨晚……"这几个字几乎是下意识地就脱口而出了，刚一说完，忽必烈急忙截断了下面的话。

"昨晚？昨晚怎么了？"

"没事。我是说，昨晚若不是回来得太晚，我一定会去你的竹寨看看。

不说这个了，告诉我，在半空和寨，你一定受了不少惊吓吧？"

罗凤想起她被杨蜻凌囚禁在山洞里的那些日子，但是，她并不想将这件事告诉忽必烈，至少现在还不想。不管怎么说，这件事是后来那场悲剧的起始，因为这件事，铁桩、杨蜻凌、高平，还有乌骓驹，都死了，醒奴似乎也在那之后失踪了。"没有。发生了一些事，都过去了。"

"能给我讲讲吗？"

"以后吧。我现在……不太有心情。"

忽必烈从罗凤的脸上收回目光，心中蓦觉怅然若失。

罗凤确实变了，在这并不漫长的时光里，究竟是什么样的经历让一个原本心直口快、单纯开朗的女孩变得沉默寡言，难以琢磨？莫非所有的女孩子都是这样，在你一错眼、一转念的工夫就变了，变得让你不敢相认？

"王爷，"随着话音，燕真去而复返，走进帐中。他的手里捧着一个上面印有蒙古文字的羊皮信袋，"阿术将军的第一份战报到了。"

忽必烈精神一振，"哦？这么快！拿过来。"

"是。"

燕真将战报递在忽必烈手中，忽必烈从信袋中取出战报，正要看时，罗凤站起身来，"殿下，你这里有事，我先走了。"

忽必烈的心思全在战报上面，口里应付着："你要回去吗？也好。劳你回趟本宫，告诉阿良酋长一声，等我这里的事处理完，我会去看望他和孔雀夫人。我还有件紧要的事与他商量。"

罗凤没吭声，默默地走了。燕真怀着复杂的心情目送着她，他原以为这位大理公主一定会成为他们的新王妃。

唉，若不是昨夜……

昨夜那个男人，到底是谁呢？

忽必烈却似乎已经把罗凤忘却了，他急切地展开战报，目光在上面快速地浏览了一遍。片刻，他的眉宇展开了，脸上露出一丝久违的、轻松的笑容。

战报中清楚地写着：阿术与提奴已攻下太和城，高氏兄弟挟持国主段兴智逃往善阐府，不日，兀良合台、阿术、提奴所率三支军队将完成对善阐府的合围。

伍

阿挪终于采到了他制作丹丸所需要的最后一味药材——血附子，他将血附子放入身后的背筐中时，长长地吁了口气。

功夫不负有心人，这味珍贵的药材，他在玉龙山中找寻了很久都没找到，没想到却无意间在白柳林的杂草丛中发现了它，尽管只有两三株，却已经是老天对他的格外垂赐了。

如今，万事俱备，有了这味药材，他就可以开始配制丹丸了。

丹丸，是今年的火把节上他要送给罗凤的礼物，他相信这份礼物一定可以给罗凤带来好运气。

阿挪心情愉快，离开白柳林，向洼湖方向而来，他还要取用一些洼湖中长年浸泡着各种药草的湖水。他知道若以洼湖之水入药，必定令丹丸功效倍增。

在洼湖边上，阿挪取下水葫芦，灌了满满一葫芦湖水。他封上盖子，正要放回背筐里，手却在半空中停住了，然后，他以一种凝固的姿态望着他的对面。

对面，罗凤双手抱膝，下巴垫在膝盖上，正对着一池幽蓝的湖水发呆。

罗凤会独自发呆，这或许比阿挪看到任何事都更令他惊奇。其实他不知道，罗凤在洼湖旁已经坐了很久，从忽必烈的军营离开后，她便来到这里，她坐的位置，就是当初逗弄铁桩让铁桩落水的地方。

阿挪悄悄走到罗凤身后，罗凤却一点儿没有察觉到他的到来。

阿挪想了想，拣起一块小石头抛在水中，水花溅起来，罗凤回头看了阿挪一眼，脸上竟然毫无表情。

阿挪将背篓放在一边，在罗凤身旁坐下来。见罗凤还不理他，他奇怪地问道："你怎么了？"

"没事。"

"没事为什么坐在这里发呆？"

"我没发呆。"

"还说没有！"阿挪认真地看了罗凤一会儿，"你没学会撒谎。"

罗凤不吭气了。

停了停，阿挪说道："再有几天就是火把节了，今年的火把节上，我会送你一件特别的礼物。"

"噢。"罗凤不感兴趣地应了一声。

"你不想知道是什么吗？是什么东西能有如此神奇的功效？"阿挪假装没有发现罗凤的冷淡，继续用一种热切的、带有几分神秘的口吻说。

他的这种语气不同寻常，罗凤终于起了些许的好奇之心，"那是什么样的礼物？"她问。

"丹丸。"

"什么？"

"丹丸。一种神奇的丹丸。"

"不就是药丸吗？哪里神奇了？"

"丹丸可不是普通的药丸，它能让你心想事成。"

罗凤精神一振，"真的吗？我不信。"

阿挪故意将脸色一沉，站起身，做出要走的姿态，"不信算了。"他说着，眼睛的余光却掠过罗凤的脸。

罗凤急忙站了起来，伸手拉住他的胳膊，"你别生气嘛，我不是不相信你，我只是……只是不相信世上会有这样神奇的东西。"

"那还不一样。"

"好啦，好啦，我信还不成吗？但你能不能告诉我，它怎么能让我心想事成？"

"你服下它的时候，一直想着你心中的愿望，当火光照耀星空的时候，你就能实现这些愿望。你别急，等丹丸制完了，我会告诉你具体的服用时间和方法。"

阿挪说得一本正经，不由罗凤不信以为真。想到有了这颗丹丸她就可以实现自己的心愿，她重又变得兴高采烈、容光焕发起来。

她问："丹丸可以让我变得更美丽吗？"

"你本来就很美丽了，还想变得更美丽吗？其实你哪里知道，你的快乐远比你的美丽更能打动人心。"阿挪默默地想着，一时没有回答。

"能吗？"

"当然——能。"阿挪故意拖长了语调。

"聪明呢？在半空和寨的时候，杨蜻凌说我是蠢货。要是丹丸能让我变得聪明些就好了，像若百合一样聪明。不，有她一半儿也行。"

"那个女人的话你也信？你哪里蠢了，你只是天真而已。但是如果你想变得更聪明，丹丸也能帮你办到。"

"我的天哪，多神奇的丹丸！它还有别的功效吗？"

"有，很多。它不光会带给你好运气，还能让你一生富贵平安。"阿挪信口开河。

"好运，富贵平安，聪明美丽，人们一生梦想得到的都有了。先不说别的，如果丹丸真的能让我变得又美丽又聪明，我就有办法让殿下带我一起走了。"

笑容僵在了阿挪的脸上，他只觉得胸口壅塞着一股浓浓的惆怅，不由自主地轻轻叹了口气。

"怎么了？你为什么叹气？"

"没有，没事。"

"我知道你，还有爹娘都舍不得我离开摩些城寨，我也舍不得离开你们。可是，如果这次我放走了殿下，只怕这一生就再也见不到他了。如果见不到他，我……"罗凤差点就说"我还不如死的好"，话到嘴边觉得不妥，又咽了回去。

"你怎样？"阿挪问，只觉内心五味杂陈。

"我会想他的，很想很想。"

阿挪心里难受至极，偏偏这种难受还不能让罗凤看出分毫。他拾起背篓挎在肩上，淡淡地说了句，"别胡思乱想了，早些回家吧。"说完，不等罗凤回答，他像以前常做的那样，转身离去了。

这一次，他的步履有些沉重，却绝对没有犹豫。

罗凤目送着阿挪的背影，欢乐从她的心里溢到了眼中。她真的很感谢阿挪，阿挪总会有办法让她得到她想要的东西，阿挪真是本主神赐给她的一件珍贵的礼物。

走出很远，阿挪回头向湖边看了一眼，罗凤已经不在那里了。或许，她又上玉龙山上捉野兔去了，无论高兴还是不高兴，这件事都是她最喜欢做的了。如果以后她嫁到了远方，她就再不能像现在这样自由自在地生活了。

这个你知道吗，罗凤？

"不，我不会让你离开摩些城寨的，不会。"阿挪在心里默默地说。

五月下旬，兀良合台父子率大军包围了善阐府。

善阐府依山傍水，比之太和城更加易守难攻，兀良合台将军队一分为三，由爱子阿术率前军，他率中军，提奴率领半空和寨寨兵，三支大军轮番对善阐府发起进攻，昼夜不停。

七日后，善阐府守军力竭，高和亲至城头督战，被阿术认出，当即在马上引弓搭箭，射向高和。在蒙古新一代的将军当中，阿术文武兼备，箭法尤其精准，只见这一箭闪过了高和的头盔，正射中他的鼻梁。

高和大叫一声，倒在地上。随从上前救护，见他还有气息，急忙将他抬回帅府。高祥闻讯前来探视，军中大夫正在给高和诊视，高祥从大夫的脸上，已经看出高和的伤势不容乐观。

高和艰难地转了转头，视线落在高祥的脸上。他以为高祥一定会吩咐大夫想方设法救治他，不料高祥挥挥手，屏退了所有人，包括大夫在内。

寂静的帅帐里，兄弟二人脸对脸，默默地互相看了好一阵。高和的头脑依旧清醒，他看到高祥的眼睛里，分明闪动着恶毒的光芒。

"大哥，救救我。"高和声息微弱地恳求，他的声音嗡嗡的，断断续续，高祥几乎听不清他在说什么。不过，无论高和说什么，对他来说也毫无意义了。

"大哥……"

"大哥？别，我当不起。我没有你这样的兄弟。"高祥冷冷地截断了他的话。

"大哥，你怎么……危险……城中的局势很……"高和艰难地说着，听起来有点儿语无伦次。

高祥却明白他的意思，"我知道。"

"你……"

"局势危险，很好啊。如果兵败，我会死，这又有什么！重要的是，我到底亲眼看到你比我死在了前头。"

高和震惊地望着高祥，"高祥，你这话是什么意思？你真的有这么恨我吗？"

"恨你？哼，恨你？我恨不得亲手杀了你！这是本主神给你的报应！瞧瞧你的眼神，你觉得害怕了吗？你觉得自己委屈吗？不管你想些什么，都到地下去跟匀康解释吧。是你害死了匀康，害死了我的女儿。"

"可是，所有的一切都是经过你的同意我才去做的呀。况且，我并没打算把匀康怎么样，我只是让她毒死阿塔剌。喝下毒酒，是她自己的选择。"

"匀康是个什么样的孩子，你不知道吗？你还说我同意？你竟然说我同意？哈，我不同意行吗？我不默默地隐忍，死得一定比匀康还早，不是吗？你的手中握有权力时，握有从我的手中偷走的权力时，你何尝顾念过我这个大哥！这几年，如果不是我假装沉溺于酒色，假装浑浑噩噩地生活，恐怕早就被你杀掉了。你说，现在，你给我说说，我那次生病，生那场差点儿要了命的病，应该也是你的'杰作'吧？你到底在我的膳食里下了什么样的毒？"

高和笑了，笑声沙沙的，令人想起在草丛中爬动的蛇。

"你笑什么？"

"兄弟，这就是兄弟。"高和喃喃。

高祥面无表情。

高和伸手握住了箭杆，他的呼吸越来越困难，他必须得拔掉这个可恶的东西。高祥知道高和要做什么，他根本不加阻止。兄弟俩再一次默默相对，这是最后的心力的较量，他们用的武器是眼睛。他们的目光里有着完全不同的内容，高祥是仇恨，高和是轻蔑。仇恨与轻蔑较量的结果，高祥避开了自己的视线。

高和笑了，笑得很低沉，很得意。他大叫一声，用力拔出了箭杆，鲜血顺着鼻翼流下他的脸颊，使他的脸看起来格外恐怖。

高祥摇晃着他的身体，"说，你说，你到底给我用的什么毒？"

"报应！"高和仍然笑着，松开了手里的箭杆，头慢慢地歪向一边。

听到高和的惨叫声拥入屋中的人都被眼前的情景惊呆了，他们当中，为首的正是高祥的儿子高西。

良久，他们看到高祥回过头来，高祥的脸色比死人还要难看。

"爹……"高西鼓足勇气，嗫嚅着唤了一声。

高祥点头。

"爹，我们……要怎么办？"

高祥果决地下令：" 你带人去请国主，我们要立刻撤出善阐府。" 他的"请"字说得很重。

高西心领神会，"是。" 他答应着，却没有马上离去。

"你还有什么事？"

"要通知高演习和杨演览吗？"

"当然。"

"嗯……"

"你想说什么？"

"二叔……啊……怎么办？"

高祥回头看了一眼死去的高和，"你不用管了，赶紧去请高演习和杨演览过来。"

"是。"高西快快退去。

高祥究竟是怎么处理了高和的遗体大家不得而知，反正高智升和杨喜辰赶到帅府时看到帅府中只有高祥和他的贴身护卫。见他们两个人进来了，高祥平静地说了一句："高和死了。"

高智升和杨喜辰互相看了对方一眼，谁也没有吭气。高祥自顾自地说下去："我要带国主离开善阐府，现在就走。"

杨喜辰也不问为什么，高智升沉默片刻，问道："丞相意欲退向哪里？"

"姚州。姚州之地形复杂，正可与蒙古军周旋。如果善阐府守不住，你们不妨尽快撤退，到姚州与我会合。"

高智升看了杨喜辰一眼，杨喜辰始终一言不发，一双炯炯有神的眼睛里闪射出莫测高深的光芒。

"杨演览，我们是守是走，你倒说句话。"高智升看不透杨喜辰的内心时，心情总会像现在这样变得极不耐烦。偏偏这又是常有的事。自从发生了侄儿高平与杨蜻凌那件事后，他与杨喜辰之间的关系就变得更加微妙、更加复杂了。高智升总觉得，善阐府早晚有一天会因杨喜辰而不守。可是，怀疑归怀疑，他还是不能把怀疑当成证据将杨喜辰治罪，事实上他也不敢。杨喜辰在将士心目中的威望远非他可比，弄不好，他没把杨喜辰怎么样，他自己倒会先栽在杨喜辰的手中。

高祥也看着杨喜辰，在他的心目中，杨喜辰是他弟弟高和的人。

对于高智升的诘问，杨喜辰平静地回答："高丞相、高演习，你们一起走吧。杨某来守城，杨某答应你们，一定会坚守到你们安全撤出善阐府为止。"

高祥、高智升心中一惊。高祥问道："你这话是什么意思？"

高智升也问："你想怎么样？"

杨喜辰尚未回答，只见高西气急败坏地冲了进来，"爹。"

高祥的心里顿时有点发凉。

"爹。"高西又唤了一声，那里面透露出一种掩饰不住的惊慌。

"说。"

"国主，国主……"

"国主怎么啦？快说！"

"国主他，他，不见了。"

高祥、高智升同时"啊"了一声，又同时将目光齐刷刷地落在杨喜辰的脸上。杨喜辰泰然自若地迎住了他们怀疑的目光，神态平静如初。

"杨演览，国主为什么会在善阐府不见了？"高祥问，尽量将语气放得很和缓，这也是没办法，此时的杨喜辰真的是一位他们得罪不起的人物。

"唔，不是大事，我派人接走了国主。"

"你？为什么？"

"国主跟在我身边更安全些。他实在不能再过这种疲于奔命的生活了，蒙古大军围城时，他派人找到我，把他的想法对我说了，我便派人把他接到了我的府上。"杨喜辰不慌不忙地解释着。轻描淡写的语气，里面却隐藏着不容置疑的威严。

"你！你！你！"高智升不防杨喜辰有这一手，一时怒极，用手指着杨喜辰，却除了这个"你"字连一句完整的话也说不出来了，他脸色铁青，那样子就仿佛被人勒住了脖子，马上就要背过气去。

与高智升相比，高祥倒是显得冷静多了，他试图说服杨喜辰，"杨演览，我高家待你不薄，你因何临阵变节，卖主求荣？"

杨吉辰微微冷笑，"高丞相此言差矣。杨某身为大理国人，心目只有一个国主，就是段国主。杨某对段国主以性命相护，怎么能说杨某卖主求荣？至于临阵变节，如果杨某真的临阵变节，就不会劝二位即刻出城，而是拿住二位去向蒙古人邀功了。杨某与二位共事一场，不忍相逼。请二位带着你们的人马从速出城，杨某说到做到，一定会坚守到你们安全撤离。"

事已至此，高祥、高智升知道再说什么也没有用了。三十六计走为上，如果再拖延下去，只怕他们到时想走也走不成了。

杨喜辰是个一言九鼎的汉子，真的将高祥、高智升放出了善阐城，确定他们已经安全离开后，杨喜辰方命将士在城楼上升起白旗。

陆

兀良合台在第二份呈送给忽必烈的战报中，报告了段兴智归降的喜讯。忽必烈将窦默为他起草的谕令交给传令兵，命传令兵送往兀良合台的军营。谕令中，忽必烈说，他将在几日内亲往紫城五华楼接见段兴智。

与此同时，由快递驿兵将大理全境平定的捷报呈抵哈剌和林万安宫。

安排好所有一切，忽必烈在军帐中召见了阿良酋长。忽必烈对阿良酋长的态度一如既往，赤诚相待，推心置腹，阿良酋长提出次日在木宫无华殿宴请忽必烈，忽必烈欣然应允。

次日的宴会，罗凤原本不想出席，她心里还在生忽必烈的气。但她爹不准，她只好勉强参加了。宴会上的气氛很融洽，但是如前次一般，阿挪始终没有在宴会上出现。

宴会从中午延续到晚上，宴会散时，忽必烈说他要送送罗凤，罗凤没说同意，但是也没有表示拒绝。

罗凤与忽必烈并辔而行，有好长一段时间，两个人谁也没有说话。将罗凤送到绕竹溪边，忽必烈翻身下马。

罗凤似乎犹豫了一下，也跟着他跳下马背。

忽必烈正要开口时，罗凤叫了一声："殿下。"

他们互相望着对方，忽必烈笑了。

"你说。"他们同时说。

"还是你先说吧，罗凤。"

罗凤沉吟着。她是有话要说，可一时又不知该从何说起。这种有话说不出口的感觉，在她遇到忽必烈之前也从来不曾有过。

"没关系。有什么话，你尽管说。"

"我……"

"说吧。"

罗凤稍稍走近忽必烈，抬头望着他，似乎下了决心，"我听燕真说，你很快就要离开大理了，是这样吗？"

"是啊。过些日子，我要去与兀良合台会合。你知道的，兀良合台已经擒获了段兴智，正在押解他返回紫城的途中。此前，我还要等待蒙哥汗的旨意，等蒙哥汗的旨意一到，我处理完段兴智的事情，就要班师回到漠南草原。在那里，我还有许多事情要做。不过，兀良合台父子将留下来，继续完成对交趾的征服。"

"需要多少时间？"

"不会太长的，有二十天的时间足够了。说真的，若不是战事繁复，公务缠身，我倒真想永远留在大理，这里实在太美了。"

"再过二十天，就班师？"

"对。"

"再迟几天，就是夏历的六月二十四了。"

"六月二十四？又如何？"

"这一天是火把节。"

"火把节？火把节又是什么样的节日？"

"火把节是大理地方最重要的节日，每到这一天，人们都会整夜地点燃火把，在亮如白昼的场地歌舞嬉戏，一直到第二天六月二十五才散去。关于火把节，还有两个很动人的传说呢，是若百合讲给我听的。"

"是吗？"

"嗯。一个是说汉将郭将军杀害了大理的首领曼阿奴，他见曼阿奴的妻子阿南美如天仙，便起了强占她的念头。阿南誓死不从，在六月二十四日的这天夜里，点燃竹寮自焚以殉夫。

"郭将军命附近的百姓和士兵都来救火，当大火扑灭时已经是二十五日的子时。人们在竹寮里找到了阿南的尸体，这时发现阿南的胸口插着一柄短刀。大概是阿南担心郭将军在她死之前就会把火扑灭，所以在火中持刀自刎。据说郭将军看到阿南的尸体那一刻，眼中流下了泪水，还说了一句话。"

"是什么话？"

"恨不相识未嫁时。从此后，每到阿南仙逝的这一天，大理境内的各族百姓就会持炬以吊，久而久之，便形成了后来的火把节。"

"唔……另一个传说呢？"

"另一个传说是说，南诏王皮逻阁为兼并其他五诏，以夏历六月二十四（五）祭祖为名，召各诏诏主会合于预建的松明楼，阴谋纵火将他们烧死。

"摩些诏也就我的先祖因路途遥远拒绝赴约，邆赕诏诏主欲往，其妻慈善夫人担心皮逻阁别有所图，劝丈夫留在家中，然而邆赕诏诏主不听劝告，执意前往。无奈，慈善夫人将一只铁镯戴在了丈夫的手臂上。

"六月二十四日到二十五日的晚上，松明楼火起，四诏诏主果然被烧死于楼中。因当时四诏诏主被烧得皆只剩骸骨，其余三诏诏主根本无从辨认，只有邆赕诏诏主因臂上戴有铁镯被慈善夫人辨识出认回安葬。

"皮逻阁早就垂涎慈善夫人的贤德和聪慧，既然邆赕诏诏主已死，他便假借吊唁为名派人向慈善夫人求婚。慈善夫人断然拒绝，并说要她嫁给人面兽心的南诏王，除非天做地，地做天。

"她知道皮逻阁绝不会善罢甘休，随即做好了筑城抵抗的准备。果不出她所料，使者回去后转述她的话，皮逻阁恼羞成怒，立率大军进攻邆赕城，慈善夫人抵抗多日，终因城中断粮自杀而死。皮逻阁虽然攻下了邆赕城，却也只能怏怏而回。后人感于慈善夫人之贤，遂在邆赕诏诏主死去的那天点燃火把以示纪念。"

忽必烈的眉宇间流露出钦敬之色，赞道："果然是个有情有义，节烈刚毅的女人，值得人们怀念和尊敬。好吧，我就听你的，过完火把节再走。"

罗凤踌躇着，显然她还有话要说。

忽必烈低头看着罗凤的脸，"罗凤。"

"噢。"

"除了要我一起过火把节，你一定还有别的话要对我说。"

"是。"

"说吧，没关系的。"

"我想，我想……"

"你想？"

"我想……我想和你一起走。"罗凤终于把最要命的这句话说出来了，这是她赔上女孩子的自尊才说出口的。

忽必烈愣住了。

说真的，他岂能不愿意让罗凤跟在自己身边？甚至在更早的时候，这个女孩子就已经牢牢占据了他心灵的一隅，可他无论如何忘不了他从半空和寨回来的那个晚上，那个晚上成了他心中不能触摸的隐痛。

罗凤脸色绯红，幸亏她还能借夜色掩盖自己的羞涩，而这种羞涩的感觉以前她同样不曾有过。如果一个少女以身相许却得不到回应，那将是一件最可怕的事情。

偏偏，忽必烈不知道该如何回答。

罗凤想起阿挪说过要在火把节前送给她一粒神奇的丹丸，让她心想事成，可是，如果殿下拒绝了她的请求，她永远不会再服用这粒丹丸。

"罗凤，罗凤，"忽必烈的声音在静夜里听起来幽幽的，"你让我想想，你让我再好好想想行吗？"

罗凤什么也没说。她跳上马背，打马蹚过小溪，向玉龙山方向而去。

"你去哪儿？"忽必烈焦急地问道。

罗凤回答："你管不着。"

罗凤直到早晨才回到自己的竹寨。昨晚，她在玉龙山上的一个山洞里待了一宿，她生平第一次失眠，当她走出玉龙山时，她已经决定将一切忘掉。

像是知道她上了玉龙山，几个寨兵在竹寨前等候着她，见她终于回来了，寨兵告诉她，阿良酋长和孔雀夫人在木宫等她。

罗凤磨磨蹭蹭地来到木宫时，发现爹、娘和阿挪都在这里。看到她，爹、娘、阿挪反应不一，爹还像往常一样满脸喜气，娘的脸上却分明挂着忧虑，阿挪的表情最奇特，因为阿挪根本就是面无表情。

"爹。"

"罗凤，来，坐下，陪爹说会儿话。"

罗凤皱皱眉头，毫不客气地回道："我没心情陪你说话。"

"怎么了，瞧这张脸黑的，是谁给我的宝贝丫头气受了？"

"没有。"

"没有？那就是想嫁人了。"

罗凤瞪了爹一眼，没反驳。

"看样子爹猜对了。"

罗凤转身要走。

"凤儿。"孔雀夫人唤住女儿。

"娘。"

"凤儿，坐下吧，你爹是有事想跟你商议。"

罗凤没办法，只好走到母亲身旁坐下来，等着父亲说话。

"不问爹跟你商议什么？"

"不！"

"凤儿。"

"娘，怎么啦？"

"娘听说，昨天晚上你是在玉龙山上过的夜，是这样吗？"

"您听谁说的？"

孔雀夫人没有直接回答，而是怀着母爱的温柔将女儿的手放在自己的手心中，"谁说的不重要。凤儿，告诉娘，你这些日子是不是有什么心事？"

"没有。我没事，真的，娘。"

"那好，没事就好。你耐心听你爹跟你说件事。"

"噢。爹，你要说什么事？"

"是这样，昨天晚上宴会结束，忽必烈大王送你离开之后，又回到了木宫，他亲自向爹请求，要带你离开大理。"

罗凤仿佛被什么人在头上狠狠击打了一棍子，两只眼睛虽然注视着父亲，脸上却是一副麻木的、呆滞的表情。

"昨天晚上？"她机械地喃喃。

"是啊。昨晚，大王什么也没对你说吗？"

罗凤摇头。

阿良就算再粗心，也能看出女儿的反常。他原本以为女儿听到这个消息一定会很高兴，或者有些害羞，因为从很早的时候起他就看出女儿喜欢忽必烈。他万万没想到女儿会是这样一种反应，这实在有些出乎他的意料。

难道，女儿已经改变了心意？不可能啊，女儿的执拗他比任何人都清楚。

孔雀夫人爱怜地笼住女儿的手。她发现，女儿的手心是黏湿冰凉的。

"凤儿。"

罗凤无语。

孔雀夫人担忧地放开女儿的手，摸了摸她的脸，"凤儿你怎么了？你是不是生病了，还是哪里不舒服？"

罗凤垂下眼帘，摇了摇头。

"罗凤，爹已经答应忽必烈大王了。"

罗凤"腾"地站了起来，怒气冲冲地喊道："谁让你答应他了？"

"凤儿，你怎么可以这个样子对你爹说话？"孔雀夫人柔声细语地责备道。

罗凤不得不压住火气。爹每天扯着嗓门跟她吵吵嚷嚷，她一点儿都不怕他，娘只是偶然才会责备她几句，而且娘在责备她的时候也决不会提高音量，她却很怕娘，如同爹也很怕娘一样。

"罗凤，你不是一直喜欢忽必烈大王吗？"

罗凤的泪水一下涌了出来，"谁说我喜欢他了？"

"你如果不喜欢他，为什么当初在忽必烈大王率领大军渡过金沙江时，你要力主爹第一个献寨迎降？还有，为了他，你将爹的传家之宝象皮甲胄偷出来献给他，还谎称是爹献给他的礼物，让爹当着所有人的面不得不承认这个事实。还有，嗯，还有，算了，我都说不清了。我就想问问你，你这么做难道不是因为你喜欢他？"

"不是。"

"不是？又是什么？"

"那是……那是因为……他救过我。你说得对，我是为了他做了许多事，我也愿意为他做这些事，我从来不后悔。可是，这并不代表我就要嫁给他。告诉你，我是不会嫁给他的，不会。"

"为什么？"

"没有答案。"

"可爹已经答应他了。"

"那是你的事。"

"爹从来一言九鼎。"

"那也是你的事。如果非要嫁，你嫁给他好了。"

阿良大怒，用力一搌桌子，"西诺尔里诺，我看反了你！"

罗凤不甘示弱地瞪着父亲，做好了挨揍的准备。

孔雀夫人拍拍女儿的手，息事宁人地劝着丈夫和女儿，"不急，不急，这么大的事,还是让凤儿好好想想吧。凤儿,你先回竹寨,我跟你爹再合计一下,看怎么向忽必烈大王回话才好。你别担心,不会有事的。"

罗凤的眼中不觉闪出一丝复杂的光芒。她不知道她是不是真的应该拒绝忽必烈,然而想到她被伤害的自尊,她只能硬起心肠。

她起身,头也不回地走了。

阿挪从始至终表情淡然。然而,表面的冷漠之后他却在用整个身心关注着罗凤,她每个细微的表情都逃不过他的眼睛,他懂她的心,事实上,天地之间,只有他最懂她。

可惜,他懂她,她却从来不懂他。

看来,终于到了该实施他那个计划的时候了。无论如何,他要阻止,尽一切可能地阻止……

若非顾忌着罗凤,他早该这么做了。

没有人会知道,对于这个计划他筹划了多久。也没有人知道,他迟迟没去实施不仅仅是因为时机尚不成熟,更多的还是因为他一直无法确定自己该不该这样做,无法确定当他这样做了之后会带给罗凤怎样的痛苦。

然而,忽必烈终于让罗凤伤心了。

罗凤的伤心和对忽必烈的拒绝给了他一个理由,一个把罗凤永远留在摩些城寨留在大理国的理由。他知道自己不能再犹豫,即使这一切最终都证明是他的一厢情愿,即使他这样做了之后会为之付出一切,他也在所不惜。

罗凤,对不起,我不会让你离开大理国,不会!

柒

一连数日,罗凤拒绝再跟忽必烈见面,而忽必烈也没有执意派人召见她。

转眼已是六月十五日,罗凤听爹说,蒙哥汗的圣旨到了,这意味着忽必烈很快就要离开大理离开摩些山寨了。罗凤感到自己的心如同被一把锋利的刀子狠狠地剜了一下,痛得要命,却又无法告诉任何人。

下午,忽必烈突然派侍卫来找罗凤,侍卫说,忽必烈王爷要罗凤到他的营地走一趟,他有话要对罗凤说。罗凤一开始不愿意,最终还是去了。

毕竟,殿下就要走了,这一次分别,不知道此生是否还能相见?

在忽必烈的军帐前，罗凤犹豫了一下，伸手推开了门。

阔大的军帐中，燕真正坐在帐门一侧，认真地擦拭忽必烈的弯刀。大帐布置成了将要举行宴会的样子，帐中，铺着厚厚的羊毛地毯，两溜几案相对，快排到帐门前。靠北的帐幕上依然挂着罗凤见过多次的羊皮地图，原来的书案还在，只是上面铺了一块蓝色绒料。桌案后，并排放了两把雕花木椅。

不过，忽必烈此时不在帐中。

"燕真。"罗凤唤了一声。

燕真抬起头，脸上顿时露出笑容，"公主，你来啦。"

"殿下呢？"

"王爷马上就回来，他要你稍稍等等他。"燕真说着，起身相让，"公主，你先请坐一会儿。"

罗凤却不愿意等，"不啦。既然殿下不在，我先回去了。"她口上虽这样说，脚下却没动地方。

无论如何，她不会等，她不要见忽必烈。她这样想着，根本没有听到停在她身后的脚步声。

"罗凤。"

她的耳边蓦然传来忽必烈亲切的声音，这声音让她心头抖动了一下，她并不想理会他，她也无数次告诫自己不去理会他。可她还是不由自主地抬头看了他一眼。这些日子，她好想念他。

忽必烈走到罗凤面前，轻轻拉住了她的手。他的手掌温厚如初，罗凤突然有一种想哭的感觉，她强忍着，才没有让眼泪流出来。

忽必烈的情绪很好，他根本没去注意罗凤沮丧的脸色。他笑着向燕真点点头，燕真会意，放下弯刀出去了。

忽必烈看看罗凤。罗凤重又垂下头，不肯与他目光相对。而过去，她最喜欢做的事，就是让他看着她的脸，陪她说笑。

"有些日子没见了，你在做什么？"忽必烈温声问。

罗凤不语。

"还在生我的气吗？"

"是。"罗凤想也没想，直率地回答。

"所以，不想跟我离开？"

"是。"

其实不是，是你伤了我的心。我想跟你离开，你却犹豫不决。

"罗凤，我……这样也好。留在你熟悉的环境里生活，强似你跟着我饱受惊吓和磨难。未来的日子，我恐怕还有许多仗要打，而且即使在宫廷里，也不是每个人都赞同我的所作所为，我的周围隐藏着危险，好多危险我无法预料也看不见。我总在想，你原本就是这样的一个女孩子：习惯了无拘无束的生活，只有无拘无束的生活才会给你带来快乐。一旦你跟在我身边，就等于我亲手剥夺了你的自由。我没有跟你说，可我真的怀疑自己是否有权利这样做。"

罗凤这才抬起头来，认真地审视着忽必烈的眼睛。她看到这双熟悉的眼睛里闪动着一种她看不懂的光芒，但她看得懂他的脸色，他的脸色有些沉重，也有些忧伤。这么说，他所说的每句话都是认真的，都是发自他的内心深处？

原来，他是在为这件事情烦恼啊，他是怕她受不了那些束缚。早知道他的想法如此，这些日子她就不会为他的态度暧昧而郁郁寡欢了，更不会因为对他心怀抱怨而拒绝他的求婚。她真傻，居然以为她对他的爱只是她的一厢情愿，却没想到是少女的骄傲让自己误会了他的好意。

心结一旦打开，罗凤的脸上旋又露出可爱的、开朗的笑容，这笑容犹如躲在铅色云层后三天的阳光，当云层被冲开时，那光芒分外地耀眼灿烂。

忽必烈不由在心里叹了口气。到底是个孩子啊！既然是个孩子，他又何必对她偶然的一次过失耿耿在心，不能释怀呢？与她脸上的阳光相比，即使遮蔽在他心头的阴霾又能算得了什么？

罗凤往忽必烈身边靠了靠，忽必烈立刻伸出一只手臂，将她揽在怀里。罗凤乖乖地倚在他的胸前，语调轻快地问道："你真的只是因为这样的原因，怕我跟在你身边会有危险，会不快乐，才不要我跟着你吗？"

"是啊。莫非，你还是不肯相信我？"

"我不是不肯相信你，我只是……"停了停，她又接着说道："我觉得不可能啊，一直在纳闷，为什么我的相会看不准？"

"你的相？"

"是啊。还记得我们第一次见面的时候我给你看过面相和手相吗？"

"当然记得。"

"那个时候，你让我算算你此去大理如何？我告诉你会有凶险，但只要你处理得宜，一定能化险为夷。"

"你是这么说的没错。"

"但还有一件事我没告诉你。"

"什么？"

罗凤犹豫了一下，"等我以后再告诉你吧。"

忽必烈笑了，"你还是不肯说？"

"嗯。"

"好吧。怎么小脸又绷上了？再绷，该变丑了。"

"谁让你那么气人！不肯带我走，又不跟我说原因。"

忽必烈伸手刮了刮罗凤的鼻子，"好啦，好啦，不要生气了。你可别忘了，前些天拒绝我求婚的人是你呀。"

罗凤"扑哧"一声笑了。

燕真在帐外求见，忽必烈让他进来了。

"怎么样？"忽必烈问。

"阿术回来了。"

"其他人呢？"

"也都来了，正在等候王爷传见。"

"好吧，你让阿术先把人带进来。然后传其他人。"

"是。"

目送燕真离去，忽必烈蓦然瞥见罗凤一副讶然的表情，他不由一笑，一边拉着罗凤向里走去，一边说道："对了，小巫女，我要告诉你一件事。兀良合台的第三份战报昨天也到了，善阐府被攻克后，高祥在高智升的保护下逃往姚州，兀良合台父子和提奴一路追击，终于在姚州附近将高祥生擒，继而攻克了姚州。提奴为父报仇心切，手刃高祥，取其首级。兀良合台秉承我的意思，同意提奴将高祥的首级带回半空和寨，祭奠阿塔剌酋长的英灵。他们就在姚州分兵，提奴转回半空和寨，持我所授虎符，仍为一寨之主。至于段兴智与杨喜辰，因他们主动归降，兀良合台派人将二人送往紫城，他们现在紫城等候圣旨。明天，你跟我一起去紫城会见段兴智吧。"

说着话时，他们已来到桌案之后，在雕花木椅上坐下来。罗凤想起高平和杨靖凌，关切地问道："那，高智升呢？他怎么样了？"

"本来，阿术也可以把高智升生擒活捉，但他在被俘前自杀了。"

罗凤虽然不很吃惊，却还是忍不住叹了口气。

"别想这些了。给你说件让你高兴的事吧，这次出征，阿术把那个'猴子'也捉到了。"这最后一句话，忽必烈是用一种开玩笑的口吻说的。

"猴子？什么猴子？"

"你忘了吗？就是那个……"

忽必烈没说下去，等着阿术把人带进来。

直到高西出现在军帐中，罗凤才明白忽必烈为什么要将高西戏称为"猴子"了。此时，成为蒙古军阶下囚的高西畏畏缩缩、灰头土脸的样子，倒还真的有些像是一只落入罗网的猴子。罗凤还没顾上问问怎么回事，姚枢、子聪和尚、阿术一干藩府旧臣及各军主要将领紧随高西之后，鱼贯而入，忽必烈愉快地招呼大家入座。顿时，忽必烈可容纳数十人的军帐里变得热闹起来。

罗凤对尊卑座次之类的事情本来没有概念，既然忽必烈让她跟自己坐在一起，她也就心安理得地坐在了他的身边。

忽必烈的右下手还空着两个座位，罗凤正想着不知还有哪位贵客未到，只见阿良酋长和孔雀夫人在侍卫的引领下走了进来。阿良酋长看到女儿，冲她做了个五指向上又向下的动作，罗凤明白这是父亲讽刺她原想破云而飞，不料仍旧逃不脱猎人的手掌心，不得不垂下骄傲的翅膀。

罗凤瞪了父亲一眼，心中却没有丝毫不快。

阿良酋长正跟女儿逗乐，蓦然瞥到高西，脸上不由得微露惊异之色。

忽必烈请阿良夫妇入座，又示意燕真给高西解开绑缚的双手，要他席地坐在大帐中央正对着忽必烈和罗凤的位置上，侍卫在那里专门给他安排了一个低矮的几案，看样子，忽必烈是要让他一起参加宴会。高西原本觉得自己既被蒙古人生俘，绝无生望，不料忽必烈竟如此待他，这完全出乎他的意料。

他愣愣地站在那里，直到燕真捅了捅他的腰，他才醒悟过来，躬躬身，双膝发颤地坐了下来。

他的脸色依旧很难看，犹如干裂的河床中的泥土一般，苍凉、灰暗、了无生气。他人虽坐下了，却始终没有勇气抬头看一眼正坐在他对面的忽必烈大王。他生怕他万一不小心激怒了忽必烈，小命又要不保。

燕真代替忽必烈宣布宴会开始。

在任何一个喜庆的日子里，在军队庆祝胜利时，在蒙古帝国招待别国使臣或贵宾时，都要举行盛大的宴会，这种习惯从成吉思汗时代一直延续至今。即使蒙哥汗即位后出于与民休养生息的考虑，想方设法充裕国库，加之他本人不喜宴乐，力行节俭，是以宫廷内举办宴会的次数骤减。可即便如此，他对于诸王及贵族所举办极尽豪奢的宴会也不能完全加以限制，许多时候甚至不得不睁一只眼闭一只眼。

至于忽必烈，他的个性本就与长兄蒙哥汗不同，他的身上明显缺少蒙哥汗所表现出来的严谨与沉毅，相反，他倒更像祖父成吉思汗，对任何新鲜事物都保持着一颗不泯的童心。他喜欢探求，更喜欢尝试，能吃苦，也不拒绝享乐。

他的另一个优点是：心胸宽广，知错必改。这一点儿，凡是跟随他多年的藩府将臣都了若指掌，因此他们很知道什么时候可以适当地纵容他，什么时候又该跟他据理力争。例如，像今天这种十分铺排的军中盛宴，他们即便认为没必要，也不会不分青红皂白地横加阻拦。

不管怎么说，在短短的不到一年的时间里，忽必烈征服了大理全境，这样显赫的战功，也确实值得为此庆贺一番了。

忽必烈从中原和蒙古带来的御厨三天前就开始为这场盛大的宴会做着准备了，在物产不如中原和南宋丰富的大理，他们挖空心思，煎炒烹炸炖，竟然准备了七十二道尽显蒙、藏、汉及大理本土特色的菜肴。宴会开始之后，这七十二道菜将分八次上完，每次上九道，这也暗合了蒙古人崇尚"九"的心理和习惯。

酒的种类倒是不多，只有马奶酒、西域葡萄酒、南宋的粮食酒、大理的果酒四种，但是量很充足，全凭个人的喜好各取所需。

罗凤还是第一次参加如此豪放又如此奢侈的宴会，上一次在忒剌草原上的黄龙镇，她不过是随忽必烈吃了一顿便饭而已。此后行军和征战当中的饮食则更为简单了，今天，罗凤算是真正地领略了肉山酒海的真正含义。

酒宴上最助兴的永远是音乐及歌舞，忽必烈这次出征大理，带了五十名乐师和二十余种近百件乐器随行。阿良酋长归降之时，忽必烈将一半乐师和乐器都赐给了阿良酋长。对忽必烈而言，这也算是一种独有的放松身心的办法，无论战事多么酷烈，但有闲暇，他必定邀请藩府将臣共赏歌舞，谈古论今。

第一轮九道菜很快被穿梭于大帐中的侍女摆在每个人的面前，众人颇有默契地停下交谈，一起望着忽必烈。忽必烈明白他们的意思，满面笑容地发表了一个简短而又不失热情洋溢的讲话，话音落时，音乐徐徐响起。

众人一起举杯，敬献他们的殿下。

罗凤平素不常饮辛辣的粮食白酒，大理地区虽然也有用各种粮食制成的白酒，但制作工艺终究不及宋地。忽必烈为罗凤倒了一杯宋朝一年前进贡的名酒蓝桥风月，罗凤爽快地一饮而尽。

蓝桥风月果然性烈，一杯酒刚刚下肚，罗凤就有一些晕晕乎乎的感觉，脸颊上一阵阵发热，粉红的颜色犹如艳丽的桃花。

忽必烈望着罗凤微微一笑，夹起一块酱鹅脯放在罗凤面前的银盘中，催促她多吃些压压酒。

看到忽必烈大王对自己的女儿如此体贴，阿良酋长和孔雀夫人的心里都暖融融的。到底是做母亲的，孔雀夫人感动和伤感之余，鼻子一酸，眼泪差点掉了下来。

当第二轮的九道菜被侍女送上时，大帐中的气氛更加热烈了，只见觥筹交错，只闻笑语声声。高西至此也受到感染，慢慢丢掉了初时的惊恐与焦虑，一杯接一杯地喝起产自西域的红葡萄酒来。

在葡萄酒的作用下，他几乎忘却了自己真实的身份——只不过是蒙古人的阶下囚，而非座上宾。

差不多有三刻钟，第三轮的九道菜也一起被呈上了。高西紧张的心情已彻底松弛下来，他抬头起，忘乎所以地欣赏着蒙古族姑娘献上的盅碗舞，偶尔地，他的目光扫过忽必烈坐着的方向。

这时，他看到了罗凤。

尽管他就坐在罗凤的对面，罗凤却一点没去注意他，她正在听忽必烈给她说着什么，黑黑的眉眼里，桃红的脸颊上，全是甜甜的笑。

没想到罗凤的笑容如此美丽，如此令人心旌荡漾。看来，这只在大理生大理长的金凤凰，就要飞向更辽阔的远方。

高西的内心百感交集，一时间竟望着罗凤呆住了。

忽必烈注意到高西的情绪变化，想起什么，向罗凤低低耳语了几句。

罗凤这才抬眼看了看高西，笑着点了点头。

忽必烈向舞女和乐师做了个手势，音乐停了下来，舞女们知趣地退至一旁，刚才还喧闹着大帐霎时安静下来。

忽必烈向高西笑道："你，往前来。"

高西"啊"了一声，酒顿时吓醒了一大半。

两个护殿的侍卫立刻上前，将高西的桌子往前挪了挪，摆在离忽必烈和罗凤更近的地方。高西早已被这突如其来的变故吓得魂飞九天，燕真不容分说，一把扯过他，直接把他摁在座位上。

高西浑身簌簌发抖，半张着嘴傻呆呆地看着忽必烈。

忽必烈的表情一如既往，还是笑眯眯的，很温和，"高西，我听说，你早以前跟罗凤对过歌，是吗？"

高西不知道该如何回答。

"是吗？"

高西如同牙疼一般"哼叽"了一声。

忽必烈笑了，"这样吧，你再跟罗凤对一次歌，如果你唱得好，本王可以考虑减免你的罪过，饶你不死。你看如何？"

高西"我……"了半天，一句完整的话也没回答出来。

"就这样吧。本王一言九鼎，你一定要好好对哦。对好了，本王宴会后就释放你，如此一来，本王就不必把你带回草原了。"

高西惶惑地看看忽必烈，又看看罗凤，看看罗凤，又看看忽必烈。他们的样子，并不像为了借机要他的命。

高西鼓足勇气，应道："是。"

罗凤略一思索，亮开歌喉，唱起了在摩些蛮广为流传的《创世神话》。那还是在忒刺草原初遇的时候，她教过忽必烈的歌。

罗凤没有选择对歌，她怕高西对不来遭到责罚。《创世神话》在大理，无论大人小孩都会唱，只要高西接上来一段，罗凤就算他赢。

罗凤的歌喉依然婉转动听，顿时，叫好声、欢呼声此起彼伏。

三滴白露撑着三根冰柱，

三根冰柱撑着三把黑土。

三把黑土撑着三棵青草，

三棵青草撑着三棵灵芝。

接下来，应该轮到高西对唱，可是高西太紧张了，把歌词忘到了九霄云外。没办法，罗凤只好接着唱道：

三棵灵芝撑着三棵灌木，

三棵灌木撑着三棵红栗。

三棵红栗撑着三棵绿松，

三棵绿松撑着三棵锑杉。

三棵锑杉撑着三棵绿柏，

三棵绿柏撑着三座岩壁。

三座岩壁撑着三座高山，

三座高山啊！

高西还是一副呆滞的表情，忽必烈接上了下面的歌词，这一段他最熟悉，他还清楚地记得当初罗凤一字一句教他这段歌词的情景。蒙古人崇尚"九"，这段歌词里的神马、神石、虎豹都是"九"数：

顶住那若保神山，

只有东西撑着还不行，

还得有东西来看守。

九匹神马守着九块神石，

九块神石守着九只虎豹，

九只虎豹守着白狮子，

白狮子守着黄金象，

黄金象守着大力士，

大力士守着若保神山。

忽必烈的声音浑厚嘹亮，婉若天地间清风过竹，水击崖岸所发出的动听回响。罗凤笑意盈盈，接着唱道：

所有的人们啊，

都来歌颂若保神山。

歌颂它像东神、瑟神一样高大。

像神狮一样雄伟，

像神象一样庄重，

像大力士一样英武，

像白螺一样圣洁，

像松柏一样青翠。

高西张着嘴，仍是一副呆若木鸡的样子。大家的心顿时都为他悬了起来。

捌

罗凤悄悄地向高西做了个用手撑天的手势，高西终于想起歌词了，于是，他唱道：

若保山头顶住天，

天不摇晃了，

若保山脚镇住地，

地不振荡了，

居那若保山上，

万物生长了。

居那若保山上，

产生了美妙的声音，

居那若保山下，

产生了祥瑞的白气。

好声好气相混合，

产生了三滴白露水，

三滴白露水又变化，

变成了一汪大海。

高西一张口，还真是"震惊"四座，说他是五音不全也好，说他的声音是鬼哭狼嚎也罢，总之的确难听。这且不论，他为了保住性命唱得很卖力，满脸都是汗，额上青筋暴起，形象越发令人不敢恭维。

忽必烈的幕僚多是儒学大家，犹自矜持。武将们却不管那一套，包括阿良酋长在内，全都笑得前仰后合。孔雀夫人注重仪态，微微含笑，忽必烈的表情轻松愉快，温和的目光不时停留在高西绝望的脸上。

只有罗凤一点儿不笑。

她认真地跟高西对歌，尽量多给他一些提示，她希望这样可以让高西想起歌词来。因为殿下说过，只要高西歌对得好，就饶他一命。她以前一点都不喜欢高西，但现在，她对他只剩同情，她绝不希望失去一切的高西再失去他的生命。

一曲歌对下来，高西已是气喘吁吁，喝到肚里的酒也差点儿都吐了出去。他的眼睛望着罗凤，那里面有一种说不出的凄惶和无助。罗凤根本不看他，脸上始终是一副若无其事的表情。忽必烈知道歌已对完，倒了一杯酒，要燕真给高西送过去。高西不知道忽必烈什么意思，吓得动也不敢动。

忽必烈转向罗凤问道："罗凤啊，你来说说看，高西的歌唱得怎么样？"他的声音在高西听来富于磁性，但同时似乎也充满了杀气。

"马马虎虎吧。比我第一次见他时要强一些。"

高西没想到罗凤会这样回答。

"那么，就由你来决定，我们该如何处置他？"

高西的心里燃起希望，可看到罗凤面无表情，刚刚燃起的希望火苗又熄灭了。罗凤仍然不看高西，"我说了算吗？"

"当然。"

"像在黄龙镇一样？"

"对。"

"那好，殿下，你放了他吧，不要把他带到草原。"

此言一出，高西呆若木鸡。

"哦？"忽必烈的嘴角微微抽动了一下，他的表情有些奇特，不知道他是想笑，还是有些不快。

罗凤一心想要劝服忽必烈，"殿下，说起来高西这个人也没做过什么坏事，他和他爹、他叔不一样。再说，他爹、娘、二叔、姐姐、姐夫都死了，剩他一个人孤苦伶仃也怪可怜的，你说是吗？"

"这么说，你并不记恨他？"

"我为什么要记恨他？噢，你是说那件事啊。那件事也不是高西的错，要说有错，是我爹的错，都是他好赌惹的祸。"

阿良酋长万没想到女儿为救高西会将自己牵扯进去，他本来刚刚喝下一口酒，结果被呛住了，咳嗽起来。孔雀夫人体贴地为丈夫轻抚着后背。忽必烈却根本不觉得意外，他早料到罗凤会帮高西说情，"好吧，既然你的心意如此，那本王就饶过他，许他居于大理任何一个地方，自食其力。"

"真的吗？"

"我何曾骗过你！你若不放心，我在这里当众颁下旨意：只要高西不为非作歹，任何人不得难为他。宴会之后，由阿良酋长将我的旨意传布各方，任何人不得违背。这样，你觉得可以了吧？"

"当然可以了。殿下，我在忒刺草原时给你看的相一点儿没错，你这人大人大量，将来一定会长寿的。"

忽必烈哈哈大笑，"听你这么一说，我想不大人大量也不行了。好啦，小巫女，只要你满意，我也就没有什么可说的了，现在，就让宴会继续吧。说不定我在大理的这些日子，哪天还想听高西跟你对歌呢。"

罗凤叫了起来，"千万不要！我可不想！"

"为什么？"

"他唱歌比杀猪还难听，我再也不要跟他对歌了。"

这一次，在座的所有人与护殿侍卫都忍不住，一起大笑起来。受这种欢乐的气氛感染，高西咧着嘴，也跟着苦笑了。

大理紫城，是南诏时期的国都。城北二里点苍山的应乐峰麓，矗立着唐开成元年（836）兴建的南诏崇圣寺三塔，大塔居前，两座小塔稍后，分南北而立，成三足鼎立之势。

南诏大衙门，有"上重楼"层叠之状，气势恢宏。重楼左右又有两条阶道相通，高二丈余，砌以青石台阶。楼前方二三里，南北城门相对，是平民、商旅来往的通衢。从楼下门行三百步至第二重门，便有门屋五间。两行门楼相对各有榜，并清平宫、大军将、六曹长宅。

入第二重门，行二百余步，至第三重门，门两旁排列着刀枪剑戟十八般兵器，上有重楼。入门是屏墙，又行一百余步，至大厅，台阶高达一丈有余，重屋制如蛛网，架空无柱。两边皆有门楼，下临清池。大厅后有若干小厅，小厅后即南诏宅第。

客馆在门楼外东南二里，馆前有一凉亭，亭临方池，周回一里，水深数丈，鱼鳖遨游其间。其大厅的建筑，也是中原自六朝以来颇为流行的一种无梁殿式的建筑形式。这些依山而筑、华丽的南诏王宫和官员的住宅之外，在城南苍山玉局峰下，就是著名的五华楼。

五华楼是南诏的迎宾馆，兴建于南诏王劝丰佑天启十七年（856），方形，周长五里，高十丈，楼上可住万人，楼下竖立着一排三丈多长的旗杆。这里是接待西南各族首领的寝宫。

忽必烈在五华楼接见段兴智时罗凤也在场。

现在，忽必烈俨然已将罗凤置于王妃的地位。对此，罗凤本人浑然不觉，她只是满足于与忽必烈朝夕相处的日子。

还在罗凤很小的时候，段兴智就很喜爱她，现在，罗凤有了好的归宿，段兴智真心实意地为她感到高兴。接见仪式上，忽必烈与段兴智言谈甚洽。作为亡国之主，段兴智一生懦弱，但是忽必烈并没有因此看轻他。忽必烈的宽厚与仁慈，使段兴智和杨喜辰向他敞开了心扉。

仪式即将结束之时，忽必烈亲自向段兴智宣读了蒙哥汗的圣旨。圣旨中，蒙哥汗效仿历代以夷治夷之故事，将段兴智封为"摩诃罗嵯"（意即"大王"），继续统治大理全境。而原善阐府演览杨喜辰审时度势，救主献城有功，被破格加封为大理国万户长，仍坐镇善阐府，辅佐段兴智。

与此同时，蒙哥汗出于安抚大理人心的需要，接受忽必烈的建议，下令在大理设立十九个万户，万户下设千户，千户下设百户。如此一来，既重用了故土统治者，又加强了对大理全境的军事管理。段兴智感于蒙哥汗宽宥重用之恩，与忽必烈约定，来年开春，他将亲自北上谒见蒙哥汗，届时，他希望能与忽必烈在万安宫重聚。

处理完一应事宜，忽必烈特意抽出半天时间带罗凤上街游玩，按照罗凤的指点，他到一家百年老店购得一匹大理白马和一把锋利无比的郁刀，如此一来，加上象皮甲胄，忽必烈拥有了罗凤所说的大理所有宝物。

六月二十三日，忽必烈一行回到摩些城寨，再有一天，就是大理国万众狂欢的火把节了。六月二十八日，忽必烈将正式迎娶罗凤。从紫城返回当天，罗凤仍旧住在竹寮，火把节后，她就必须回到爹娘身边，将自己装扮一新。

按照当地的习俗，新婚之前，阿挪不可能再与罗凤见面，为此，他托罗凤的侍女带给罗凤一个精致的锦盒。罗凤知道锦盒里装的是什么，她没有立刻打开，而是放在了案几之上。

这一晚，阿良酋长和孔雀夫人在女儿的竹寮中待到很晚，因为过不了几天，女儿就要成为忽必烈大王的王妃，而且很快要随忽必烈大王回师漠北。到那时,他们再想与远嫁数千里之外的女儿见上一面,绝不是一件容易的事情。

罗凤的心里还从来没有像现在这样难受过。这许多年来，她依仗着爹娘的惯宠调皮任性，为所欲为。尤其是爹，她总与爹争争吵吵，从来不把爹当成部族的酋长来尊敬，爹表面上似乎很恼怒，总是威胁着要踢她或是揍她一顿，其实她知道，爹在内心却把这种争吵当成了生活中的一种乐趣，当成对她的爱宠。如今,她就要离开他们，直到这时她才发现自己有多么舍不得他们。

孔雀夫人送给女儿一盒粒大饱满、晶莹圆润的珍珠。这些珍珠，每一粒都是上品中的上品。这个不算真正的陪嫁，只是一种珍贵的压箱之物，孔雀夫人之所以把这么珍贵的礼物送给女儿，是想女儿到蒙古后，可以很体面地把它分赠给忽必烈的王妃或蒙古宫廷的其他人。

孔雀夫人嘱咐了女儿许多话，嘱咐最多的，还是要她做一个好妻子，不要再像做姑娘的时候那么不懂规矩，随心所欲。对此，罗凤虽然没有反驳，心里却不以为然。她知道，殿下最喜欢的，还是她无忧无虑的性格，何况，不论她有多爱殿下，她也决不会因为殿下而改变自己。

因为，改变了自己，这场婚姻将失去她的期待。

阿良酋长是男人，是父亲，自然不会像妻子那样絮絮叨叨，可是在内心深处，他舍不得女儿的心情绝不亚于妻子。

母女连心，哭了笑了,该嘱咐的都嘱咐了,罗凤告诉爹、娘，殿下答应过她，等她怀上孩子后，他一定派人把她送回大理待产。虽然不知道这个良好的愿望最终能否实现，阿良夫妇的心中却还是为之轻松了不少。忽必烈大王是个做大事的男人，难为他还有如此细腻的情肠。

忽必烈一言九鼎。一年后的九月九日（1254年10月24日），罗凤为忽必烈生下一子，孩子满月的那一天，蔚蓝色的洱海上空白鹤竞飞、彩蝶曼舞。阿良夫妇陪着女儿，按照当地习俗祈福，然后，他们一道将孩子放入一只插满鲜花扎着彩带的竹篮中，徐徐推入碧波荡漾的洱海，不多时，竹篮便向湖心缓缓漂去……

这是后话。

眼见天色已晚，阿良夫妇告别女儿，罗凤将他们一直送到竹寮之外的绕竹溪旁，这里停着孔雀夫人的马车。

孔雀夫人让女儿就送到这里。她回身抱住女儿，在女儿的额头上深情地吻了一下。

"娘。"

"凤儿。"

"娘，你一定要照顾好自己，照顾好我爹，等我回来。我生产前一定回来。虽然路途遥远，你和我爹也可以去中原看望我。对了，国主跟殿下约定，明年要亲往草原觐见大汗，到那时，爹和娘也一起来吧。"

"好，你爹和娘正有此意。"

孔雀夫人恋恋不舍地松开女儿，阿良酋长正要扶着妻子上车，罗凤哽咽地叫住了他。"爹。"

阿良驻足，向女儿微微一笑，笑容却有些勉强，"怎么？"

"爹，我走以后，谁跟你吵架呀？"

说完这一句话，她不由泪水涟涟地扑在父亲的怀抱里。自从长大之后，她还从来没有让爹拥抱过她。

阿良酋长伸出一只手，笨拙地轻拍着女儿的后背，他的眼眶已经红了，幸亏有夜色做掩护，别人看不到他的失态。他不能让别人看到他流泪，孔雀夫人却顾不得许多，站在一旁望着父女二人，早已泪流满面。

罗凤接着说了一句话，孔雀夫人听完，又破涕为笑了。

罗凤说："娘，你再给我生个妹妹吧，我来教她怎么跟我爹吵架。"

玖

回到竹寮，罗凤细心地从阿挪派人送来的锦袋里倒出一粒丹丸，让丹丸滚落在她的手心里。

丹丸，如同一颗美丽的红宝石，又如同一滴鲜红的血滴。阿挪说，一定要在火把节的当天，太阳即将没入崇山峻岭时将丹丸服下，只要她在规定的时间内服下了丹丸，本主神就会带给她好运。本主神不仅会保佑她完全俘虏她所爱的男人那颗高傲的心，而且还会保佑她福寿绵绵。

罗凤将丹丸珍惜地在手心里攥了攥，嘴角溢出一丝羞涩的微笑。真奇怪，自从遇到殿下之后，不知道从哪天开始，她就萌生了这种羞涩的心意。

明天就是火把节了，过了火把节，殿下的大军就要离开大理。如果在火把节那天她将这颗丹丸服下，殿下不仅会带她离开大理，还会用一生来爱她，而她，从此就可以与殿下长相厮守，再不分离。

既然阿挪是这样对她说的，那就一定不会有错！

阿挪是个什么样的人物啊！他不仅会写最漂亮的字，会看天象，会制作钟漏、农具，而且会炼制神奇的药丸。阿挪的药丸治好过许多人的病，包括奇穆容的怪病也是阿挪治好的。在方圆几百里的所有城寨中，阿挪比鬼主还要受人尊敬，甚至连鬼主本人都得承认阿挪无所不知、无所不能。

说真的，除了殿下，罗凤还从来没有见过比阿挪更富有智慧的人！在很早以前，那时她还不认识殿下，也没想到会遇上殿下，有一次的风筝节上她悄悄想过，如果将来她实在无人可嫁，嫁给阿挪也不错。不过，这只是一闪念的想法，转眼间她就觉得自己这个念头极其可笑。

她对阿挪的情义不是那个样子的，真的不是。在茁刺草原的黄龙镇遇到殿下后，她更加明白了这一点。只有殿下，才是她愿意在竹寮里苦苦等待而不会产生任何怨言的男人，只有殿下，才是可以让她快乐又惹她伤心的男人。

殿下是这样的男人，这样的唯一的男人。

罗凤将丹药重又放回锦袋里，明天太阳落山的时候她一定会将丹药服下。阿挪的丹药从来无与伦比，对此，她充满信心，毫不怀疑。

每到火把节，摩些城寨的男女老少都要品尝阿挪酿制的九果酒。阿挪酿制的九果酒味道醇厚甘美，回味无穷，凡是喝过九果酒的人都说，恐怕神仙闻到酒香，也会偷偷溜到人间。

顾名思义，九果酒就是用精选的九种果实的果肉和果仁，辅以玉龙山清冽的玉龙甘泉，再以独特的方式酿制而成。九果酒从选料到出窖，约需三百余天。九果酒的发明者自然是无所不能的阿挪，而九果酒的酿制秘方也只有阿挪一人掌握。

事实上，摩些城寨的寨民们正是从阿挪来到城寨的第二个火把节才开始有幸品尝到这令人喝过难忘的美酒。

九果酒已是如此，九果百露酒的香醇比之自然更加有过之而无不及。因为九果百露酒虽然也是选取了九种果实的果肉和果仁，但它不是取玉龙山的泉水来配制的，而是选取从百种花瓣上所收集的稀少的夏露代替了泉水，这样酿制出来的九果百露酒其珍贵可想而知。

在火把节的这一天，阿挪酿制的九果百露酒，只有城寨里无可争议的最美丽的姑娘，以及那一年因为做出了惊天动地的事业而得到众人崇敬的男人才有资格品尝。九果百露酒用银壶装，用银杯喝，象征着纯洁、富有、吉祥。而珍贵的九果百露酒，倒在纯银的酒杯里，只能倒满两杯。在摩些城寨里，无论男人还是女人，一生中只要有一次机会品尝过九果百露酒，他或她就会终生受到人们的尊敬。

火把节上喝九果酒和九果百露酒的习俗经过七年的时间已成定制。有资格饮用九果百露酒的男人每年可能不同，但城寨里的男人和女人都清楚地记得，从罗凤十三岁起，就再没有别的姑娘饮过阿挪的九果百露酒。

今年的火把节上，忽必烈成了第一个有幸品尝九果百露酒的外族男人。忽必烈虽是外族人，但在摩些人的心目中，他是阿良酋长的女婿，是自家人。这且不论，他只用了短短几个月的时间，就征服了大理全境，他建立的赫赫战功，足以令摩些人将他视为心目中的英雄。因此，由忽必烈先饮九果百露酒，摩些人经过仔细商议，一致认为，他当之无愧。

忽必烈尚且不了解这件事，他只当这一切都是摩些城寨的规矩。

当夕阳即将完全没入山峰的那一刻，罗凤将九果百露酒倒在银杯里，双手举过头顶。这一切本来并不需要她亲自来做，可她一定要亲自做，她要亲手将九果百露酒献给这个男人——她的殿下。

忽必烈接过酒杯，问道："这就是你说过的九果百露酒吗？这酒的颜色很像我所喜欢的西域葡萄酒呢，晶莹剔透，真漂亮！"

罗凤微笑着说道："殿下，喝了九果百露酒，它会带给你力量和好运。"

"好。我们一起来。"

忽必烈看着罗凤擎杯在手，然后，他们一起将杯中酒一饮而尽。

在他们将酒杯放回手边案几上的瞬间，无数火把同时点燃，仿佛点点繁星，照亮了城寨的每个角落。狂欢开始了，城寨沸腾了，星光下，火光中，罗凤嫣红的脸颊比消逝在天际的晚霞还要明艳，还要动人。

忽必烈不由自主地伸出手，将罗凤的手合拢在手掌中。罗凤痴痴地望着他，如星的两眸中泪光盈盈，与火光、星光交相辉映。

也许，那个晚上的事情真的只是他的多疑？忽必烈默默地想到。此时此刻，甘醇的九果百露酒终于让他向这个天真无邪的女孩儿敞开了心扉。他要带罗凤走，四天后，是他与罗凤的婚礼，婚礼结束，他就要带罗凤离开大理。让这个女孩永远留在他的身边，这与其说是罗凤的心愿，不如说是他的渴望。

阿挪没有加入狂欢的人群，他独自站在草亭下，密切地关注着忽必烈的一举一动。他的心绪有些复杂，却不曾产生过片刻的动摇。

忽必烈与罗凤说着话，罗凤温柔如水。

一刻钟。一刻钟，阿挪想，是时候了。

是时候了。只见罗凤的身体软软地倒在了忽必烈的脚下。

阿挪完全呆住了。

忽必烈俯身欲抱罗凤，他刚一动，一股鲜血便顺着罗凤的嘴角流了出来。忽必烈有经验，不敢抱起罗凤，他坐下来，将罗凤的身体抱在怀中，"小巫女，小巫女！小巫女你怎么啦？"

狂欢的人群渐次安静下来，有些人向罗凤和忽必烈拥来，却被忽必烈的侍卫挡在了外围，只能远远地向里边张望。

阿良夫妇奔向女儿。罗凤躺在忽必烈的怀中，目光久久地落在他的脸上。这突如其来的变故令阿良夫妇完全乱了方寸，除了声声呼唤着女儿，他们手足无措。

这到底是怎么回事？这到底是怎么回事？

罗凤的嘴里不断涌出鲜血。她就那样望着忽必烈，眼神有些恍惚，又有几分欣慰。

阿挪的耳边不断地回响着一个声音，是忽必烈的声音：这九果百露酒的颜色很像西域的红葡萄酒呢。

这九果百露酒的颜色很像西域的红葡萄酒。

这九果百露酒的颜色很像西域的红葡萄酒。

西域的红葡萄酒……

九果百露酒，怎么会像西域的红葡萄酒？唯一的可能就是，罗凤在酒里加入了他送给她的丹丸。

阿挪算到了一切却偏偏忽略了一件最关键的事情：对罗凤而言，她对忽必烈的感情是世界上最珍贵的东西，忽必烈是她生命中最重要的人。她真的以为他送给她的丹丸是本主神的赐福，可以使人福寿绵长，所以，她毫不犹豫地将丹丸加入了忽必烈的九果百露酒中，让她深爱的男人服用。

她哪里知道，这丹丸其实只是一粒解药，他加在九果百露酒里的毒，只有这粒丹丸能解。

他做好了必死的准备，他甚至设想过当忽必烈倒在地上时，他会站出来告诉所有的人，是他在忽必烈的酒里下了毒。他会告诉所有的人，他是谁的儿子，他要杀死忽必烈纯粹是为了他的国家。因为这个可怕的蒙古人的王，总有一天会成为他爱过恨过的那个国家的掘墓人。

他会一个人领受一切罪行，安然赴死。

当时，他丝毫就没想过失去了忽必烈的罗凤要如何面对一切，更没想到最终替忽必烈服下毒酒的人是罗凤。

罗凤就要死了，这一次，是他亲手杀死了罗凤！

忽必烈已派人去传许国祯。这位蒙古人的王，声音嘶哑，眼珠通红，全然没有了往昔处变不惊的风度。

不！无论如何，他不能让罗凤死，绝对不能！

阿挪近似疯狂地向罗凤跑来，却被忽必烈的侍卫抓住了肩膀。一个侍卫向他的腿窝猛踹一脚，他顿时跪在了地上。

"放开我！放开我！忽必烈大王，要救罗凤，一定要救罗凤啊！"他绝望地喊着，拼命地扭动着身体。

忽必烈听到了他的喊声。

此时，许国祯已来到罗凤的身边。忽必烈站了起来，为许国祯让开地方。罗凤已然气息微弱，许国祯为罗凤把脉，又认真检查了罗凤的眼睛和口鼻，这个过程中，他脸上的表情变得越来越沉重。

"怎么样？"忽必烈焦急地问。

"公主这是中毒。而且这种毒，臣过去从未接触过。"

"什么？中毒？"

"是中毒没错。殿下，臣会尽最大努力救治公主的，但最好能知道这是一种什么样的毒。"

"忽必烈大王，请放了我，请让我来救罗凤吧。酒里的毒我知道，酒里的毒是我下的。再晚了，就来不及了。"阿挪还在嘶喊，还在挣扎。

虽然有所预料，阿挪公开承认是他下的毒仍让所有的寨民感到震惊，包括阿良酋长和孔雀夫人在内。忽必烈注视着罗凤，罗凤面如金纸，气息越来越微弱。他终于下定了决心，"放阿挪过来。"他吩咐燕真。

侍卫放开了阿挪。阿挪像个疯子一般，发髻散乱，跌跌撞撞地向罗凤跑来。他撞到了忽必烈，忽必烈一把抓住了他的肩膀。

忽必烈的手像铁钳一样，阿挪的肩膀一阵钻心的疼痛。两个男人的目光遇在一起。"救罗凤。如果……"

后面的话不用说，阿挪也完全明白。其实，如果罗凤死了，他又岂能苟活于人世？他这个杀死了罗凤的凶手，又岂能苟活于人世？

阿挪挣开了忽必烈的"铁钳"，扑跪在罗凤的面前。

罗凤看到了他，她的意识越来越模糊，可她还是艰难地向他一笑，她说："谢谢你，阿挪。"

谢他什么呢？当然是他给了她一粒解药，使她的殿下因此安然无恙。

阿挪心如刀绞。他第一次意识到自己犯下了一个不可饶恕的错误：他与忽必烈之间，有国仇，或许也有家恨，但事实上，他既报不了国仇，也解不了家恨。最终，为他所谓的"忠诚"付出生命代价的，是一个至情至性的女孩。

罗凤向忽必烈伸出了手，忽必烈还没有握住它，这只手已然垂了下去。

阿挪欲从地上抱起罗凤，内心充满了悲痛与绝望的孔雀夫人一把推开了他。她不许这个害了女儿的人再碰女儿一下。虽然没有一句咒骂的话，但孔雀夫人眼中的悔恨和仇恨足以杀死阿挪一百次。

这是最深刻的悔恨和仇恨，当年，如果不是孔雀夫人将阿挪带回了山寨，也许今天的一切都不会发生。

阿良酋长抱住了冲动的妻子。女儿同样是他的命根子，如今，女儿命在旦夕，他只能相信，阿挪是真心要救女儿。而且，为救女儿，许国祯神医和阿挪一定会尽他们最大的努力。

"快点！"阿良酋长只对阿挪说了这两个字。

阿挪也不知道自己从哪里来的一股力量，从地上抱起罗凤，飞快地向离自己最近的竹寮跑去。许国祯跟随他上了竹寮，其余的人，包括忽必烈、阿良夫妇、寨民和所有蒙古将士在内，全都聚集在竹寮之外的空地上。

竹寮中，亮起了油灯的光亮，竹寮外，数以万计的火把熊熊燃烧，这是人们在为罗凤祈祷。

时间在焦灼、不安和等待中一分一秒地逝去，外面的人们不知道竹寮里的情形究竟如何了，但是，只要阿挪和许国祯没有放弃，他们就决不会轻易放弃希望。不知不觉中，曙光已划破天际，天色一点点变得透亮。竹寮里的灯光、手中的火把什么时候熄灭的人们都不知道，所有的目光都投向竹寮的方向，那里有一个摩些城寨最美丽最痴情的女孩，他们相信，本主神一定会赐福给她。

面对初升的太阳，阿良酋长和孔雀夫人将双手并拢，放在头顶，开始说一种忽必烈听不懂的语言。很快，所有的寨民都像他们一样，嘴里反复地大声念着什么。同样的姿势，同样的语调，透露出无尽的苍凉。忽必烈虽然听不懂他们在说些什么，但看得出他们的眼神虔诚无比。

是了，除了罗凤，此时此刻，绝不会有任何其他的事情能够如此牵动一个城寨男女老少的心。

罗凤，罗凤，罗凤，忽必烈听寨民们在反复念着这个名字，他心潮翻滚，也学着寨民们的样子，将并拢的手放在了头顶之上。

请无所不知、无所不能的长生天，保佑这个纯洁善良的好女孩吧。我，忽必烈，以黄金家族成吉思汗的嫡孙名义向长生天恳求，请你让罗凤活下来，让她实现她的愿望，成为孛儿只斤家族的女人。

请把她赐给我，让她在我身边幸福地生活。

请把她赐给我！请把她赐给我！

终于，竹寮的门打开了，一个人走了出来，在身后关上了门。是阿挪。

阿挪几乎是瘫跪在地上。忽必烈感到全身的血液都变凉了，他不顾一切地跑上竹寮。孔雀夫人也想跟上他，却两眼一黑，昏倒在丈夫的怀中。

忽必烈跑到阿挪身边，看了看他，突然一把揪住了他的衣领，"你——"

阿挪一动不动。

"殿下。"许国祯在屋内唤道。

忽必烈放下了阿挪，用颤抖的手推开了门。推开门的瞬间，他的两条腿就像钉在地上一般，痛苦在一瞬间让他失去了思考的能力。

罗凤死了。

罗凤平躺在地上，双目紧闭，脸色苍白。许国祯站在她的身边。

"殿下。"

许国祯的声音格外遥远，仿佛来自不可知的天国。

"殿下。"

"国祯，她死了，是吗？"忽必烈语调呆板地问。

许国祯看到，两颗豆大的泪珠从忽必烈的眼中滚落。除了大那颜拖雷和忽必烈的母亲苏如夫人去世，许国祯还从来没有看到过这个坚强的男人流泪。

拾

"殿下，殿下。"

忽必烈动了动，他听到了许国祯焦急的呼唤。

"殿下，您过来看看。"

忽必烈几乎是一步一步地挪到了罗凤的身边，他坐下来，轻抚着罗凤的面颊。罗凤的脸是凉的，长生天还是不肯将罗凤赐给他。

天哪，都是他被猜疑和嫉妒冲昏了头脑，自从那天晚上的事情发生之后，他一直没有对罗凤更好一些。他是该受到这种惩罚的……

许国祯将罗凤的手放在了忽必烈的手中，罗凤的手同样是凉的，手心里微微浸着冷汗。忽必烈轻轻地抱起罗凤，像怕弄疼她一样，轻轻地将她的脸贴在了自己的脸上。有一种温暖的气息拂着他的脸，他的眼，一开始，他以为那是自己的气息，后来，他醒悟过来，急切地将手指用力扣在罗凤的手腕之上。

感觉到了，感觉到了，罗凤的脉搏的确在微弱地跳动，这么说……忽必烈抬起头来，第一次认真地看了看许国祯的脸。许国祯脸容疲惫，眉目中却流露着些许激动。

"罗凤……"

"阿挪，尽了最大的努力。"许国祯缓慢地说。

"你是说，他救活了罗凤？"

"是。公主……"

"可她为什么昏迷不醒？"

"殿下，公主中毒太深，虽然阿挪保住了她的性命，可是，只怕她一时半会儿很难苏醒。"

"什么？难道她就要永远这么睡着？"

许国祯的脸上滑过一丝犹豫，"也许……"

"也许？什么？你想说什么？"

"殿下，如今，也许只有一种力量可以将公主唤醒。"

"那是……"忽必烈只说了两个字便顿住了，他已经悟出许国祯没有直接说出的意思：也许这世上还有一种力量可以将罗凤唤醒，这唯一的力量就是——爱。他向许国祯挥了挥手，"你下去休息吧，本王想单独待一会儿。"

"是。过半个时辰，臣再来给公主诊治。殿下，如果有什么情况，请您随时派人通知臣，臣就在不远的地方。"

"我知道了。对了，国祯，你可以把这个消息告诉阿良酋长、孔雀夫人以及在外面等待的寨民们。现在，让本王一个人静一静。"

"臣明白。"许国祯答应着，走到门边，想起什么，"殿下……"

"还有什么事？"

"阿挪怎么办？"

"嗯……先把他看管起来吧。救罗凤还需要他。"

"臣明白。"

"另外……"

许国祯等待他的吩咐。

"如果本王这里没有特别的事，就按你说的，半个时辰后，你再过来。让阿良夫妇也跟你一起来吧。还有，传令下去，这些日子，本王将留在这里，军队的事情交由阿术和廉希宪全权处理。"

"是。"

"好啦，你去吧。"

许国祯躬身而退。

罗凤活着但还昏迷不醒的消息迅速传遍了摩些城寨，寨民在庆幸的同时又难免有几分担忧。这一个白天都在不断打听消息中度过，晚上，数以万计的火把再次燃起，纯朴的摩些人相信，火是生命之精，生命之粹。

第二天清晨，当忽必烈出现在竹寨门前，当寨民们看到他的怀中抱着尚且虚弱的罗凤时，顿时一片欢腾。

阿挪被带到忽必烈的大帐。不过短短三天的时间，阿挪似乎苍老憔悴了许多。只见他满脸胡茬，脸容清瘦，目光呆滞，一点儿没有往日优雅迷人的风采。侍卫将阿挪推到大帐中间，他一眼看到正与忽必烈并肩而坐的罗凤，不由双膝一软，身不由己地跪倒在地上。

罗凤欲起身，却被忽必烈伸手按住了。

阿挪百感交集地凝望着罗凤，眼圈一红，两行泪水潸然而下。

罗凤的脸色依然苍白少有血色，但她的脸上却挂着他所熟悉的笑容。罗凤从来都是这样的，她一定是在庆幸自己没有被死神夺走，又回到了她心爱的男人身边。

阿良酋长和孔雀夫人并排坐在客位，看到阿挪时，他们互相对望了一眼，脸上的表情颇有些暧昧不明。

只有忽必烈神态威严。对于阿挪，这个差一点儿害死罗凤又最终救了罗凤的人，忽必烈一时很难决定该如何处置他。

大帐中一片沉寂，片刻，沉重的内疚让阿挪低下了头。

罗凤说："阿挪，不要跪着了，起来回话。"

阿挪一动不动，他的心里多少有点儿吃惊，因为罗凤的声音虽然仍有一些喘息，可语调居然还像平常一样兴高采烈。真够难为她，这个精灵一样的女孩，恐怕连死神对她这种乐观的性格也奈何不得。

"阿挪，起来吧。"罗凤又说。

"对……对不起。"

"你别这么说。殿下和许大夫都告诉我了，如果不是你，我不可能活下来。谢谢你救了我。"她笑颜如花，迥无怨责。

阿挪都不知道自己还能再对罗凤说些什么，他抬起头，近乎贪婪地凝视着她。或许今生，他再没机会像这样将这个女孩的音容笑貌从眼里放进心里。

"阿挪。"忽必烈的声音仍像初见时一样洪亮，摄人心魄。

阿挪迟钝地将目光转向忽必烈。罗凤说，她看过殿下的相，殿下将来一定可以做一番惊天动地的大事业，成为一个了不起的人。罗凤的卦，他从第一眼见到忽必烈起就深信不疑。

"阿挪，本王有话问你，你要如实回答本王的问话。"

阿挪没有说是，也没有拒绝的意思。

"你叫什么名字？你从哪里来？你究竟是什么人？"

不等阿挪回答，罗凤先笑了，"殿下，阿挪还能叫什么名字？"

忽必烈却不笑，他在等着阿挪回答。

许久，阿挪无声地叹了口气，"回大王，我叫余如孙。"

罗凤脸上的笑容变成了惊奇，和她一样感到惊奇的还有阿良夫妇。

"阿挪也有两个名字啊，怎么大家都有两个名字呢？"罗凤喃喃自语。

"你姓余？"忽必烈继续问，很平静。

"是。"

"我记得你说过，你是江西人。那么，你与宋朝名将余玠有没有关系？"

阿挪闭了闭眼睛，声音突然哽住了，"他是……他是我的父亲。"

忽必烈并没有特别吃惊的表示，"原来你果真是余玠余将军的后人！现在，你是否可以告诉本王，你为什么会来到大理？你在大理生活，一待就是八年，你到底身负怎样的使命？"

阿挪的思绪像一锅沸腾的水。八年了，他还是第一次向别人公开自己的身份，既然已经公开，他就没有必要继续隐瞒。何况，他必须将整桩事向忽必烈、阿良酋长和孔雀夫人坦白。尤其是阿良夫妇，这些年，他们一直在他的谎言中无私地关怀着他，他骗了他们八年，该给他们一个答案。

但所有的一切，他不能当着罗凤的面说。当着罗凤的面，有些话他一定说不出口。

此时，对他而言，他不需要得到任何人的谅解，他只需要倾诉。八年，余如孙变成了阿挪，但是这八年，他真的就只有欺骗而无真情吗？

不是的。不是这样的。

"大王。"

"你说。"

"我可以跟你，跟阿良酋长和孔雀夫人谈谈吗？"

忽必烈没有立刻回答。

罗凤惊讶地望着阿挪，片刻，若有所悟："你的意思是不是说，你有话要对殿下和我爹我娘讲，但你不想让我听到。"

"对。"

"那好吧。殿下，我到外面等你。"

忽必烈点了点头，示意燕真照顾好罗凤。

"凤儿，"孔雀夫人站了起来，"娘陪你。"她心里惦记着女儿，怕女儿出去无聊，又上玉龙山。中毒之后，罗凤的身体尚未完全复原。

"可是娘，阿挪他……"

"没关系，有你爹呢。过后，让你爹告诉娘就行了。"

忽必烈也说："这样最好。夫人，你和罗凤在木宫等我和阿良酋长。"

拾壹

宽阔的大帐中，只剩下忽必烈、阿良酋长、阿挪三个人。

忽必烈与阿挪互相注视着对方。他们或许是敌人，但他们不会成为仇人。阿挪叹了口气，生平第一次向别人讲起了自己的身世与使命。

窝阔台汗去世后，乃马真皇后称制四年（1244），蒙古为攻打南宋四川之地，曾派一支军队从丽江地区进攻大理国，企图绕道大理以达川南，大理国大将高和率军迎战于九禾（今丽江九和），蒙古军战败，退回川北。

蒙古军队无功而返，但是这件事却给南宋朝廷敲响了警钟，一些胆识兼备的将领由此推断出，如果蒙古军拉开攻宋战争的序幕，大理国必定首当其冲。在持有这种想法的将领中，余玠是唯一将想法与行动统一起来的人。

作为从大理方向了解掌握蒙古军攻宋动向的第一步，余玠选定了儿子余如孙伺机进入大理宫廷，担负起搜集一切相关情报的重任。

余如孙是个头脑敏锐又与众不同的青年，因他自幼不喜好诗词歌赋，独对天文、术数、占卜、医学情有独钟，许多人，包括亲戚朋友看到他平素的行为怪诞不羁，都对他不以为然。余玠却慧眼识英，恰恰看中了这个儿子隐藏在怪诞之后的才华，认为关键时刻只有这个儿子可当重任。

而此时，余玠出任四川制置使经营四川已有两年。

事实上，余如孙对行军作战如同对诗词歌赋一样没有任何兴趣，他之所以同意前往大理，完全是出于对父亲的热爱和崇敬。

一切都按计划进行。只是谁也没料到，余如孙在潜入大理的过程中发生了一些意外。

进入大理后，如孙因为对大理的地理环境了解不够，在山中误喝了有毒的涧水，等他意识到时已无法自救。

正当他的生命危在旦夕之时，却幸为罗凤的母亲孔雀夫人发现救起，如此一来，如孙只好暂时跟随孔雀夫人回到阿良酋长的木宫。

如孙在阿良酋长、孔雀夫人的精心照料下很快恢复了健康。为了掩人耳目，他早为自己起好了另一个名字：阿挪。此后，他便以阿挪的身份成为阿良的随从，但他真正的目标，仍是伺机进入大理宫廷。

对阿挪而言，给阿良酋长做随从的日子并不辛苦。他的身边不仅有孔雀夫人像母亲一般疼爱他、照料他，还有可爱的小罗凤依绕相随，他很快便习惯了这种白天在歌声中劳作，夜晚在星光下跳舞的日子。

与他在繁华的临安（今杭州）享受锦衣玉食的生活却终日无所事事相比，他在大理的生活虽不乏艰苦，不乏单调，却也不乏快乐。若非时常想起父亲交给他的使命，他甚至希望能够就这样度过自己的一生。

一边是向往的生活，一边是对父亲的承诺，阿挪在很长一段时间内都陷入了深深的矛盾之中，不知道自己究竟该何去何从。

直到来年的火把节上，阿挪用一种理由说服了自己继续留下来，他才将所有的犹豫置诸脑后。

这个理由就是摩些蛮的阿良酋长在大理国所拥有的一人之下、万人之上的尊荣和地位。在黑、白、蛮三十七寨中，阿良酋长拥有的影响力绝对是权臣高氏兄弟所不能相比的。在三十七寨中，阿良酋长是名副其实的"大酋"，而各寨"小酋"的任命，尚且需要得到阿良酋长的认可才算名正言顺。

半空和寨的阿塔剌虽然也是"大酋"，但因为他与高氏兄弟走得近，他在三十七寨的威信，终究不及阿良酋长。

阿挪对自己说，并非只有进入宫廷才是最好的选择，他已取得了阿良酋长的信任，从阿良酋长的身上他似乎也会很容易得到他想要的东西。至少在他说服自己的理由中，这是其中最主要的一项。

自从安心留在摩些城寨，阿挪的才能很快显露出来，他的才能赢得了包括阿良酋长在内的所有人的敬重。他改进了大理地区多年来一直使用的水车和农具，制作了城寨中第一台计时准确的钟漏，同时，他利用山区丰富的草药配制成不同效用的药酒，既可以为城寨的百姓治病，也可以帮助他们强身健体。他所付出的一切努力很快有了回报，城寨的寨民们对他心悦诚服，即使阿良酋长本人，也习惯于在做每件事前都先征求他的意见后才会付诸实施。

当然，即便如此，阿挪仍然没有丝毫的野心，也从不觊觎支配他人的权位，他以自己近乎完美的品格被城寨的百姓当成了神。

但事实上，阿挪是个人，是个男人，是个普通的有着七情六欲的男人，神的光环销蚀不了他对爱情的渴望与向往。

他的心总会在某个不经意的时刻热烈地跳动，让他始料未及。

当罗凤某一天为了某件事走进他独自居住的小茅屋，而他从睡梦中醒来竟发现罗凤的身体似乎在一夜间就变得凹凸有致时；当像火一样充满热情，又像风一样自由自在的罗凤从他的眼前跑过时；当罗凤用那样一种依恋信赖的眼神望着他向他征求意见时；当罗凤将自己心里的秘密都毫无保留地向他倾诉时：他都会体验到一种感觉，一种波涛汹涌、电闪雷鸣的感觉。

这种感觉既让他无可奈何，又让他如痴如醉。

只可惜，罗凤也把他当成了神，罗凤眼里的崇拜还原不成真实的情感。

应该说，蒙古宫廷从乃马真皇后称制，经贵由汗登临汗位及三年后病逝，到皇后海迷失摄政的十年间，对四川的经营几乎没有任何作为，这在客观上为余玠加强对四川地区的治理，重新分配蒙古与南宋在四川的控制力量提供了有利的条件。余玠上任伊始，即着手恢复蜀中经济，革除弊政，不仅如此，他还在屡遭战祸、破坏严重的成都平原实行了屯田政策，轻徭薄赋，修养民力。

经过数年的苦心经营，蜀中地区民心始定。

为有效控制南宋在四川的所属领地，确保后方安全，余玠在帅府旁建成集贤馆，鼓励军民献计献策。不久，他接受冉家兄弟的建议，将合州（今重庆市合川区）州治迁往钓鱼城，并以钓鱼城为中心，在周围陆续修筑了青居城、云顶山、大获城等十几个山城，通过在嘉陵江、涪江、沱江、岷江沿线占据有利地形，层层设防，以实现其全方位抵御蒙古军进攻的方针。

其时，兴元府（今陕西汉中）仍为蒙古军据有，余玠调重兵围攻，虽急切间不能得手，但兴元府外围军事据点皆被余玠拔除。蒙哥汗二年（1252），汉将汪德臣奉蒙哥汗之命攻取成都，为忽必烈进攻大理开辟道路。

余玠闻报，与儿子余如孙在大理获得的情报相印证，得出汉将汪德臣部掠成都后必攻嘉定的结论，因此亲往嘉定坐镇，并火速下令将各路宋军调往嘉定。此后不久，蒙宋"嘉定会战"拉开帷幕。

由于余玠部署得宜，汪德臣完全陷入被动，不得不撤离嘉定。余玠不失时机，派大军沿途截杀汪德臣北撤大军，令蒙古军损兵折将，大败而归。

没想到，嘉定会战的全胜，却成为余玠生命的转折点。

一天，阿挪在摩些城寨突然接到父亲一封密信，父亲在密信中一再叮嘱他千万留在大理，不要再回四川。阿挪心里十分不安，遂借为阿良酋长及孔雀夫人祈福还愿之名，要求到四川乐山走上一趟。临行，他答应阿良酋长，一月即归。

阿挪果然在一个月后回到了摩些城寨，不过，他如同得了一场大病般，脸容消瘦，眼神恍惚，精神萎靡。

阿良夫妇只当阿挪旅途辛苦，而且祈福还愿也耗费了不少心力，遂吩咐女儿罗凤精心照料阿挪直至阿挪身体康复。罗凤原本与阿挪感情亲密，阿挪变成这样，她心里也急。父母的嘱托，她完全接受。

然而，罗凤就是罗凤，她对阿挪的"照顾"可谓别具一格。

即便在阿挪最痛苦、最万念俱灰的日子里，罗凤每天早晨也会将他从地板上揪起来，逼迫他光着脚与她一起沿山路奔跑。

开始的时候，阿挪跑不了多远就会累得上气不接下气。罗凤却从来不去安慰他，她所做的要么是边跑边对他喊：来呀，阿挪如果你是个男人，就来追上我。要么是在他一步也挪不动的时候抬起脚丫子在他身上乱踢，边踢边让他站起来。

站起来，还要接着跑。

渐渐地，不知道是山间清新的空气起了作用，还是不间断的锻炼起了作用，抑或是罗凤的激将法起了作用，阿挪开始有胃口吃东西了，脸上也渐渐有了血色。甚至，他在山路上奔跑时还能稍稍跟上罗凤的脚步。当然，他永远不可能像罗凤那样跑得那么快，罗凤从小就与野兔赛跑，有着超强的体魄和惊人的速度。阿挪初来城寨时曾不止一次亲眼看到她在山里捉到野兔。

总之，不管由于什么样的原因，阿挪终于可以跑下全程并且对生命重新燃起了渴求和欲望。

离开四川后，他曾像一个灵魂出窍的人一样凭着一种惯性回到了摩些城寨，他想最后看罗凤一眼，然后回临安为父亲申冤。尽管他明知道这样做无异于以卵击石，也有违父亲在最后一封信中千叮咛万嘱咐不允许他再回到宋地的初衷，但是身为人子，他无论如何忘不了父亲因遭受奸臣的构陷而被迫饮下毒酒的惨景。

尽管那惨景他并没有亲眼看到。

正因为父亲死时他没能见到最后一面，父亲死后他内心只剩下一个愿望：给父亲洗雪冤屈，或者与父亲同死。

谁让他的名字也是父亲遭到构陷的理由之一呢？谏臣姚世安在上奏给朝廷的奏章中说，余玠给他的儿子起名"如孙"，暗含了"生子当如孙仲谋"之意，其心不可度，其志不在小。

这原本是无稽之谈。岂料坐在龙庭之上的那个人，那位早年也曾励精图治，希望通过富国强兵以御外侮的当今圣上，那位在相当长的一段时间内对父亲格外器重甚至言听计从的皇上，偏偏这一次一反常态，不仅下旨严斥父亲在四川的举措过当，而且立召父亲速返临安陈明一切。

父亲回到了临安，却得不到皇帝的召见。

在这种情况下，多年来为朝廷委任不专以致在四川造成混乱局面烦恼不已的父亲，在诉求不得上达天听，又不堪忍受奸臣陷害和皇帝猜忌的情况下，在帅府之中饮下了证明自己清白和忠心的毒酒。

父亲在留给他的遗书中不无伤感地写道：当他在嘉定会战中击败蒙古人，取得宋蒙战争的第一场大捷时，就已然注定了他未来不为外人所知的结局。父亲没有明说的意思阿挪完全理解，父亲是在用这样一种隐讳的方式告诉儿子：他，余玠，在成为英雄的同时，也成了许多人的眼中钉，包括当今的皇上。如同当年的岳飞一样，杀死他们的理由只有一个：皇帝决不能允许一个长于用兵且深得民心的将臣在自己身边长期存在。与抵御外侮相比，守住龙椅显然更为重要。

诚所谓卧榻之侧，岂容他人酣睡？何况还是一介带刀带剑的武夫！

这仿佛一种病，一种从导演了陈桥兵变和黄袍加身的闹剧开始就已深深植入赵家人骨髓之中的病。当年，握有兵权的太祖皇帝赵匡胤将周世宗留下的孤儿寡母撵出龙庭，自己做了皇帝。自是而今，君主时时刻刻都在担心着同一幕的重演。

这种世代相传的心病在高宗时杀死了岳飞，又在几十年后杀死了父亲。

阿挪是打算回去自投罗网的，在南宋朝廷昏君与奸臣的默契里，他根本不可能达到任何目的，除了赔上自己的性命。

他并不惧怕死亡，他的心被浸泡在痛苦里太久，早已变得麻木。唯一还有感觉的某个角落藏着对阿良夫妇的承诺，以及再见罗凤最后一面的心愿，所以他才又凭借着惯性回到大理。

罗凤用一种奇特的方式惩罚着他的肉体，同时复活着他的心灵。这个善良的女孩大概从他茫然的眼色中猜透了一切，事实上，她从来都是最了解他的人。当求死的愿望烟消云散时，他留了下来，真正地留了下来。父亲死后他在那片土地上已经没有真正意义上的家了，摩些城寨就是他最后的家。

不管罗凤对他如何"虐待"，事实上那段时间却是阿挪一生中与罗凤最为亲近的日子。在那样的日子里，罗凤成了他生命中最珍爱的人。

阿挪的感情，罗凤懵懂不知，阿挪也无法对她表白。因为他比任何人都清楚，罗凤对他的喜欢，并不是他所希望的那种。

阿良酋长为履行赌约，答应了高西与罗凤的亲事，罗凤一气之下离家出走，当罗凤再次回到摩些城寨时，所有的人都能看出罗凤的变化。对于那位蒙古人的王，罗凤不加掩饰的钦慕粉碎了阿挪内心最后的一线希望。

其时，忽必烈在金沙江畔裂帛止杀的举动传遍大理全境，面对所向披靡的蒙古大军，每个人都必须做出自己的选择。罗凤劝说父亲阿良酋长率先迎降，不要轻启战端，将寨民们置于战火之中。阿良酋长召集寨民征求意见，迎降之事几乎没有异议。事后，阿良酋长向阿挪询问起他对这件事情的看法时，阿挪想到父亲的惨死，在一种莫名的心绪支配下，他表示愿意尊重阿良酋长的抉择。

他的后悔是从见到忽必烈那一刻开始的。作为阿良酋长派出的使者，他比阿良酋长更早在丽江对岸见到了忽必烈。谈笑之间，忽必烈夺人的气势令他心生恐惧，事实上，在见到忽必烈之前，他并没有那么直接、那么强烈的感觉——总有一天，这个人将成为他的国家大宋的敌人。

他很清楚，无论父亲的结局有多么悲惨，父亲的内心是忠于赵宋朝廷的。身上流着父亲的血，他同样不能改变自己的信仰。偏偏忽必烈还跟他提到了父亲，忽必烈对父亲的推崇让他越发意识到这个人的可怕，包容天下的心胸，会让这个人成为天下的主人。而他，必须用他的方式加以阻止。

他选择了利用罗凤。

除了罗凤，恐怕谁也不可能让忽必烈在毫无防备的情况下喝下那一杯有毒的酒。但是他不会伤害罗凤，他已将解毒的丹丸交给了罗凤，并且，他相信，罗凤一定会按照他的吩咐将丹丸提前服下。

只要事情完结，他会告诉所有的人，毒是他下的，他是余玠的儿子。他要为父亲杀掉赵宋朝廷未来的敌人。他算好了一切，唯独没算到，在罗凤的生命中，忽必烈比世间一切都重要，因此，她会将最好的东西首先留给忽必烈。

而罗凤对忽必烈的心意，何尝不是他对罗凤的心意？

他与罗凤之间唯一的差别是，罗凤这样想，她可以单纯地这样去做，而他，无论他有多么想，他都不可能去做。

这是他的遗憾，却成了忽必烈的幸运。后来的事实证明，这是忽必烈今生今世永远的幸运。

他到底输了，输给了罗凤的执着。

拾贰

乌篷船静静地飘荡在滇池清澈的水面上。女孩嘴里嚼着水草，仍兴致勃勃地与乌篷船中的男人说着话。

好像这一生，她与他都有说不完的话。

"我走后，阿挪都对你和我爹说了些什么？"女孩问。

船舱内的人不回答。

"阿挪的话好像说了一半，他不肯让我听到。后来，他对你和我爹全说了吗？"

过了好半晌，船舱里才传出懒洋洋的一声："嗯，说了。"

"他怎么说的？"

"你要知道那么多做什么，这是我们男人间的事情。"

"不说算了，我一会儿回去问我爹，他会告诉我的。我有些不敢相信，阿挪他真的叫余如孙吗？"

"这有什么好怀疑的？"

"也不是怀疑啦。阿挪说他爹叫余玠，那……这个余玠是做什么的？"

"你不是小巫女吗？要不，你来猜猜看。"

"难道……我想，我明白了，余玠一定是个巫师，了不起的大巫师。要不阿挪的占卜怎么能那么神准？肯定是他爹教给他的。你不知道，阿挪简直和你的子聪和尚一样聪明呢，他能算出哪天要下雨，哪天会刮风，还会治病。在摩些城寨，除了我爹和我娘，大家最佩服的人就是阿挪了。"

船舱里的人笑了，他的笑声舒朗，让女孩顿时笑逐颜开。

"你笑了，证明我猜对了。"

"是啊，猜对了，很对。像你说的，余玠真是个了不起的'大巫师'，他太厉害了。如果不是他的'卦'算得好，我们在嘉定会战中也不会被他打得大败而归。只可惜，这样的人才，宋廷却不知道好好重用他。"

"是啊，如果换了殿下，一定会对他很好，非常好。平常，我看你对你的那帮老学究就很尊重。"

"他们都是些可贵的人才。祖汗、伯汗在马上打天下，但马上得天下易，治天下难，乱世之中，最终必定是得人才者得天下。"

"什么意思？我听不懂。"

"你呀，听不懂就接着调皮好了。在调皮捣蛋方面，你也是人才。"

"我也是人才吗？"

"当然。"

"难怪你会喜欢我呢。我既然是人才，以后就可以名正言顺地跟在你身边了，像你那帮老学究一样。"

船舱里的人忍笑回答，"你说得很对。"

乌篷船顺流而下，进了一片长势茂密的芦苇荡中，停住了。

"太好了，停住了。你的那帮人跟不进来，我们正好说会儿悄悄话。"女孩伸了个懒腰，语调轻快地说。

"你这悄悄话的嗓门未免也太大了点儿。"船舱里的人仍是微责的语气，语气中细微的爱抚只有女孩本人才能体会得出。

"他们听不见。"

"听不见才怪。"

"噢，那好吧，我听你的，小点声。"说是小点声说话，女孩的音量可是一点儿都没有放低。

"你想跟我说什么悄悄话？"

"你没忘我们第一次见面的情景吧？你还记得我给你看手相的事吗？"

"那哪能忘呢。对了，我正想问你，你从我的手相上看出了什么？当时，你怎么不肯往下说了？是不是看不明白？"

"才不是呢。"

"不是吗？那你……"

"好吧，现在告诉你也没什么了。不知道你注意过没有，一般人的手心里都有三道粗纹路，像个'川'字，还有许多细小纹路，枝枝杈杈的，因着长短走向不同，代表着不同的运势和命运。你的手相却很特别，只有两道纹路，像一个反写着的'人'字，而且这个'人'字非常清晰，根本不受周围细小纹路的影响。小的时候，爹请一位在大理最有名的天师道道长给我算过一卦，道长说，我长大后，会嫁给一位手中握有'人'字的男人。那天看到你的手相……"

"我说你怎么突然手发凉，脸发烫呢，难怪！"

"哼，要不是这样，我怎么会先回摩些城寨说服我爹和我娘迎降殿下？"

"是啊，这的确是你的功劳。不过有一点儿我还是想不明白，既然你爹一向把你当成命根子，又有这么个卦，为什么后来还要逼着你嫁给高祥的儿子呢？"

"唉，这都怨我爹好赌。之前，我爹去紫城给段国主祝寿，当时有一场赛马比赛，高和故意和他赌马，他输了，只好同意把我嫁给那个高西。我爹是个言而有信的人，既然与高和立了字据，就不能再反悔。为这事，我离家出走，我娘也和他狠狠地吵闹了一次，他这才改了好赌的毛病。"

船舱里的人"嘀嘀"地一笑。

"你笑什么？"

"这个毛病你也有一些。"

"我有吗？"

"离开黄龙镇之后，你不是也和我打过赌，还输了一件象皮甲胄吗？"

"嗨，那是我有意要送给你的。"

"为什么？"

"当然是因为我给你看过手相了。连爹、娘我都能说服他们献寨迎降，何况是一件象皮甲胄呢。"

"我明白了。我想，这象皮甲胄并不是如你所说，是你爹要你献我的吧？最大的可能是，你是偷来送给我的。"

"你怎么知道？是我爹告诉你的吗？"

"当然不是。是你爹当时的表情告诉我的。"

"我爹的表情？什么样的表情？"

"讶异，还有几分愤怒。"

"可你却装作什么事也没发生，接受了我的礼物，还对我爹表示感谢。"

"要么，我能如何？当着你爹和那么多人的面戳穿你吗？如果我猜得没错，你是故意这样做，让你爹有苦难言。事后如果你爹责备你，你一定会对他说：我输了甲胄没跟你打招呼，你把我输给高西也没跟我打招呼啊。你一定还会说：你不用那么小气！你连城寨都能献给殿下，何况一副破甲胄。"

"我的天！你还说你没听到我爹和我的对话呢，这不可能。"

"这有什么不可能的，我猜也能猜得到。但有一件事，我伤透了脑筋，到现在也没想出个所以然来。"

"什么锁？锁什么？"

"我是说，有件事我想不明白。"

"什么事？"

"攻下会川都督府后，你到底是怎么把乌骓驹弄走的？这可不是一件容易的事！如果这一路之上，你经常和乌骓驹在一起，你骑走它我一点儿都不感到奇怪。问题是，你从不进马厩，可我听铁桩告诉我，当时，你嘀嘀咕咕地跟乌骓驹说了一会儿话，乌骓驹就对你俯首帖耳，表现得十分友好了。是这样吗？"

"是啊。"

"我不明白，你对乌骓驹说了些什么？你是怎么做到让乌骓驹接受你的？"

"跟你说了你也不信，我是小巫女呀，乌骓驹听得懂我的话。那天黄昏，我去后面的马场，见到了铁桩和乌骓驹。铁桩不让我走近乌骓驹，趁他不注意，我走到乌骓驹的面前，我对它说：乌骓驹，我知道你是殿下最喜欢的马，你也是天底下最漂亮、跑得最快的马，但你知道我是谁吗？将来，我是要嫁给殿下的，所以你要对我格外好才行。听我说完这番话，它真的低下头，舔了舔我的手。"

"果真？"

"嗯。"

男人笑了一声，又叹了口气。

"怎么啦？"

"你偷走乌骓驹后，你不知道铁桩有多伤心。那么大一个男人，哭得跟个孩子似的，铁桩真是爱马如命。"

"没想到，最后却是我把铁桩和乌骓驹都害了。"

"别这么说。铁桩是个忠诚的人，乌骓驹是匹忠诚的马，他们为义而死。铁桩现在与乌骓驹在一起，他们再也不会分开了。"

"真的吗？"

"相信我。"

沉默了好一会儿，女孩拍了一下男人的手，"下面，该我问你了。"

"问吧。"

"你把阿挪怎么样了？"

"能怎么样呢？他打算留在摩些城寨为寨民们多做一些事情，以赎他的罪愆。你爹、你娘都同意，我自然也只有同意。"

"那么，若百合有没有说过要来找他？"

"你是说你那位半空和寨的朋友吗？"

"对，就是她。虽然见得少，你一定不会忘记她的，对吗？以前，我还从来没见过有哪个女孩子长着她那样让人见过难忘的眼睛。"

"我当然记得她了。她还在半空和寨，不过，她托人给阿挪捎来一封信，但阿挪看了信，什么也没说。"

"那就是了。我相信，若百合一定会来城寨陪伴阿挪的，有若百合在阿挪身边，他就不会总记着过去的事，若百合会带给他福气的。"

"你呀，真是个心地善良的女孩子。"

"你也很善良啊。阿挪想给你下毒，你却大度地原谅了他。"

"毒虽然是他下的，可最终毕竟还是他救了你。再说……"

"什么？"

"那件事也弄清了。"这句话说得有点儿吞吞吐吐。

"哪件事？"

"唔……"

"好殿下，你快告诉我吧。"

"是那天……"

"哪天？"

"我从紫城班师回来的那天晚上，赶到你的竹寮看望你，没想到却看到阿挪从你的竹寮里出来。"

"阿挪吗？你看到他时，他是从我的竹寮里面出来的吗？这不对啊，那天，我整整一天都没有见过阿挪。"

"我也是后来才知道。其实，我当时只是看到他站在你竹寮的门口，然后走下竹寮离开。当时我以为他之前一直都跟你在一起。"

"这么说，那天你的确是第一个来看望我的？"

"当然，我怎么可能对你食言呢？"

"可是不巧，你正好看到阿挪也来到我的竹寮？"

"是的。他心里有些话想对你说，可他犹豫了很久终究没有进去。而我看到的恰恰是他出现和离开的那一幕。"

"也就是说，你那天看到阿挪，误会我是在竹寮里与他幽会，所以你就生我的气不理我了。"

"我记得你跟我说过，在大理的许多城寨，女人的地位都很高，尚未出嫁的女孩可以有许多心上人。我不想成为你众多心上人中的一个。"

"明白了，终于明白了，原来你也会小心眼儿啊，原来你一直都在吃阿挪的……"

女孩的"醋"还没说出口，只听一声惊叫，她蓦然向后倒回船舱内。她的两只脚还留在船舱外，整个腰身却被坚实的双臂搂住了。温热的嘴唇堵在了她的嘴唇之上，将最后一个字堵回了她的心里。她只稍稍挣扎了一下，便乖如一只沉睡中的小猫，任他的吻从她的双唇滑到她细白的脖颈。

她微微合上眼，缩回了脚，满脸尽是娇羞。

娇羞中又有几分骄傲：她是他的，而他也是她的啦。

终于如此。

乌篷船挣脱芦苇荡的牵绊，继续顺流而下。留在芦苇荡外的两艘战船立刻不紧不慢地跟上了它。

他与她都没有发觉。